文春文庫

勁草の人 中山素平

高杉　良

文藝春秋

勁草の人　中山素平　目次

第一章　総理来たる……009
第二章　石油危機……073
第三章　二つの大事件……123
第四章　国鉄分割化異聞……149
第五章　アメリカから来た女性研修生……167
第六章　魔法の国への扉・こころの産業……183
第七章　中国プロジェクト……229

第八章　〝興銀ますらお派出夫〟たち……265
第九章　募金行脚……289
第十章　尾上縫事件……321
第十一章　さらば興銀特別顧問室……351
第十二章　大統合の行方……385
あとがきに代えて　419
解説　加藤正文　431

勁草の人　中山素平

第一章 総理来たる

1

ホテルニューオータニ〝鶴の間〟のパーティ会場の中央に通路が作られたのはあっという間だった。時刻は、予定の六時三十分を五分過ぎていた。さんざめく話し声がやみ、SPとガードマンによって人垣が出来た。一瞬の静寂の後、「やあ、やあ」という濁声《だみごえ》と総理来臨を伝える司会者の声が万雷の拍手でかき消され、高々と両手を挙げた田中角栄首相がせかせかした前のめりの足取りで、まっしぐらにステージに突き進んだ。

スポットライトを浴びた田中角栄は右手を挙げたまま左手で手渡されたマイクを鷲摑みした。

「皆さん、こんばんは……。おっ！　鞍馬天狗はどこだ！」

角栄の鋭い眼が三秒ほどで中山素平《なかやまそへい》の長身をとらえた。

日本興業銀行相談役の中山は微苦笑しながら、数メートルまで角栄に接近して会釈した。

敬礼する仕種で「やあ」と角栄が応じた。

「わたくしの今日あるのは中山素平さんのお陰です……」

〝角栄節〟は閃光《せんこう》のようにひらめいたハプニングないし即興だが、会場の人々の眼底に強烈に印象づけたことは確かである。

田中が視線を外したのを見て取って、中山は後じさった。

「皆さん。ジャパン・インドネシア・オイルの設立は、わたくしの通産相時代に持ち込まれた懸案課題であります。晴れて会社が創業されましたことは、まことに嬉しく、喜ばしいことであります。すなわち我が国にとりましても懸案問題がこのような姿、形で片づいたのですから、こんなに素晴らしいことはありません。皆さんの努力、協力に感謝しておるところであります……」

スピーチはさらに一分ほど続いたが、田中は「乾杯!」の水割りウイスキーを一杯飲んで退散した。喝采の嵐に見送られながら。

この日、昭和四十八(一九七三)年七月十二日、日本とインドネシアの合弁企業、ジャパン・インドネシア・オイルの創業記念披露パーティが午後六時から開催された。

低硫黄(ローサルファ)のインドネシア産原油の輸入権取得をめぐる争奪戦が激

化したのは二年ほど前、田中角栄が第三次佐藤内閣で、通商産業大臣に就任した頃だ。

当時、日本は硫黄による大気汚染公害が社会問題化し、ローサルファ原油の獲得を求めて、石油精製会社がしのぎを削っていた。そんな中でトヨタ自動車販売までが参戦を表明、それに対して、いかがなものかとの批判も根強く、なんらかの調整が求められていた。

一部では〝トヨタ石油〟を許容すべきではないとの強硬論もあった。

トヨタ自動車工業とトヨタ自動車販売が一体化（昭和五十七年七月）するまでは、自販が自工を牛耳るほどパワーを誇っていた。神谷《かみや》正太郎《しょうたろう》の経営能力が際立っていたからだ。自販は神谷が一代で築いたともいえる。

トヨタ自販がインドネシアに自動車組立て工場を建設すると発信するに及んで、その見返りに原油輸入権取得争いで優位に立つ――。

田中角栄が祝辞で触れた通り「懸案問題」の解決策が、財界の総意による日本とインドネシアの合弁会社設立である。中山は余すところなくリーダーシップを発揮した。

中山は、昵懇《じっこん》の仲である両角良彦《もろずみよしひこ》通産省事務次官とも電話で何度も話した。

「硫黄の大気汚染問題の表面化によって、日本企業がローサルファのインドネシア産原油の奪い合いを繰り広げ、醜態を晒《さら》すのは見るに忍びないですね。なかでもトヨタ自販が突出するのはいかがなものでしょうか」

「まったく同感です。自動車用のガソリンだけのために自動車販売会社が原油を輸入出来る筈もありません。〝我が社〟としても、なんとか受け皿を一本化したいと考えた次第です」

　通産省の高官たちは、当省とか当局というよりも我が社という言い方を好んで使用していた。インドネシア産原油輸入権争奪戦の終戦に向けて道筋をつけるために、神谷に因果を含めたのは、中山と両角事務次官を初めとする通産官僚たちだ。

　ジャパン・インドネシア・オイルの社長は神谷正太郎で、資本金は五億円、両国の対等出資。日本側の五〇パーセントの内訳はトヨタ自販二六パーセント、東京電力、中部電力、関西電力各四パーセント、出光興産、大協石油、丸善石油、共同石油各三パーセント。

　インドネシアは国営のプルタミナが出資、三億ドルの借款を伴う大型案件だ。

「鞍馬天狗はどこだ！」の〝角栄節〟で、中山が輝いてしまったが、大パーティの主役は新会社の社長に就任した神谷であるべきだった。

「角さん、余計なことを」

　中山が苦々しく思って当然だ。

田中角栄が退場してほどなく、〝鶴の間〟で、高井《たかい》重亮《しげあき》が、玉置《たまき》修一郎《しゅういちろう》に肩を叩かれた。

高井は、総合経済誌『週刊東邦経済』のエネルギー担当記者だ。昭和三十八年三月に慶応大学経済学部を出て、同年四月に東邦経済社に入社した。まだ三十二歳の若造だが、弁も立つし、筆も立つ。取材力も、数多《あまた》の一流紙記者たちを上回るほどだと自惚《うぬぼ》れてもいた。その上、美丈夫ときている。

肩を叩いた方も、負けず劣らずで、二人とも身長は百八十センチに近かった。

玉置は日本興業銀行外国営業部調査役で中山素平の副頭取時代に採用された。最終面接者の中山の眼鏡にかなって天下の興銀に昭和三十一年四月に入行した。年齢は三十九だ。

「凄いショーでしたねぇ。高井さんはどう思いますか」

「神谷正太郎さんが霞んでしまって、お気の毒ですよねぇ。〝鞍馬天狗〟も当惑してるんじゃないですか」

「そんな感じは、分かります。ただ、さっきからずっとそっぺいさんを観察してますけど、けろっとしてますよ。ぜんぜん動じてません」

「そりゃあそうでしょう。〝財界鞍馬天狗〟に異議を唱える人は日本中に一人としていませんから。しかし、けっこうシャイな所もありますよねぇ。わたしみたいな若造にまで気を遣ってくれる人です。それも半端じゃありません」

「高井さんはそっぺいさんのお気に入りなんですね。そっぺいさんはあれでいて結構、好き嫌いはあると思いますよ。高井さんの名前が行内で轟《とどろ》いているのはどうしてなんですか。そっぺいさんとの関係は、この一年ぐらいでしょう」

「轟いてるはオーバーですが、よくご存じですねぇ。正確には一年と六カ月です」

高井は中山との出会いについて喋りたいのを懸命に堪えて、話題を変えた。

「玉置さんはJODCO《ジョドコ》でも苦労されたんでしょう」

玉置がネクタイのゆるみを直しながら応じた。

「そっぺいさんの人使いの荒さといったら無いですから。ほんと、無茶苦茶ですよ。自分自身が一番働くので、しょうがないんですけど」

JODCO（ジャパン石油開発株式会社）は、英国国営石油会社＝BP（ブリティッシュ・ペトロリアム）が保有するアブダビ沖合の開発利権を日本の石油開発企業九社が共同で取得したのを受けて、この年二月設立（資本金百二十億円）された。三月には石油開発公団が出資し、事実上の国策会社になった。社長は、中山の強力な推しで今里広記《いまざとひろき》が就任した。今里は日本精工社長で、〝財界広報部長〟と称されるほどの存在感を示していた。

中山は、小林中《こばやしあたる》（元日本開発銀行総裁）、有沢広巳《ありさわひろみ》（東京大学名誉教授）、石坂泰三《いしざかたいぞう》（元東京芝浦電気会長、元経団連会長）、両角らと綿密に連絡をとりあって、JODCOをナショナル・プロジェクトにするべく、もてる力を出し切っていた。

玉置が声をひそめて高井に話しかけた。

「BPは上手く立ち回りましたね。どさくさまぎれに七億八千万ドルでアブダビのアドマの鉱区の二五パーセントの権利を日本に売り付けたんですから。一ドル三百円として、約二千四百億円です。BPが西ドイツ国営エネルギー開発会社のデミネックスに五百万ドルでオファーして断られたことは、ご存じなんでしょう」

高井は曖昧にうなずいた。初めて聞く話だった。

「七億八千万ドルが高くつくのかどうかは、まだ分かりませんよ。受け皿の石油開発会社のJODCOが設立された意義は、ジャパン・インドネシア・オイルの比じゃ無いと思いますが」

「そうかも知れない。十年、二十年のロングタームで考えるべきかも知れませんね。OPECの圧力は相当なものですから」

OPEC（石油輸出国機構）はイラク、イラン、クウェート、サウジアラビア、ベネズエラの産油国が昭和三十五（一九六〇）年に結成した組織である。

昭和四十六年のテヘラン協定、四十七年のリヤド協定を経て、原油価格は上昇傾向を示していた。

無資源国の日本があわてふためくのも無理からぬことだ。

「玉置さんが、日本の〝資源銀行〟の最前線で、頑張っているのは、よく存じています」

「〝資源銀行〟の方がよほどオーバーですよ。そっぺいさんを初め興銀は自身の利益よりも、国益を優先する方ですので、エネルギー案件がそっぺいさんのところへ、どさっと持ち込まれてくるんです。裏方のわれわれ下々は振り回されっぱなしで大変ですけどね。わたしは昨年アブダビに三度も出張を命じられました。命からがらとまでは言いませんが、たった独りで大変な思いをさせられましたよ」

「ジャパンラインのDD原油の件ですね」

「その後処理みたいなことです」

「そっぺいさんは怒り心頭に発し、本気で壊すことを考えたと聞いた覚えがあります」

「そうなんです。正宗《まさむね》頭取が宥《なだ》めるのにどんなに苦労したか察して余りありますよ」

タンカーオペレーターのジャパンラインが、硫黄分〇・八パーセントのアブダビ産ローサルファ原油の独占輸入契約をアブダビ首長国政府と締結したのは今年一月のことだ。

松永寿《まつながひさし》会長—土屋《つちや》研一《けんいち》社長のトップダウンで決定し、強引に独占契約を結んだ。

中山は正宗猪早夫《いさお》頭取からこの話を聞いたとき顔色を変えた。

「商社が裏に介在してると思うか」

「石油を運ぶ立場で、直接アブダビ政府と取り引きしたと聞いてますが」

「ローサルファ、ローサルファと大騒ぎしてるのは仕方がないが、船会社の立場でよくもまあぬけぬけと。自動車販売会社といい、船会社といい、どうかしてるんじゃないのか。自動車のほうは、スカルノからスハルトへの政権移行期に田中清玄《たなかきよはる》さんあたりが神谷正太郎さんに知恵をつけたんだろう。角さんが通産相の時代に仕掛けた、通産省のお墨付きだと清玄さんは吹聴してたが、我々は協調態勢の整備に苦労させられた。〝トヨタ石油〟の独走にブレーキをかけられてよかったと思う」

「田中清玄という人は機を見るに敏であり過ぎますよ。眼から鼻に抜けるような人で油断も隙も無い。好きになれません」

「ゲテモノ好きにもほどがあるとか言いたいんだろうが、距離の取り方を間違えなければ、つきあって損は無い。左翼から右翼への転向の仕方といい、全学連への支援といい、田中清玄らしいというか、ダイナミックで面白い生き方をしてるじゃないか。同年同月同日生れというのも、縁《えにし》を覚えるよ」

中山と右翼の大物、田中清玄は明治三十九（一九〇六）年三月五日生まれなので、六十六歳だ。

「まさか船会社も田中清玄さんの筋なんてことはないんだろう」

正宗が眉をひそめたのを見て取って、「それは筋違いだな。僕の耳に聞こえてこないしね」と自答した。

「松永さんはDD原油だと言い張ってましたから、おっしゃる通りだと思います」

DDとはダイレクト・ディール。国際石油資本（メジャー）商社が介在せず、直接産油国から輸入することだが、石油元売り（石油精製・販売会社）以外では異例のケースだ。

「断固やり抜いてお見せすると松永さんは胸を張ってました」

「ふうーん。DD原油の分量はどうなの」

「今年はテストケースで百七十五万キロリットル。来年は四百六十五万、一九七〇年代後半で一千万以上だとか言ってました。大風呂敷とは思いますが、長期的には一億キロリットルでしたかねぇ」

「くどいようだが、JODCOベースで契約するのがルールだろう。国内で過当競争していればOPECとメジャーに足下を見られるだけのことだ。JODCOの設立に向けて、松根《まつね》さんや角さん、両角さんたちとどれほど苦労したか分からんよ」

松根宗一《そういち》は中山素平より九年先輩の元興銀マンで、興銀には約十年しか在籍しなかった。戦前、電気事業連合会の前身、電力連盟に転出し、昭和三十（一九五五）年には電事連の専務理事に就任した。また、翌年発足の日本原子力産業会議には当初から常務理事で参加、昭和四十五年には経団連エネルギー対策委員長に就いた。中山との仲を取り持ったほど田中角栄とは近い。

そもそもジャパンラインを救ったのは自分たちではないか、そんな思いが中山の胸を去来した。

「ひと昔前の海運再編成でも若狭《わかさ》さんたちと、ずいぶん働かされた覚えがあるな」

「倒産処理されてもおかしくない船会社を蘇らせたのは誰のお陰だと思っているんでしょうかねぇ」

正宗がぎょろ眼を剝いて、こっくりした。

若狭得治《とくじ》は、元運輸省事務次官で、今は全日本空輸の社長である。

話は十年前に溯る。昭和三十八（一九六三）年六月にいわゆる〝海運二法〟が成立した。「海運業の再建整備に関する臨時措置法」と「外航船舶建造融資利子補給及び損失補償法及び日本開発銀行に関する外航船舶建造融資利子補給臨時措置法の一部を改正する法律」という長ったらしい名前の法律だ。すなわち、海運造船業救済と再編成による競争力の強化を目的に一大国家プロジェクトを実現するための法律である。

当時、若狭は同省海運局長だった。

中立の立場で客観視できる中山頭取に全幅の信頼を寄せ、細大漏らさず情報を開示し、意見を求めた。

海運二法は、借金・金利の棚上げや低金利融資、利子補給などを骨子とする手厚い国家保護を伴うので、多くの外航海運企業が集約に参加したが、総論賛成の域を出ず、問題は各論だった。合併相手をどこにするか、対等合併か吸収合併か、減・増資をどうするか、集約後の人事等々問題は山積していた。二人はわずか六カ月の短期間に荒療治と言われても仕方無いほど辣腕《らつわん》ぶりを発揮した。

整備計画を運輸大臣に諮《はか》る同年十二月二十日がタイムリミットだ。その為には同月十八日の海運企業整備計画審議会（植村甲午郎《うえむらこうごろう》会長）までに仕上げなければならない。

中山、若狭たちが捩じ伏せて同日正午に、中山、武田健夫《たけだたけお》常務ら興銀関係者が立ち合いの下に旧日東商船と旧大同海運が合併契約に調印し、翌年設立されたのがジャパンラインだ。興銀は同社のメインバンクであり、筆頭株主でもある。

計画造船融資残高の利子のうち二分の一の支払い猶予を行った金額は、市中銀行関係で四十八億七千万円に及んだが、興銀は二十二億五千万円を負担した。興銀が所有していた海運会社関係の株式の減資額は三億六千万円だ。興銀は相当な血を流したことになる。

「海運再編成で若狭さんはもてるパワーを出し切った」と中山は若狭を称《たた》える。一方、若狭は「中山さんの存在無しに、海運再編成は無かった」と中山を立てた。衆目の見るところ両々相俟《あいま》ってということなのだろう。

中山は、いつもネクタイをぴしっと締め、背筋を伸ばし、姿勢もしゃきっとしている。若狭は頭髪が乱れていたり、ネクタイのゆるみなど気にしないほうだが、中山は、キャリア官僚らしからぬ飾らない若狭が好きだった。仕事が出来るし、部下からも慕われている。

中山が若狭とサシでしみじみ話したのは、八年後の昭和四十六年十一月のことだ。

「役人生活で最も働いたのは海運局長のときでした。中山さんも、海運審の委員でもありましたから大変だったでしょう」

「僕は若狭さんの命令に従っただけのことです」

「逆ですよ。中山さんの書いたシナリオ通り演じたのはわたしのほうです。堀田庄《ほったしょう》三《ぞう》住銀頭取や平田敬一郎《ひらたけいいちろう》開銀総裁にごねられたときは往生しました」

若狭得治に思いを馳せていた中山が頭を一振りしてつとソファーから起《た》ち上がって、デスクに移動した。

翌日は、中山が正宗を呼びつけた。二人とも仏頂面だ。

「きのうの続きだが、誰か事前に松永さんたちから相談を受けたのか」

「いいえ」

「そうだろうな。相談されたら、反対し、潰しにかかるに決まってるよ」

「反対給付の中身を申し上げます。二億五千万ドルの借款です。協力していただきたいと松永会長と土屋社長に土下座せんばかりに深々と頭を下げられました」

「何度も言うが、虫の良い話だ。恥も外聞も無いも極まれりだな。当然のことながら通産省にも話してないのだろうな」

「もちろんです。両角さんのことですから、中山相談役と一緒にしゃかりきになって潰しにかかると思います」

「こんな理不尽な話に興銀は協力しなければならんのだろうか」

「ジャパンラインはタンカーオペレーターとして世界のトップクラスです。この期に及んで突き放すわけにもいかないのではないでしょうか」

「正宗は優しいねぇ。梶浦《かじうら》や池浦《いけうら》はどうなの」

「わたしに一任するっていうことは賛成、いや反対し切れないと思っているからでしょう」

梶浦英夫《ひでお》は副頭取、池浦喜三郎《きさぶろう》は常務取締役だ。

「部課長、若手の調査役クラスの意見も聞いてみました。抜け駆けには違いないが、自助努力、企業努力の表れとする見方が大勢でした。中山相談役のお腹立ちはごもっともですが、ここは枉《ま》げて松永、土屋さんを応援してあげてください」

中山は「ううっ！」と唸り声を発し、珍しく脚組みした。そのままの姿勢で湯呑み茶碗を摑んで、がぶっと緑茶を飲んだ。

「きみは初めからそのつもりだったんだな」

「おっしゃる通りです。叱られついでに申し上げますが、通産省の説得を是非ともお願い致します」

正宗は低頭した。

「参ったな。僕の出番は最初から、通産対策だったんだ」

「とんでもない。ただし、興銀がジャパンラインを見捨てられるとは思えません」

中山はしかめっ面を横に向けて、返事をしなかった。

「松永さんと土屋さんが相談役にご挨拶させてくださいと申し出ておりますが」

「それには及ばない」

中山はぶっきらぼうに返した。

中山が「分かった」と正宗に回答したのは一週間後のことだ。

「ジャパンラインにとってDD原油は祟《たた》るかもなぁ。少なくとも良いことずくめではないだろう。いっ時、囃《はや》されるかも知れないが、僕は厭な予感がしてならないよ」

中山は冗談ともつかずに言って、吸い差しの煙草を灰皿にねじりつけた。

正宗はそっぺいのことだから、通産省との根回しは終っているに相違ないと考えていた。

2

〝鶴の間〟は、午後七時を過ぎて急に、人が少なくなった。最前までの噎《む》せ返るような喧騒が嘘のようだ。

高井が玉置と話したのは十分足らずだ。中山に挨拶しようと思ったが、現れたばかりの中曽根《なかそね》康弘《やすひろ》通産相と話していた。きょろきょろしている高井は、両角に声をかけられた。

「来てたんですか」

「どうも。ご挨拶が遅くなりました」

「総理のスピーチは聞きましたか」

「はい。『鞍馬天狗』には度肝を抜かれました」

「そっぺいさんがいっとう驚いたんじゃないですか」

「わたしが中山素平さんの立場でしたら、満更でもないと思うかも知れません」

「そう思われたのは、草柳大蔵《くさやなぎだいぞう》さんに書かれたときでしょう。ご本人からそんな感じの話を聞いた覚えがありますよ」

『文藝春秋』の昭和四十五年七月号に〝財界の鞍馬天狗・中山素平〟と題したエッセイが掲載された。著者の草柳は名うての売れ筋評論家だ。十五ページにわたって、中山の人と為りが鮮やかに描かれている。

スーツ姿の上半身の写真の下にゴシックで「興銀に〝ソッペイ〟あり　経済界に危急存亡の時あれば姿を現わし　事態を解決するに迅速果敢…という実績をもつ」とある。小見出しは次の十五本。

『明瞭かつ剛直』『独り孤塁を守る』『三つのS・Cが…』『〝双葉ヌキ〟の栴《せん》檀《だん》』『弊衣破帽に反感が』『電照菊のような男』『生えぬき総裁の登場』『〝河上イズム〟の実習』『病臥した時期』『田中清玄氏への評価』『鉄鋼合併での作戦は』『鞍馬天狗の本舞台』『金儲けはカラキシだめ』『驚くべき先見性』『〝醒め

型〟の本質は』

高井の知る限り、鉱山局長時代の昭和四十二年十月に石油開発公団（後に石油公団）を設立したのは、両角の功績である。

「当分、会えなくなりますねぇ」

「外遊ですか」

「役人の垢を落すのは大変ですよ」

両角が今月二十五日付で退官することは分かっていた。後任の事務次官は企業局長の山下英明《やましたえいめい》だ。

「中曽根さんが見えたので、入れ違えで帰ります」

「失礼しました」

両角は小さく手を挙げて、高井に背中を向けた。

高井は、中山の紹介で両角を知り得た。一年足らずの仲だ。中山が担保してくれたからこそ人脈が広がると思わなければバチが当たる、と肝に銘じていた。

高井は、中曽根が離れた瞬間を素早く捉えて、中山に近づいた。

「盛況でしたねぇ。こんな大パーティはめったにありませんよ」

「日本人はお祭り騒ぎが好きですから。皆んな喜んでけっこうなことじゃないですか」

「猫も杓子もローサルファ、ローサルファで騒いでますが、トヨタ自販まで乗り出す必然性はさほど無いように思えますが」

「自販はインドネシアだけではなく、東南アジアで自動車を売りまくって、お国の為に頑張ってるんですよ。田中清玄さんが自販に目を付けたのは分かります。ジャパンラインのことでは正宗に四の五の言われた覚えがありますが、僕は大人気《おとなげ》なかったと思って反省してるんです。ことエネルギー問題に関する限り、ダボハゼみたいに何でもかんでも飛びつかなければと思っていいでしょう」

中山はちらっと周囲に目を流して、まっすぐ高井を見返して続けた。

ダボハゼは中山特有のユーモア、アイロニーだろうか。ジャパンラインのDD原油で怒り過ぎたことへの照れ隠しがあるかも知れない。通常より丁寧なもの言いはそのせいとも思える。

「きょうのパーティのことは通産省も経団連も記者クラブが書かないと約束しているので、角さんが余計なことを言ったけれど、心配しなくていいですよ」

高井は顔を覗き込まれて、中山に先回りされたような気がした。

「中山さんが動いたことは表には出ませんよ。テレビ・カメラも入っていませんでしたしねぇ」

「厚かましく押しかけたのは高井さんだけですよ」

高井は返す言葉が無かった。

「失礼ながら、中山さんに『いらっしゃい』と言われました。招待状もいただきましたが」

「取り消すのを忘れたんです」

高井が小首をかしげたのはあり得ないと思ったからだ。

「そういうわけですから、高井さんも記事にしてはいけませんよ」

「心得てます。中山さんがエネルギー問題にのめり込んだのは、アラビア石油以来でしょう」

「〝満州太郎〟が〝アラビア太郎〟に大化けした話ですか。あなたにもアラビア石油の話をしましたねぇ」

「はい。中山さんが副頭取時代、昭和三十二年頃の物語でしたねぇ。つづめたところ、山下太郎さんのヤマ勘がどんぴしゃり当たったということですね。運も実力のうちとか言いますが、強運の極致みたいなものです。ヤマ勘ぶりも遺憾無く発揮されたようですけど、帰するところ山下太郎さんの〝先見の明〟に脱帽ですね。中山さんから話をお聞きしただけでも興奮しました」

「結果オーライで、どんなにホッとしたか分からない。毎日が薄氷を踏む思いでしたからねぇ」

中山が遠くを見る眼をしたのは、往時を想起したからだ。

石油資源の開発を目的に、山下太郎が丸善石油との共同出資（払込資本金十億円）で日本輸出石油を設立したのは、昭和三十一（一九五六）年六月だ。

山下は戦前、満州で活躍した異色の経営者で、〝満州太郎〟の異名をもつ。石坂泰三や小林中らの大物財界人とも親密な仲だった。山下はまず石坂と小林を取り込んだ。二人の推しで桜田武《さくらだたけし》（日清紡績社長、日経連総理事）、藤山愛一郎《ふじやまあいいちろう》（大日本製糖社長、日本商工会議所会頭）、弘世現《ひろせげん》（日本生命社長）、山本為三郎《やまもとためさぶろう》（朝日麦酒社長）、石《いし》橋正二郎《ばししょうじろう》（ブリヂストンタイヤ社長）、平塚常次郎《ひらつかつねじろう》（日魯漁業社長）ら錚々《そうそう》たる財界人が非常勤役員陣に名を連ねてくれた。丸善石油社長の和田完二《わだかんじ》が加わるのは当然である。

翌年三月、日本輸出石油から『サウジアラビアとクウェートから、両国中立地帯沖合の石油利権を取得して、海底油田開発に乗り出すことになった』という極秘情報が興銀にもたらされたのが事の発端である。

『利権料の数百万ドルは新会社を設立して資本金で充当する』ともいう。

中山は小林中から協力を求められたとき、「日本輸出石油の常務クラスを、興銀の融資第一部次長兼総務課長の鷹尾寛《たかおゆたか》のところへ差し向けるようにしてください」と知恵を付けた。

ナショナル・プロジェクトともいえる壮大な計画だ。現場がどう反応するか見たかったこともあるが、山下太郎の大風呂敷に危惧の念を覚えぬでもなかった。現場がネガティブならそれまでだ、との思いもある。

同社の梅田常務から話を聞いたとき、「雲をつかむような話だ」と鷹尾は思い、部長の青木周吉《あおきしゆうきち》にも否定的な態度で接したが、青木は積極的だった。

「おもしろそうじゃねぇか。相談に乗ってやれよ。利権が獲得できたら相当な融資を求めてくると思うが、興銀がその気になったら市中銀行も協調融資に応じるんじゃねぇのか」

べらんめぇ調は青木流だ。中山副頭取にも、この口調で話をしかねないが、中山は「山下太郎さんから話があったら考えよう。気の長い話で、メジャーに対抗するのは容易ならざることだろうな」と、消極的な態度に終始した。

読売新聞が同年四月十七日付の朝刊で〝海底油田を日本側単独で開発〟の大見出しを掲げてスクープした。

山下は、日本輸出石油顧問の岡崎勝男《おかざきかつお》（元外相）と中東から欧米を回って四月二日に帰国して以来、政府自民党、外務、通産両省などの要路への挨拶回りを精力的にこなしていた。この間に読売新聞記者にキャッチされたのだろうか。

その都度山下は、「まだトップシークレットです」と念を押すことを忘れなかったが、山下自身がリークしたとも考えられる。

同日午後山下は意気揚々と記者会見に臨んだ。

「三月二日にリヤド入りし、王宮でサウド国王、ファイサル皇太子（国王の異母弟、副首相と外相を兼務。後に国王）に拝謁しました。ファイサル皇太子に宛てた親書の中で、サウジアラビアが石油利権を供与する日本側当事者を山下太郎ないし日本輸出石油に限定するよう希望しました。また、三月五日には同国の蔵相名で、『最大六カ月の猶予期間を設けるので、その間に周到に準備し、本格交渉に備えるようにしなさい』とのメッセージをいただきました。サウジアラビア王国が日本に油田開発の利権を供与する方針であることは間違いありません」

石坂泰三を担ぎ出せば財界は靡《なび》いてくる、との山下太郎の読み筋通りになった。石油の大口需要家の電力業界、鉄鋼業界、都市ガス業界、化学業界などが続々と新会社のアラビア石油に出資する旨を表明、総合商社の六社、生損保業界までが手を挙げた。第一回新会社設立発起人総会（昭和三十二年五月二十一日、東京會舘）で決めた二十五億円の払い込み資本金を三十五億円に変更する必要に迫られるほどだった。

『政府においても所要の援助を行うことを考慮するものとする』との六月十一日の

閣議決定が山下太郎支持への御墨付きになるのは当然である。

3

興銀は昭和三十二（一九五七）年七月二日付で在ロンドンのクウェート国石油顧問のH・T・ケンプ宛に副頭取中山素平名で以下の確認証明書を電送した。

設立中のアラビア石油株式会社発起人総代石坂泰三氏の要請に基づき、クウェート国石油顧問たる貴殿に対し、その株式払い込み残高を下記の通り御通知申し上げます。

アラビア石油株式の授権資本百億円の内、設立時の払い込み資本金三十五億円の払い込みは株式取扱い各銀行において全額の払い込みを完了致しました。

数日後、サウジアラビア王国の大蔵大臣ムハマド・スラー・アズ・サバンから、同様の払い込み残高の証明を求められた。興銀常務会は直ちに了承した。

サウジアラビア王族会議が利権協定の大綱を承認し、山下太郎とサバン大蔵大臣が六十条に及ぶ契約書に調印したのは十二月十日のことだ。

ところが一年八カ月後の昭和三十四年八月三日、掘削中に火災が発生し、小林や石坂は絶望的な思いに沈んだ。同日中山は小林の悲痛な声を電話で聞いた。

「現地から火災が発生したという電報が入った。ソーントン号に被害が出たら大変なことになる。相当大規模な火災事故らしい。参ったよ」

ソーントン号とは米国からペルシャ湾沖合まで曳航されてきた掘削設備の巨大なプラットホームのことだ。

アラビア石油から海底油田の試掘工事を請け負ったのはIDC（インターナショナル・ドリリング・カンパニー）だ。IDCは全装備のルトーノー型プラットホーム、ソーントン号および機械資材運搬船のテンダーボートなどをオランダの運搬会社の曳船で現地に運び込んだ。中立地帯の陸上にベースキャンプを建設し、七月十九日から試掘作業を開始した。砂嵐などの影響で建設作業開始は三月も遅れていた。

小林が電話で中山にぼやいた。

「さっき大阪支店に出張中の山下太郎と電話で話したが、だいぶショックを受けて、泣き出しそうな声だった。油層を発見して大よろこびしたのも束の間で、えらいことになった」

「油層の存在が分かったのです。そう悲観したものでもないでしょう」

「わたしが心配しているのは日本輸出入銀行が融資を渋るんじゃないかっていうこ

となんだ」

「輸銀は理事会で融資を決定したと聞いてますが」

「大蔵省が四の五の言ってるらしい。今度の火災事故で、株主も動揺するだろうなぁ。強気の山下太郎の落ち込みようといったらなかったが、火災ぐらいで撤退できるか！って怒鳴ってやった。興銀にはなにかと面倒見てもらってるが、今後ともよろしくお願いしますよ」

小林の声がくぐもっている。怒鳴ったにしては迫力が無かった。

「できるだけのことはします。輸銀融資は大丈夫でしょう」

中山は意気消沈している小林を励ましたが、悪い予感がしないでもなかった。

原油の産出に伴って随伴ガスが発生する。メタン、エタン、プロパンなどが含まれており、廃ガスとして燃焼処理されていた。

火災事故発生以来、十日間も随伴ガスが燃え続けた。このことは、大規模な油層を発見したことを意味する。

だが機材損失、消火費用は三十万ドル（一億八百万円）を要した。ソーントン号と千五百フィート掘り込んだ坑井《こうせい》も焼失せずに済んだが、焼失した掘削機器を手当てするまでに三カ月以上かかることが分かり、経営上のロスは約三億円にも膨らんだ。

アラビア石油は、資金難に陥り、重大な経営危機に見舞われたことになる。大蔵省に悲観論が強まり、回収困難を理由に輸銀の同社向け融資に同省が難色を示し始めたからだ。

株主も動揺し、小林中が懸念した通りになった。中山の悪い予感も的中したことになる。

十一月九日の夕刻、取締役総務部長になっていた青木周吉は、石坂泰三と山下太郎の挨拶を受けた。会議中に中座すると、二人は廊下で待っていた。

「会議中お呼び立てして恐縮です。川北《かわきた》頭取と中山副頭取にご挨拶に参ったところです。本日役員会で増資を決議しました。協調融資の件で川北禎一《ていいち》頭取が慎重なんです。なかなかOKしてくださらないんです。青木さん、応援のほどくれぐれもよろしくお願いします」

山下が低頭すると、石坂も頭を下げた。

「ご丁寧に恐れ入ります」

青木は、石坂と山下に会釈を返しながら〝そっぺいが『アラビア石油の行く末を最も心配しているのは青周だ』と話したに違いない〟と思った。

青木は会議をそっちのけで、その足で中山に会った。

「いま、石坂さんと山下さんからわざわざ挨拶されたよ」

「そうか。青周は頼りにされてるんだなぁ」

中山は笑いながら返して、デスクからソファーに移動した。

「頼りにされてるのはそっぺいさんの方でしょう。どっちにしても増資を決めたんだから、興銀はつなぎ融資の幹事になってやったらいいじゃないの。そっぺいさんがリーダーシップを取らないでどうするんだ」

「興銀がふらついてたら話にならんな。それこそ国益にかなう大事な事業だからな」

「おっしゃるとおり。俺の立場で、あんまり出しゃばるわけにもいかんけど、できることがあればなんでも言ってもらいたいね。油が出ることが分かってて、引き下がったら日本国の恥ですよ」

中山は青木に背中を押されて行内の意思統一を図るため、石井一郎常務と二人がかりで協調融資に難色を示していた川北を説得した。

「石坂さん、コバチュウ（小林中）さん、山下さん、桜田さんや石橋さんまでが情熱的に取り組んでるんですから、応援してあげましょう」

「山下太郎はいまひとつ信用できんのだ」

「多少のことはあるかも知れませんが、事業家としてのセンスのよさは端倪《たんげい》すべからざるものがあります」

「油が出なければ輸銀の融資は難しいぞ」

「必ず出ます。今月二十九日から本格的な掘削が始まりますが、早い期間に商業ベースに乗せたいということです。海洋掘削船を一艘から二艘に増やすのは、火災事故で大規模な油田を確認したも同然だからでしょう」

「しかし、再び火災を起こしたらおしまいだろう。石坂さんや山下さんは、その責任をどう取るんだ。火災が起きないという保証は無いんだ」

中山は視線を川北から石井に移した。

「きみ、暴発防止装置を取り付けるって話、聞いてなかったか」

「聞いてます。プリンペーターと称する装置を備えることになってるそうです」

これは事実だった。火災事故の教訓を生かして、アラビア石油は米国スタンダードオイル系の技術顧問、ウォーカーの協力を得てプリンペーターを設置することになっていた。

大作家の菊池寛をもじって、クチキカンなるニックネームがつけられているほど石井は口数が少ない。部下思いで、あったかい人柄なので、石井が座っているだけで、みんなが安心していられるような存在感のある男だ。そんな石井の発言だけに重みがあった。

「増資の払い込みが確実なら、つなぎということで協調融資も仕方がないかねぇ」

川北が折れた。

中山たちの努力の甲斐あって、富士、三菱、住友、三和、三井、第一、日本勧業、大和、東海、神戸、東京、日本長期信用の十二行が協調融資に応じ、十二月中旬までに九億五千万円のつなぎ融資が実行された。

アラビア石油は経営危機を脱することが出来た。


昭和三十五年一月三十日土曜日の夜八時過ぎに中山素平は、小林中からの電話を逗子の自宅で受けた。

「中山君、いま山下太郎から電話があった……」

小林の声がうわずっている。中山はどきっとしたが、次の瞬間、出油を告げる小林の高揚感、興奮ぶりが伝播して、胸の中にひろがっていた。

「出たんだ。油が出たんだよ。日産千五百バレルと言ってたから、相当な量だぞ。現地から電報が入ったんだ」

小林の声がどうしようもなく弾んでいる。

「なんて言ったかなぁ。威勢のいい総務部長……」

「青周、青木周吉です」

「そうそう。青木さんの自宅の電話が分からんので、教えてもらいたいんだ。青木さんにはずいぶん世話になったからなぁ」

「いや、僕から電話しましょう。ついでに鷹尾にも、それから融資一部の連中にも電話をかけておきます」

「それは違う。石井さんと融資一部のみなさんにも山下太郎が直接電話してるはずだ」

「お気を遣っていただいて恐縮です。みんな喜びますよ」

「これで増資もうまくいくだろう。中山君、二次、三次の協調融資もよろしくお願いしますよ」

小林はぬかりがなかった。

アラビア石油が悪戦苦闘の末、サウジアラビア、クウェート両国に対し出油宣言を行ったのは、昭和三十五年二月二十八日である。

原油の商業量発見を宣言し、商権が確立されたことを意味する。中立地帯沖合はカフジ油田、カフジ原油と命名された。興銀を幹事とする協調融資団十三行は三月末までに二十二億五千万円をアラビア石油に融資、昭和三十四年十二月の九億五千万円を含めて三十二億円が同社に融資された。

四月末の増資は四十七億五千万円（九百五十万株）のうち十六億一千二百万円（三百二十二万株）が失権株となったが、野村、日興などの証券会社が引き受けたので問題にはならなかった。

アラビア石油が累積欠損を一掃して二十八億円の利益を計上、一割配当を実施したのは四年後の昭和三十九（一九六四）年のことである。

4

中山素平は日本興業銀行の頭取としての最後の半年間と会長になってからの二年間は、寝ても覚めても八幡製鉄と富士製鉄の合併問題に全身全霊を打ち込んでいた。

さながら合併推進委員長といったところで、どんな難局に遭遇しようとも挫《くじ》けなかった。

それどころか、ともすれば腰が砕けそうになる稲山嘉寛《いなやまよしひろ》八幡製鉄、永野重雄《ながのしげお》富士製鉄両社長を叱咤激励し続けた。

中山が昭和四十年九月頃、興銀の審査部、調査部などの関係者に両社の合併を想定し内々研究、検討するよう指示したのは、過当競争が熾烈で、両社の財務体質が脆弱だったからだ。〝鉄は国家なり〟の時代でもある。

高度成長期には〝重厚長大産業〟が経済を牽引していたが、鉄はその象徴的な存在だった。公共投資による箱物施設、マンション、オフィスビルから新幹線、自動車、家電に至るまで、鉄鋼は最も重要な資材、素材だった。

だが、鉄鋼産業は企業が乱立し、過当競争が絶えない。リーディングカンパニーの不在こそが問題だった。八幡、富士の合併によって、国際競争力を備えた強力なトップメーカーが誕生すれば、産業界全体の発展に資する。〝両社の合併は国益に適う〟と中山は確信していた。

八幡、富士両社が合併契約に調印したのは昭和四十四年三月六日である。だが、思わぬ横槍が入る。同月八日、近代経済学者グループと独占禁止法専攻の法律学者グループが連名で公正取引委員会に対し、独占禁止法第四十五条一項にもとづく〝措置要求書〟を提出したのだ。

要求書の内容の大要は「八幡、富士両社が、独禁法違反の事実を解消できるような合併のための対応策をつくることは不可能に近い。なぜならば両社自身の責任で競争状態を生み出すような対応策について合併届出までの限られた期間内に事実によって証明できるとは思えない」という厳しいもので、合併反対、合併否定は明確だった。

マスコミも学者たちの意見に与し、大きく報じた。

公正取引委員会は五月七日、両社に対し、鉄道用レール、食缶用ブリキ、鋳物用銑、鋼矢板の問題四品種については合併会社が生産量の過半を占めたり有力な競合会社がなかったりするなど、独禁法に抵触するとの理由で「昭和四十四年三月六日に締結した合併契約にもとづく合併をしてはならない」との趣旨の勧告書を手交すると同時に、東京高等裁判所に緊急停止命令の申し立てを行った。

五月中旬の某日午後、永野が中山に電話をかけてきた。

「ゆうべ堀越君と今里君と一杯やったんだが、堀越から合併の可能性は絶対に無いから降りた方がいいって言われました。どうやら山田委員長の意を体しての話らしいんです」

「永野さんはなんと答えたんですか」

「叱りつけてやりましたよ」

経団連事務総長の堀越禎三《ほりこしていぞう》は日銀出身で、公取の山田精一《やまだせいいち》委員長の先輩にあたるが、永野とは大学が同期で親密な関係にあった。

「合併を支援すべき立場なのに、公取の代弁をするとはけしからん奴ですよ」

「永野さん、意気軒昂たるものがありますねえ。安心しました」

「とにかく、僕も稲山君も徹底抗戦するつもりだから、中山さんも応援してください」

「もちろんです」

しかし、公取への対応策として中山たちが捻《ひね》り出した富士製鉄釜石製鉄所の分離案を永野は頑なに拒否した。

中山は新大手町ビルの小林中事務所に永野を呼び出して、小林と二人がかりで永野を口説いた。

「高い見地に立って決断してくれませんか。釜石の人たちを説得できるのは永野さんしかいません。問題四品種について市場構造を変えるには、釜石を分離するしか無いのです」

釜石製鉄所を別会社にすることによって、シェアも低下し、競争原理が働くという訳だ。

「中山君がここまで言ってるんだから、努力するだけでもしたらどうなんだ。釜石の従業員に土下座するぐらいのことはしてもいいんじゃないのかね」

「僕はたとえ合併が壊れても、釜石の人たちとの信義を守りますよ」

「きみ、なんてことを言うんだ。中山君に失礼じゃないか。ひとにものを頼んでおいて信義もくそもあるかね」

「なんて言われようと駄目なものは駄目なんです」

「きみとはもうつきあわん。もうここへは来んでくれ！」

「お二人とも落ち着いてください」

中山は懸命に二人をとりなし、煙草に火をつけた。

中山と財界の大御所、ご意見番的存在の小林中（愛称コバチュウ）とは旧《ふる》い仲だ。十八年前の昭和二十六年四月に、当時興銀常務だった中山は小林の強い求めに応じて、日本開発銀行に転出した。開銀は、GHQ（連合国軍総司令部）の派閥抗争に巻き込まれた昭電疑獄（昭和電工事件）によって復興金融金庫が機能不全に陥った為、復金的機能を有する産業資金の供給銀行として同年四月に政府の全額出資（資本金百億円）で設立され、小林は初代総裁に就任していた。

五月十五日の開業を目処に小林は身を挺して、新銀行の体制づくりに取り組んでいたのである。時に小林は五十二歳、中山は四十五歳だった。

小林から開銀に中山をスカウトしたいともちかけられたのは興銀頭取の川北禎一だ。興銀の次代を担うプリンス的存在の中山は出せないと川北は反対した。しかし、小林は事前に日本輸出銀行（昭和二十五年十二月設立、二十七年四月、日本輸出入銀行に改称）初代総裁の河上弘一《かわかみこういち》元興銀総裁に相談し、「中山君は受けるでしょう」と前向きの感触を得ていたのである。

河上は川北にこう諭した。

「中山君がどうしても行きたくないと言い張るならともかく、小林君がそこまで惚れ込んでるんだから、男冥利に尽きる話じゃないですか。ひとつのチャンスです。

きっとよろこんで受けますよ。実は二日ほど前、小林君は僕のところへ相談に来たんです。復金から人を採るのは仕方が無いが、昭電疑獄であれだけイメージを落した復金から上のほうの人を採るのはいかがなものか、という考えのようですよ。小林君は実によく研究している。中山君に眼をつけたところなんかさすがですよ。中山君に限らず興銀の人材に期待してるんじゃないですか。産業金融に対する興銀の審査方式を開発銀行に取り入れたいと言ってたが、長期金融を志向する興銀と開発銀行はコンペティティブな関係であるように見えて決してそうではない。政府系の金融機関の設立はけっこうなことだし、興銀がお役に立てるのはいいことですよ」

昭和二十五年四月一日付で、ＧＨＱの意向を踏まえて日本興業銀行法が廃止され、興銀は普通銀行に転換、役職名も、総裁、副総裁、理事から頭取、副頭取、常務、取締役に変った。理事は常務と取締役に二分されたことになる。

川北が小林中を財界の黒幕的存在、政商的存在とする見方があることに触れたとき、河上は首を左右に大きく振った。

「シャイなところがあって、表に出たがらない人だから、誤解されてるのかなぁ。宮嶋《みやじま》清次《せいじ》郎《ろう》さんが可愛がっているだけあって、小林君の事業家としての力量はなかなかのものですよ。ほんとうは、開銀総裁などにするのは勿体無いんです。もっと自由に腕をふるえる舞台がありそうだが、総理の吉田茂さんに声をかけられて、ひと肌もふた肌も脱ぐ気になったんでしょう。端倪すべからざる人物です。わたしが保証します」

日清紡績社長、会長を歴任した宮嶋は吉田と東大の同期だ。二人で小林を口説き落した。いや、小林と同年で肝胆相照らす仲の池田《いけだ》勇人《はやと》大蔵大臣を含めた三人がかりで、小林開銀総裁を実現したと見るのが当たっている。小林は終戦後、公職追放される五島慶太《ごとうけいた》に請われて、東京急行電鉄の社長に就任したほど経営能力が買われていた。

河上は生え抜きで初めて興銀総裁になった。その時、人事部長として仕えたのが中山だ。中山は河上の心の豊かさ、広さに胸を打たれたことが一再ならずあった。中山の人心収攬術《しゅうらんじゅつ》は河上譲りと言える。川北は、河上と中山の師弟関係の濃さに嫉妬めいた思いに捉われた。

結局、一万田尚登《いちまだひさと》日銀総裁、舟山正吉《ふなやましょうきち》大蔵事務次官の横槍で、開銀副総裁は日銀出身者、筆頭理事は大蔵省に横取りされ、中山は次席理事で開銀に転じたが、他に正宗猪早夫（資金部長）と竹俣高敏《たけまたたかとし》（審査部長）の選り抜きのエース格部長をはじめ九名の興銀マンが開銀に移籍した。

正宗には〝まさこう〟の愛称がある。

「まさこうと〝審査の竹俣〟まで引き抜くなんて。ちょっとやり過ぎなんじゃないのか」と多くの興銀マンが思ったのも当然だが、七名の若手については正宗、竹俣、江頭豊《えがしらゆたか》人事部長の三人に任せ、中山は口出ししなかった。

復興金融金庫の存在意義は疑いをいれないし、その功績面も評価するにやぶさかではないが、復金が昭和電工事件で深手を負っただけに、中山は産業金融を誤りなく推進したい、その為には開銀の組織づくりに人事を尽くさなければ、との思いを強くしていた。

昭和二十五（一九五〇）年六月二十五日、朝鮮動乱が勃発、特需と輸出増大によって、ドッジ・ライン実施下の恐慌寸前の経済状況は一変した。

強い追い風が日本全土に吹いてきた。興銀も開銀もその追い風に乗ることができた。

中山の開銀時代は昭和二十六年四月から二十九年九月までの三年五カ月に及んだが、その間、川崎製鉄の千葉製鉄所建設計画を竹俣たちの厳格な審査を経て支援したことと、造船疑獄で一部から開銀までが疑惑視されたことなどが印象に残った。

だが、造船疑獄に開銀が関与するなどあり得なかった。小林総裁が衆議院決算委員会に参考人として出席を求められたが、堂々たる態度で臨み、大向うを唸らせた。

昭和二十九年五月、中山が興銀復帰の話を切り出したとき小林は切なそうな顔をした。

「きみに辞められるのは辛いなぁ。開発銀行がなんとか恰好がついたのは中山君のお陰だよ」

「正宗と竹俣、それに若い人たちが頑張ってくれたからこそで、わたしはなんのお役にも立ってません」

「なんにもやっておらんのはわたしのほうだ。そのセリフはわたしの専売特許だよ」

『わたしは仕事はなにもしてない。政治家の依頼を断わる以外は』——これは小林の口ぐせだが、率先垂範ぶりをいちばんわきまえているのは中山だった。

「きみを開発銀行に縛りつけておくわけにもいかんだろうなぁ。興銀の連中がきみの復帰を熱望していることは、河上さんからも聞いている」

中山は黙って低頭するしかなかった。

小林の切実な要請で、正宗は昭和三十年八月まで、竹俣は三十二年五月まで開銀に留まった。中山は二十九年九月二十九日の興銀臨時株主総会で取締役に選任され、総会後の取締役会で副頭取に選任された。

そして、頭取に就任したのは昭和三十六（一九六一）年十一月二十九日だ。

5

八幡製鉄社長の稲山が興銀に中山を訪ねて来て弱音を吐いたことがあった。

「審判が長引くようですと、合併を断念せざるを得ないかもしれません。永野さんも公取がガタガタ言って面倒だからやめようかと言ってます」

「たとえ最高裁までいっても徹底抗戦すると、お二人ともおっしゃってませんでしたか」

「まあ、そういうことを考えないでもなかったのですが、冷静になってみますと、やはり限度があると思うんです。率直に申し上げて十一月の定時株主総会に合併議案がかけられないようですと、諦めるしかないと思います。合併問題を長期間未解決のままにしておくことは企業経営上、得策ではありませんしねぇ」

「そんなことは分かってます。あなた、ひとにものを頼んでおいてなんですか。戦後まもなくGHQに分割されましたが、もともと八幡と富士は日本製鉄で一緒だったんですよ」

中山が稲山の眼前に右手の人差し指を突き出すと、稲山は上体をのけぞらせた。

中山は稲山を指差したまま言い募った。

「土光さんまで、応援してくれてるんですよ。この期に及んで、そんな弱気でどうします。まだ審判も始まっておらんのに。十月中に結論を出せるに越したことはありませんから、それまでに対応策を考えようということではないんですか」

土光敏夫《どこうとしお》は東京芝浦電気社長だが、国際競争力の強化は必要不可欠などと折りあるごとに両社合併支援の発言をしていた。

後年、稲山は「あのときの中山さんの人差し指はピストルに見えました」と述懐したものだが、中山の気魄《きはく》にたじたじとなったことはたしかである。

中山は両手を膝に戻して、笑いかけた。

「稲山さん、頑張りましょうよ」

「中山会長に叱咤激励されて少し元気が出てきました」

「永野さんは稲山さんの兄貴分ですし、あの統率力と馬力には敬服しますが、ちょっとやんちゃなところがありますでしょう。釜石の鋼矢板の問題にしても頑として聞き容れてくれませんが、その永野さんを、稲山さんは辛抱強く立てていらっしゃる。だからこそ、なんとか合併問題が壊れずにもってるんです。問題品種は四品目にしぼられてるんですから、対応策を積み増しすることによって、審判で是認されることは十分可能です。僕は九〇パーセントの確率で公取の承認は得られると踏んでます」

「熊谷《くまがや》次官と吉光局長には、対応策を小出しにしたから公取の心証を害した、と叱られました」

熊谷典文《よしふみ》は通産事務次官で企業局長時代から八幡、富士の合併問題にかかわってきた。吉光久《よしみつひさし》は通産省重工業局長だ。

「たしかに釜石分離案のような対応策をどかんと出せれば、それに越したことはありませんが、八幡と富士の利害得失を調整しながら対応策をまとめなければならんのですから、通産省に分離案を蒸し返せと言わんばかりの無いものねだりみたいなことを言われても困ります。興銀は両社の調整役として、けっこう苦労してるんですよ。僕は指図ばかりして大して役に立ってませんが、梶浦や鷹尾、それに若手の平山《ひらやま》が頑張っている。それなのに『きみらまだ努力が足らんぞ』って僕が言うものだから、彼らは正宗にこぼしたそうです。会長になっても人使いの荒さはぜんぜん変わってないとか。僕は皆んなから鬼呼ばわりされてますよ。通常の二倍働かされたなんていう奴には、『仕事し過ぎて病気になるなんてことは無い。暴飲暴食か徹夜麻雀のほうがよほど身体に悪い』って言ってます。欲張りで点数が辛いですかねえ」

梶浦英夫は副頭取、鷹尾寛は常務取締役、平山静夫《しずお》（昭和二十九年入行）は審査部調査役だ。とりわけ平山の獅子奮迅の活躍ぶりは語り草になった。

平山は対応策の積み増しについても折に触れて知恵をふりしぼった。たとえば①合併会社は八幡製鉄所東田の鋳物用銑設備を神戸製鋼所に譲渡し同社のため請負い生産する②神戸製鋼所は流通業者を含めた八幡製鉄の販売権を引き受ける――などである。

公取委の審判が最終段階に入ろうとしている九月下旬の某夜、永野が中山に電話をかけてきた。

「新聞記者がいろんなこと言ってくるが、中には山田委員長が合併に反対だから、審判で否決されるに決まってるなんて言うのもおるんだ。中山さんはどう思いますか」

「マスコミは合併に反対する近経学者グループに影響されてるんじゃないですか。僕はそんなふうには考えません。これだけ関係者が努力して、筋を通してやってるんですから」

「政治家を使う手はどうでしょうか。角さんがひと肌脱ごうかみたいなことを言ってきてるんです」

『角さん』が自民党幹事長の田中角栄であることは言うまでもないが、中山はそれは無いと思った。あと一歩のところまできているというのが中山の認識だった。

「それはどうでしょうか。せっかくここまで正攻法でやってきたんです。かえって逆効果になりませんか。僕が公取の委員長だったら、逆に反発すると思いますよ。世間からいらぬ誤解をまねかないとも限らんでしょう」

「そうかなぁ。圧力をかけると言ってはなんだけど、角さんに口をきいてもらうぐらいのことはあってもいいと思うんだがねぇ。煮えたんだか煮えないんだか、さっぱり分からんから山田委員長にどうなってるか訊いてもらおうじゃないですか」

「それでしたら、大平《おおひら》君から話してもらうのがよろしいんじゃないですか。大平君は政治家には違いないが通産大臣です。通産大臣の立場で、山田委員長に会ってもらうということなら筋道が立つと思いますよ」

昭和四十三年十一月に椎名悦三郎《しいなえつさぶろう》の後を受けて通商産業大臣に就任した大平正芳《まさよし》は、東京商大（一橋大）で中山の七年後輩に当たる。二人の年齢差は四歳。むろん親密な仲だ。

「大平君は慎重居士ですから、こっちの言うとおり動いてくれるかどうか分かりませんが、とにかく相談してみます」

「皆んなをこんなに苦労させておいて、合併は駄目だなんて言われたら浮かばれんからねぇ」

「僕は見通しは明るいと思います」

　中山は、大平―山田会談を実現する為に根回しに入った。

　山田は逃げ腰だったが、梶浦たちが接触し、小林中にも動いてもらい、面会の秘密保持を条件に了承した。

　だが、大平は慎重で話に乗ってこなかった。中山は大平への何度目かの電話で声を荒げた。

「もう二度ときみには頼まない。所管大臣のきみがノーとは呆れてものが言えないな。山田委員長がイエスなのに、なんていう無様なことを。きみになり代って、僕が山田委員長にお会いするしかないかねぇ。世間体を考えれば、山田委員長のほうが慎重になるべきなのに……」

「あー」「うー」しか無かった大平が折れた。

「分かりましたよ」

　うんざりしたような声だが、「ありがとうございます」と中山は丁寧に返した。

　日程調整がすすめられた結果、目立たない場所でということで、丸の内の旧興銀ビル別館にある東京支店の支店長室で大平―山田会談が実現した。

　中山は二人を引き合わせ、ごく手短かに挨拶して引き取ったが、山田のほうから「もっと早く大臣にお会いすべきでした」と切り出してくれたことがあとで分かった。

大平はその日のうちに中山に電話をかけてきた。

「山田君は月末に委員会を開いて結論を出すと言ってましたよ。両社が公取の排除勧告を受け入れる『同意審決』ということになるんじゃないですか。あなたがたの努力が報いられないということにはならんでしょう」

「ありがとう。それを聞いて安心しました」

中山が、永野と稲山に吉報を電話で知らせたのは当然のことだ。

八幡、富士両社は昭和四十四年十月十五日、公取委に対し、同意審決を申し出るとともに、独禁法違法事実排除計画を提出、微調整を経て三十日に公取委は両社に「同意審決書」を手交した。

同日夕刻、経団連での記者会見後、稲山と永野が連れ立って興銀に中山を訪ねてきた。二人は中山に向かって深々と頭を下げた。

「永野さんに最敬礼されたのは初めてですねぇ。短気を起こさないでくださいって、僕ばかりがお辞儀してたような気がしますよ」

中山はそんな冗談が口をついて出るほど晴れやかな気分だった。

雑談の中で、稲山が興味深い話をした。

「調査役の若い人で、しゃかりきになって働いてくれた人がいましたねぇ」

「平山静夫です」

「そう平山さん。〝鉄の平山〟のニックネームが奉られているそうじゃないですか」

「休日返上で頑張ってくれたこともあります。興銀でいちばん働いたんじゃないですか」

中山は満更でも無かった。若かりし頃の自分を重ね合せて『自分もそうだった』との思いに捉われたかもしれない。

昭和四十五年三月三十一日、八幡製鉄と富士製鉄が合併し、米USスチールを上回る粗鋼生産量世界第一位の「新日本製鐵」が誕生した。

6

高井重亮がジャパン・インドネシア・オイルの創業記念パーティが行われていたホテルニューオータニから会社に戻ったのは午後八時前だが、さっそく編集長の柳《やなぎ》田隆《だたかし》から手招きされて、デスクの横に座った。

「さっき電話で記事にできないとか言ってたが、どうしてなんだ」

「ジャパン・インドネシア・オイルは、トヨタを押さえ込むために過渡的ないし便宜的につくられた会社です。私の独断と偏見があるかもしれませんが、いずれどこかに統合されるんじゃないですか。新聞もあえて記事にはしないそうです。そっぺいさんにも、釘をさされたくらいですから間違い無いと思います」

「なんと言ってもトヨタ自販が主体というか主力だからなぁ」

「JODCOのときは、各紙とも書きました。JODCOは日本の石油権益確保という重要な役割を担っていますからね」

たとえば日本経済新聞が『〝協力惜しまぬ〟首相　ジャパン石油設立パーティー』の二段、二本見出しで報じたのは、四カ月半ほど前、昭和四十八年二月二十七日付の朝刊である。パーティにはもちろん中山も出席している。


BP（ブリティッシュ・ペトロリアム）の権益を譲り受けてアブダビ沖合の石油開発に乗り出すジャパン石油開発（JODCO）の設立披露パーティーが二十六日午後五時から七時まで東京・丸の内の東京会館で開かれた。会場には田中首相、中曽根通産相が姿をみせたほか民間人側も石油関係者、財界、産業界の首脳陣がズラリ出席、BP会長のドレイク氏はじめメジャーの関係者も数多く顔を見せた。

田中首相は祝辞の中で「エネルギー問題の関心は世界的な高まりを見せているが、日本でもやっとその重要性が認識されるようになった。大陸ダナの開発や海外ではメジャー、産油国との協力を進めて石油の安定確保を図ることが重要な政策課題となってきた。こうした時、BPと共同でアブダビ海洋域で開発することが決まったことは喜びにたえない。政府としても成功のために協力を惜しまない」と最大級の賛辞を述べるとともに、石油確保に取り組む政府の姿勢を改めて表明した。

またこのあとあいさつに立った中曽根通産相も「メジャーのクラブ入会を許され、小さいながらイスを与えられたことはコミュニケーションの道が開けたわけで、今後は産油国とも提携して合理的な話し合いの機会を得たことになる」とその提携の意義を強調した。

高井が翌朝、七月十三日付の全国紙朝刊をチェックした限りではジャパン・インドネシア・オイル関係の記事は見当たらなかった。

ただし、各紙とも〝官邸日記〟で「▽午後6時35分、ホテルニューオータニの『ジャパン・インドネシア・オイル会社』の創業披露パーティに出て、通産相時代に持ち込まれた懸案だったこの会社がここまでこぎつけてホッとしたと語り、拍手を浴びる」とベタ記事で書かざるを得ないのは仕方がない。〝鞍馬天狗〟には一切ふれていなかった。

七月十二日の夜、高井は柳田と国鉄・山手線神田駅近くの〝赤提灯〟で二時間ほど話し込んだ。

「田中角栄に『今日あるのは中山素平のお陰だ』なんて、言われたとしたら、光栄至極だろうな。それこそ一国の総理、それも今大閤と称されるほどパワーのある首相だからねぇ」

「佐藤栄作の次は福田赳夫が衆目の見るところでした。中曽根派の造反で田中角栄内閣が誕生しましたが、大蔵相時代、通産相時代の功績を見れば当然という気がしてくるから不思議ですよ。そっぺいさんは、未だに昭和四十年五月の山一証券に対する日銀特融での、田中角栄の切れ味の見事さを感嘆すること頻《しき》りです。政治家、経世済民の範を仰ぐとはこのことだと話してました」

柳田が二つのグラスにビールを注いだ。

「氷川会談だな。氷川会談をセットした中山素平は立派だったね。日銀特融を引き出す為とまで考えたかどうかは分からないが」

「当然、考えてましたよ。ただあんなに絵に描いたようにうまく行くとは思わなかったんじゃないですか」

氷川会談とは、昭和四十年五月二十八日夜、日銀氷川寮で行われた大蔵、日銀、幹事銀行首脳による会議のことだ。

当時、山一証券は、運用預かり、投資信託などの解約によって倒産寸前まで追い込まれていた。取り付けに遭った銀行に等しい。影響は全証券業界に波及し、大波は大波を呼び、金融恐慌に陥りかねない累卵《るいらん》の危うきにあった。

氷川会談の出席者は田中角栄蔵相、佐藤一郎事務次官、高橋俊英《たかはしとしひで》銀行局長、加治木《かじき》俊道《としみち》財務調査官、そして佐々木直《ささきただし》日銀副総裁、中山素平日本興業銀行頭取、田実《たじつ》渉《わたる》三菱銀行頭取、岩佐《いわさ》凱実《よしざね》富士銀行頭取の八人。

「田実さんが証券取引所を二、三日クローズしたらどうかと発言したことが、導火線になったんです。このことはそっぺいさんから聞いて、田実さんにも確認しました」

高井は中山の紹介で、田実にも会っていた。中山が田実に電話をかけてくれたのだ。三菱銀行の役員応接室で名刺を交わすとき、名刺入れに挟んであった小さな包みをぽろっと落としたときの高井の周章狼狽ぶりといったらない。コンドームだったからだ。

あわてて拾いあげて、それをズボンのポケットに捩じ込んだ高井に、田実は温容を一層ゆるめてのたまった。

「武士の嗜《たしな》みですね」

「ど、どうも」

顔から火が出た。迂闊、粗忽《そこつ》、間抜けにもほどがある。

「そっぺいさんに言いつけたりしませんからご心配なく」

初対面で話が弾んだのは、そのお陰だったかもしれない。

もっとも、あとで分かったことだが、田実は洒脱な面もあれば、劇団前進座を支援する風がわりな一面ものぞかせている。

田実が恥ずかしそうに振り返る。

「六十三歳の頭取が四十七歳の少壮政治家に『なんだ！　おまえ！』って怒鳴られる醜態を演じたんです。そっぺいさんに『田実さんが角さんから〝日銀法二十五条〟の発動を引き出して、金融恐慌を止めてくれた』なんて冷やかされてまいりました。氷川会談を仕掛けたのも、日銀特融を実行する二十五条発動という伝家の宝刀を抜かせたのもそっぺいさんですよ。角さんに『興銀が二百億円出せ』と言われて中山さんが反発したことで、幕が開くんです。愚図愚図してた佐々木直さんが一発で陥落しましたから、凄い威力、迫力でした」

氷川会談における田中と中山そして田実のやりとりはこんな風だった。

「中山君、きみのところで二百億円ほど山一に出してやってくれないか。そのぐらいなんとでもなるだろう」

「もちろん不可能ではありませんが、わたしは頭取を辞めなければなりません」

「なぜだ。山一を救い、証券業界を救済することができるんだから、二百億円ぐらい安いものじゃないか。きみが頭取を辞めることはないよ」

「興銀は二百億円ぐらい貸せる力はあります。しかし、山一に無担保で貸したとなりますと、もう興銀債券は売れなくなります」

「どうして売れなくなるんだ」

「あんな行儀の悪い銀行の債券は買えないと言われるに決まってます。各銀行とも興銀を信用してくれなくなりますから、わたしは責任を取って辞めざるを得ないじゃないですか」

「そんなものかねぇ」

田中が渋面をあらぬほうへ向けたとき、田実は飄々とした口調で言った。

「証券取引所を二、三日クローズしたらどうですか」

「閉めてどうするんだ」

「その間にゆっくり対策を考えたらいいじゃないですか」

「なんだ！　おまえ！」

田中は顔を真っ赤に染めて浴びせかけた。

「なんだおまえとはなんですか」

田実がむっとした顔で言い返す。いくら大臣でも、おまえ呼ばわりされる覚えはない。

「いま、われわれが深更まで協議しているのはなんのためなんだ！　それでもおまえ頭取か！」

田中はひたいに静脈をうきあがらせた凄まじい形相だ。

昭和四十三年頃、田実は第一銀行頭取の長谷川重三郎《はせがわじゅうざぶろう》と謀って合併を仕掛けたことがあった。契約直前で破談になったが、修羅場には強い、したたかな人だと思いながら、高井は田実を見返した。

「眼に見えるようです」

「田中角栄さんとわたしが遣り合ったことはお聞きなんでしょ」

「はい。『なんだ！　おまえ！』なんて怒鳴られたら誰だって向かって行きますよ」

「氷川会談の翌朝、そっぺいさんと電話で長話しましたが、深夜の記者会見で角さんは、山一証券に対する日銀特融を無担保、無制限に行なうなんて発言したわけでしょう。ぶったまげましたよ。氷川会談では〝無制限〟なんていう言葉はひと言も出てないんですよ」

「そっぺいさんも、たまげたと話してました。およそ金融の常識に反します。論外ですが、あのおかげで山一だけじゃなく、世の中が水が引いたように静かになりましたから、凄いことですよ」

「氷川会談で角さんは相当ご機嫌斜めだったんですよ。肝心の宇佐美洵《うさみまこと》日銀総裁が欠席したのを根にもったと思います。それも結果オーライだったんですかねぇ」

田実のくだけた口吻に誘われるように、高井は咥《くわ》え煙草で、返した。

「田実さん、そっぺいさん、堅物の岩佐さん。役者も揃ってました。角栄節が炸裂する舞台が氷川寮だったわけです。宇佐美総裁は何故欠席したんでしょうか」

「頭《ず》の高い人ですから。役不足と思ったんですかねぇ」

三菱銀行の先輩に対してここまで言うか、と思ったとき、田実の表情が動いた。

「あなた、東邦経済のエネルギー担当ですよねぇ」

「ええ。別の雑誌にもこっそりバイト原稿を書いてますけど」

高井はちょっとうろたえながら続けた。

「ご心配なく。〝自己規制〟はきちっとやってますので。今の会話はここだけの話にしておきます」

田実はにやつきながら、高井のズボンに眼を流した。

7

神田の〝赤提灯〟で高井と柳田はビールの中瓶を二本あけて、冷や酒をぐい呑みで始めた。

「中山さんと田実さんの気が合うのはどうしてなんだろうか」

「ま、中山さんと田実さんの間柄は、英雄は英雄を知るっていうことだと思います」

「財界鞍馬天狗には誰しも、一目も二目も置いてるんじゃないのか。それと、あれだけの立場なのに、ぶったところが無いのもいいよなぁ」

「氷川会談の角さんのパワーで、そっぺいさんと田実さんが近づいたことは間違いないと思います」

高井が〝落し物〟の場面を眼に浮かべながら続けた。

「田実さんとは二度しかお目にかかってませんけど、僕みたいな若造にも友達みたいに気を遣ってくれる人です。二度目にお会いしたとき、そっぺいさんは河上弘一さんの薫陶よろしきを得ていると言ってました。河上弘一さんのことは、そっぺいさんから何度聞かされたことか。写真も見せてもらいましたが、あったかそうで優しそうな顔でした」

中山を育て開銀に仲介した河上は昭和三十二年二月三日に七十歳で他界した。脳溢血の再発作で危篤の知らせを受けた中山は、前夜十時前に慶応病院に駆けつけた。

病室から食み出《は》すほど大勢の人々が集まっていた。

川北禎一頭取、伊藤謙二《いとうけんじ》相談役、岸喜二雄《きしきじお》前総裁（富士重工会長）、末広幸次郎《すえひろこうじろう》元副総裁、笹山忠夫《ささやまただお》元理事（アラスカパルプ社長）、二宮善基《にのみやよしもと》元副総裁（東洋曹達《ソーダ》工業社長）らの興銀関係者。石坂泰三経団連会長、芦田均《あしだひとし》元首相、山際正道《やまぎわまさみち》日銀総裁、牛場《うしば》友彦《ともひこ》輸銀監事。中山は悲しいやら、切ない気持ちをこらえて川北たちと黙礼を交わした。

翌三日午前十時五十三分、河上は帰らぬ人となった。昏睡から一度も覚めることのない安らかな大往生だった。夫人の歌、秘書の高見八重子《たかみやえこ》たちは、大森院長の求めで病室に泊まっていた。

「ご臨終です」という大森の言葉を聞いたとき、「だんなさま！」とふるえ声で歌が呼びかけながら遺体にすがりついた。

歌の言葉に誘発されてみんながどっと泣き崩れた。

中山は肩をふるわせてむせび泣いた。

芦田均は〝私も暗涙《あんるい》にむせんだ。かくして一高以来親しかった河上もついに逝いた。身辺誠に淋しい〟と日記に書いている。

遺族の希望でキリスト教式による前夜式（通夜）は五日の夜、興銀本店七階の行員食堂で行われた。会場は弔問客であふれ、千名近い人々が霊前に献花した。

中山は牧師のスピーチは上の空で、四年後輩の高橋一《たかはしはじめ》を追想していた。高橋は河上の興銀総裁時代に秘書課長として仕えて以来、いつも河上に影のように寄り添ってきた。子供のいない河上は、高橋を実子のように可愛がった。

学生時代、快速球で鳴らした。中山とは若い頃に興銀野球部でバッテリーを組んだ仲でもある。

〝いっちゃん〟の愛称で親しまれ、気働きのする男だった。

河上は輸銀総裁に転じたとき、高橋を理事で呼び寄せた。その高橋は若くして脳梗塞で倒れ、河上よりも先に幽明境を異にした。

中山が高橋の重篤状態のとき、そのことを入院中の河上に伝えたところ、よほどショックだったとみえ、しばらく口もきかずに涙ぐんでいた。

河上は見舞いにきた山際に「自分はこんな躰《からだ》になってしまって、高橋君に何もしてあげられないのは、まことに残念です。諸君に高橋君のことをくれぐれもお願いするほかはありません」と頭を下げたという。

8

ぐい呑みを呷《あお》って、午後九時二十分を示している時計を見ながら柳田が言った。

「河上さんが素晴らしい人であることはいろんな人から聞いてるが、謦咳《けいがい》に接したことは一度もなかった」

「編集長とは四半世紀違いますよねぇ。僕は半世紀以上です。僕たちの世代で語り草になるのは、そっぺいさんでしょう」

「財界鞍馬天狗か。土光敏夫さんやコバチュウ（小林中）も経済史に名前が残ると思うが、中山素平さんの行動力には敵わんかもなあ」

「歴代総理で田中角栄はどうですか」

高井に煙草の煙を吹きつけられて、柳田は顔をそむけた。

「郵政、大蔵、通産の大臣を歴任して、官僚を手なずけたのはたいしたもんだよなあ」

「しかし正宗興銀頭取の角栄嫌いは相当なものですよ。そっぺいさんと正反対です」

「大昔、百姓上がりの秀吉太閤を嫌った人が一杯いたのと同じだろう。インテリに角栄を嫉妬する人は多いかもな」

「わたしはそっぺいさんと同じで実行力、決断力を買いますねぇ。わけても通産相時代に打ち出した列島改造論は、官僚出身の大臣には思いもよらない一大プロジェクトですよ。今後の日本国を変えるような気がします。大都市と地方との格差是正、内需の増加、雇用の増大など、波及効果は大いに期待できると思います」

「中山素平さんの受け売りだな」

ずけっと言われて、高井はむすっとした。

柳田は的を射てもいたが、高井は「たまたま同意見だったというだけのことですよ」と返した。

「中山素平さんが今いちばん夢中っていうか熱が入っているのはエネルギー問題だな。無資源国の我が国は、常にエネルギー問題に悩まされてるからなあ」

「おっしゃるとおりです。今から二年以上前の昭和四十六年一月にそっぺいさんが自ら団長になって、大型ミッションを率いてサウジアラビアなどに行きました。エネルギー問題で危機感を持たないのは、日本人としておかしいっていう考えの持ち主です。衆知を集めて常々取り組むべき課題だと思います」

「ヤマニ石油相がテヘランでのOPECの会議の最中に抜け出して、中山さんたちと意見交換するために、リヤドまで飛んで帰ってきたんだったなあ」

「正確には、ファイサル国王に呼び戻されたんでしょう」

高井が中山から聞いた話はこうだ。

「ヤマニとは二時間ほど意見交換した。彼はその日のうちにテヘランに戻ったが、低姿勢でしたねぇ。サウジアラビアにとって日本は巨大なマーケットです。一方、日本にとってサウジアラビアはオイルを供給してくれる大切な友好国だ。ヤマニと話していたら〝円オイル〟という言葉を使い出した。なぜかというと、日本はサウジからオイルを大量に買う。サウジはこれから砂漠の緑化など、開発して行かねばならない。そのためには日本から機械を買わなければならないし、技術指導を受けなければならない立場だから、物々交換的な発想で〝円オイル〟と言ったんじゃないですか」

「ファイサル国王の印象はいかがでしたか」

「堂々とした大帝という感じでした。口数が少ないので、話を継ぐのに苦労しました。質問攻めにするわけにもいきませんしねぇ。僕が『日本では戦後だいぶ経って、われわれのような年寄りと若い人たちとの間に意識の開きが出てきて、ちょっと問題になっている。国王はいかがお考えですか』って訊いたら、ゆったりした口調で、もちろんアラビア語で通訳付きの対話ですが、『若い者には勇気がある。年寄りには経験がある』とおっしゃった。口数の少ない大帝でしたねぇ」

中山素平に関する二人の話は尽きることはなかった。石油危機が起こる三カ月前のことだった。

第二章　石油危機

1

『週刊東邦経済』エネルギー担当記者の高井重亮が、中山素平と初めて会ったのは、昭和四十七年一月十四日のことだった。その前日の午後九時過ぎ、高井は逗子の中山邸を訪れていた。二時間ほど前に興銀秘書室に電話で確認したら帰宅したとのことなので、咄嗟に夜回り取材を決行しようと思い立ったのだ。

厳冬である。高井は逗子駅からのタクシーの中でもオーバーコートの襟を立てていた。

豪邸とは言い難い。玄関のブザーを押すと、中山夫人と覚しき女性が玄関脇の小窓をあけた。

「どなたですか」

「こんばんは。遅い時間に申し訳ありません。週刊東邦経済の高井と申します。中山相談役はいらっしゃいますでしょうか」

高井は名刺を差し出した。

女性は手を伸ばして名刺をひったくった。

「こんな時間に失礼じゃないの。主人がいるわけもないのに。ちょっと待ちなさい」

夫人は甲走った声を発して、小窓を離れた。

二分ほど待たされたあと、高井はいきなりゴムホースで、大量の水を頭からぶっかけられた。音を立てて小窓が閉まった。

マフラーをタオル替わりにして、頭や顔やら、コートを拭きながら、高井は這々《ほうほう》の体で退散した。

底冷えする寒い夜だ。だが、寒さを忘れ、高井は怒りで身内がカッカッと熱くなるほど血が滾《たぎ》った。

薄暗くてはっきり見えなかったが、夫人は色白で美形だったような気がする。

それにしても、夜回りには慣れているはずだ。同じような被害に遭った記者が他にも存在するのだろうか。

若造ゆえかもしれない。天下の〝財界鞍馬天狗〟を夜回りするには身分不相応だったのだろうか。

『主人がいるわけもない』

どう取れば良いのだろうか、と高井は思う。

翌日、午前十時に出社した高井は、デスク上のメモにすぐ気付いた。

〝日本興業銀行の中山相談役よりAM9：20TELあり。折り返しをお願いするとのことです〟

高井は早速、興銀本店に電話をかけた。

中山の声が聞こえるまで一分ほど要した。

「もしもし、中山ですが」

「高井と申します」

「昨夜は家内が失礼なことをしたようですねぇ。申し訳ありません」

「こちらこそ失礼しました。突然押し掛けたわたしがいけなかったのです」

「なにかお急ぎの用向きがありましたか」

「エネルギー問題で色々お伺いしたいと思いました。相談役のアポを取るのは大変なものですから」

「そんなことはありませんよ。閑人とは言いませんが。よろしかったら、きょうでも良いですよ」

「ほんとうによろしいんですか」

「時間は僕の都合に合わせてもらえますか」

「はい。もちろんです」

「それでは午前十一時五十分にいらっしゃい。受付に来てくれれば分かるようにしておきます」

「ありがとうございます。その時間にお邪魔させていただきます」

強心臓で鳴る高井でも、少しドキドキした。

中山素平に会えるのは、編集長か編集局長だと考えていた。だからこそ、無謀にも夜回りに及んだのだ。

興銀に着くと、受付に女性秘書が高井を待ち受けていて、相談役執務室隣接の応接室に案内してくれた。中山はノックと同時に横のドアから現れた。

高井はもじもじしたが、夫人から渡っていたとしても名刺を差し出すのが常識だと瞬時のうちに判断した。名刺を交わすなり、中山は手でソファーをすすめながら、笑顔を向けてきた。

「風邪はひかなかったようですね。昨夜は寒かったので心配しました」

「躰が丈夫なことだけが取り柄です。あれしきのことで風邪などひくわけがありません」

女房が水をぶっかけたことを承知している。名刺が二枚渡ったのは明らかだ。

「まさか水を撒かれるとは思わなかったでしょう。愚妻から電話で聞いて、叱っておきました。この辺の……」

中山は首を回してから続けた。

「連中はみんな知ってることなんです。お察しの通り僕を庇ってくれて、タブーみたいにしてくれてますが、逗子が遠いのと、ああいう女房なので足が遠のいてねぇ。このところ、ずっと帰宅してなかったの。編集長の柳田さんは知ってるんじゃないかなぁ。聞いてませんでしたか」

高井は、中山が〝火宅の人〟なのだろうかと気を回した。

「柳田はそういうことを吹聴する男ではありませんので……」

「だから高井さんは逗子まで無駄足して水を撒かれたんですね」

初対面でここまでうちとけてくれるとは。中山には尊大な感じは欠けらもなかった。人を魅きつけてやまない筈だと高井は思った。

「失礼ながら思い切って夜回りさせていただいた甲斐がありました。奥さまに水を撒かれなかったら、中山相談役にお眼にかかることはできなかったと思います」

「うーん。どうなんでしょうか。家内がゴムホースで水を撒いたのは初めてです。よほど虫の居所が悪かったんでしょう。相手構わずけんもほろろは昔からですけれど」

冗談ともつかずに言って、中山は唐突に本題に入った。

「エネルギー問題で、なにか教えてもらえるんですか」

ジョークにしてもちぐはぐ過ぎると思いながら、高井は真顔で返した。

「とんでもない。お尋ねしたいことがあります。昨年一月にサウジアラビアを訪問した〝中山ミッション〟は、ずいぶん大がかりな使節団ですねぇ」

「そりゃあそうですよ。エネルギー問題、資源問題は、産業界のみならず日本国全体で取り組むべきです。我が国にとって最大の課題でしょう。国民みんなが危機感を持たないといけません」

「メンバーの中に大商社のトップまで入ってるんですねぇ。商社の儲け過ぎ、商社悪玉論も聞こえてきますが」

「極論ですね。商社機能は必要です。日本経済への寄与、貢献のほうが圧倒的に大きい。情報収集力も大使館や官庁の出先機関より上かも知れませんよ」

高井がメモを取ろうとする前に中山が言った。

「財界鞍馬天狗なんて言われてますが、違うんです。僕は現役の頃から表立って仕事をしてますよ。貧乏性でいろんなことが気になって仕方が無いほうなんです。形《な》振《ふ》り構わず出しゃばったり、余計なお世話を焼くほうかも知れない。だが、〝中山ミッション〟なんていうネーミングはよくないなぁ。〝中東経済使節団〟です。団長のなり手が無いから、しょうがなくて……」

「ミッションのメンバーは総勢三十名だったみたいですね」

「そうそう。国をあげてのミッションですから」

時計を見ながら、中山が腰を浮かした。

「お腹が空いたでしょう。食堂でカレーライスでも食べながら話しましょうか」

高井は「どうも」と頭を下げたが、さほど恐縮したふうではなく、時間的にも予想しないでもなかった。

役員食堂の大部屋での昼食メニューはカレーライスではなく、鯛茶漬けに変ったが、いつも近くの蕎麦屋で済ます高井にとっては、初めて口にする相当豪華な食事だ。

高井はどうやって食べるのか分からず、中山の真似をするしかなかった。鮮度抜群な鯛の刺身をご飯に乗せて、熱いだし汁をかけるだけのことだったが。

2

昭和四十七年一月中に高井は、二度も中山から取材ができた。二度目はホテル・ニュージャパンのスウィートルームだった。土曜日の午後、中山から呼び出されたとも言える。それも中山夫人に水をぶっかけられたからこそだろう。負い目になっていたのかもしれない。いや違う。見所がある、と気に入ってもらえたのだと自惚れることにした。

取材後、煙草を吸いながら中山がリビングを見回した。

「この部屋は作戦会議室でもあるんですよ。興銀の連中だけじゃなく、開銀のコバチュウ（小林中）さんや日本精工の今里広記君など、いろんな人たちが来てくれます。僕はここで寝泊りすることもあるんです」

なるほどな、と高井は思った。生活臭を感じたからだ。

「ここへ来た人たちの中で、いちばん若い人は高井さんですよ」

「恐縮です。ありがとうございます」

高井は衷心から感謝、感激した。

「高井さんは幾つになるの」

「三十一です」

「まだ独身ですか」

「はい」

「ふうーん。それじゃあ、ちょうどいいかもねぇ。人生二度結婚説を唱えた学者がいませんでしたか。僕の秘書を覚えてるでしょう」

高井は怪訝そうにうなずいた。聡明で気品のある女性だった。

「高見八重子さんっていう名前です。若そうに見えるが、四十三歳です。河上弘一さんの秘書をしてましたが、僕が頭取になったときから、ずっと秘書をしてもらっててねぇ。『あんな素晴らしい女性を独りにしておくのは勿体無い』って河上さんは言い続けてたの。十五年も前に、良い嫁入り先を探すように言われて、未だに見つからなくて」

「あんな気位の高そうな女性は、僕みたいなガラッパチにはとっても無理です。ご勘弁ください」

高井は表情を強張らせて激しく手を振った。このときは言えなかったが、すでにフィアンセがいるのだから詮方無い。

中山が笑顔で返した。

「そうですかぁ。断られてしまいましたか」

「すみません」

「謝ることじゃないでしょう」

「どうも」

中山が取って付けたように話題を変えた。

「高井さんは、興銀がどうしてこんなに輝いているか分からないでしょう。僕が入行したのは昭和四年の大変な不況期です。善助《ぜんすけ》とか善ちゃんと呼ばれてた二宮善基《よしもと》さんが二年先輩で、四年、六年と隔年採用のボロ銀行だったけれど、それこそ気位だけは高くてねぇ。特殊銀行は普通銀行と違って、国策でしょう。東大銀時計組の河上さんが生え抜きの初代総裁で、河上さんに仕えた人たちは皆んな懸命に働いたんです。高学歴意識も無かったし、旧制の高商卒も商業学校出もじつに良く仕事をした。女性事務員も然りです」

「聞き齧りですけど特銀では日本勧業銀行のほうが上位だったんじゃないですか。興銀が輝いてるのは、戦後、GHQに戦犯銀行視されて潰されそうになったのを中山さんたちが結束して再建整備された。そのときの連帯感が根っこにあると思うんです。それと長期信用銀行法のお陰もあるんじゃないでしょうか」

「その通りです。勧銀と北海道拓殖銀行の長期金融部門を母体にして、日本長期信用銀行が昭和二十七年に設立されたが、鍛え方とか気概が全く違うの。何倍も違います」

「鍛えるほうには遊びも入ってたんじゃありませんか」

高井にまぜっかえされたが、中山はにこやかに応じた。

「そうそう。毎晩のように飲んでる連中が多かった。もちろん身銭を切ってですけどね。僕は仕事をするほうが好きでしたが」

「それは戦前戦後を通じてですか」

「そうです。良く学び良く遊びもした。だから体力が無いともたない。話が飛ぶけれど、調査部は興銀の看板ですが、僕はその中に特別調査室をつくった。長いタームで個別企業を研究する為ですが、普通銀行が見捨てた企業を興銀は野戦病院みたいに助けるわけ。僕の頭取時代の六年半ほどの間、興銀がメインバンクの企業で会社更生法を適用された会社は一社もありません。アルコールも入って無いのに自慢話が過ぎますか」

「いいえ。もっともっと自慢してください」

高井は上体を寄せて相槌を打った。

「河上弘一さんのことはご存知でしたか」

「はい。もちろんお名前だけですが。三ツ《みつ》本常彦《もとつねひこ》さんが秘書課長をされたんじゃなかったですか」

中山が思案顔になったのは、そうではなかったからだが、それには応えず、笑顔になった。

「三ツ本はそれこそ僕の自慢の弟分でもあるし、興銀の誇りでもありますよ」

戦後間もない昭和二十三年、元興銀総裁の栗栖《くるす》赳夫《たけお》の大蔵大臣及び経済安定本部総務長官時代に首席秘書官をしていた三ツ本は、昭電疑獄に巻き込まれて小菅拘置所に六十五日間も拘留された。収賄幇助罪《しゅうわいほうじょ》で起訴された三ツ本は一審で懲役六月、執行猶予一年の判決を言い渡されたが、二宮副総裁同様、控訴審で無罪になった。

だが、この復興金融金庫から昭和電工への融資をめぐる贈収賄事件では、日野原節《ひのはらせつ》三《ぞう》昭和電工社長、首相の芦田均、大野伴睦《おおのばんぼく》、西尾末広《にしおすえひろ》、栗栖ら大物政治家が囚われの身となり、芦田内閣が崩壊した。

公判中、証言台に立った河上が、栗栖を指差して痛罵したことがあった。

「栗栖君、全てはきみがいかんのだ。きみは二宮君や三ツ本君にまで迷惑をかけた。きみの責任は重大だ」

河上は、栗栖の政治家志向は勝手だとしても、芦田均の入閣要請に応じなければこんなことにならなかった、との思いが強かったのだろう。何故芦田は事前に相談してくれなかったのか、とも思った筈だ。ただ、当時の興銀は目の前の再建整備にかかりきりで、それどころではなかった。

昭和五十年代後期の新日本証券相談役時代に、三ツ本は消費者金融最大手、武富士創業者の武井保雄《たけいやすお》を知人から紹介され、「社長に是非」とスカウトの口がかかった。あまりの好条件に、「ちょっと考えさせてもらいましょう」と即答を避けたが、武富士の実情を知るに及んで断った。「正解だった」と知人に洩らしている。

高井は、中山と三ツ本にまつわる話をひと頻り聞いたあとで、中山が昭和二十六年から三年半、理事として出向していた日本開発銀行時代のことを質問した。

「興銀は開銀や輸銀（日本輸出入銀行）に人材もたくさん出してますし、もてるノウハウも開示してますよねぇ」

「鑑定方法、審査技術については全てオープンにしてます。開銀も輸銀も、興銀が育てたことはたしかでしょうね。開銀、輸銀に限らず、求められれば地方銀行、相互銀行からも若い研修生を受け入れました。地銀は昭和三十四年九月から、相銀は三十六年十月からでした。三十七年四月には生保最大手の人を審査部で一年あずかったこともある。そうした人事交流がいまや恒久化し、定着しました。皆んな興銀に感謝してると思いますよ」

「私もそう聞いてます。全て中山さんがオーケーしたんですか」

「そんな。興銀の文化、伝統です。国益に適うことでもあるしねぇ」

「同感です。それにしても、開銀に理事で移籍した中山さんが興銀に復帰するのは大変だったと思いますが」

「また、三ツ本の話に戻っちゃうが、おみつ（三ツ本）や青周《あおしゅう》、僕と同期の日高輝《ひだかてる》たちが復帰運動を激しくやってくれたお陰です。急先鋒は十年後輩の池浦喜三郎ですよ。彼は当時企画課長でしたかねぇ。〝俺独りでそっぺいを興銀に戻したんだ〟

みたいな大きな顔をしてる。まぁそう思われても仕方無い面はあるかもしれないな。行内を駈けずり回れる立場だったから」

中山が時計を見たので、高井も眼を落した。時刻は午後五時を回った。

「ポットのお茶だけじゃねぇ。時間は大丈夫なの」

「はい。何時でもけっこうです」

「じゃあ、一杯やりましょう。水割りで良いですか」

「わたしがやります。スコッチのボトルは棚にありますし……」

高井は棚を見上げながら、腰を浮かした。

「いいからいいから、座ってなさい。高井さんはお客さんでもあるんですから」

中山はもう起ち上がっていた。

いつの間にか灰皿が一杯になっている。換気が効いているので煙でもうもうということは無い。ただ、部屋は脂《やに》の臭が染み付いている。二人ともものべつ幕なしのヘビースモーカーだから気づかないだけのことだ。

水割りの仕度が整い、センターテーブルにはおかきやピーナッツの乾き物のつまみまで並んだ。

「夕食は外へ出ても良いし、鮨を取っても……」

「お言葉に甘えさせていただきます。お鮨をお願いします」

高井は深々と頭を下げたが、出前の鮨で遠慮したつもりも少しだけあった。

「まずは乾杯しましょう」

「ありがとうございます。乾杯！」

ダブルの水割りウィスキーのグラスが触れ合い、澄んだ音がした。

「またまた、三ツ本の話になっちゃうけれど、おみつの奥さんは、未だにわがままなバカ女房と仲良く友達づきあいをしてくれてますよ」

「そうなんですか」

「バカ女房はいちいちうるさいほど逐一報告してくるんです」

中山はふと遠い目をして、話題を変えた。

「終戦の焼け野原から、こんなところで高井さんとお酒が飲めるまでになった。日本は世界的にも奇蹟と思われるほどの高度成長を遂げました。国民みんながよくぞ頑張ったと思いますよ。デトロイト銀行頭取だったJ・ドッジ公使が昭和二十四年二月にマッカーサー元帥の経済顧問として来日したんです。〝ドッジ・ライン〟なる経済安定計画が実施に移されたのがその二カ月後でしたかねぇ。均衡財政政策、ディス・インフレーション政策、自立促進政策で日本人は皆んなヘトヘトだった。昭和二十五年六月二十五日に朝鮮動乱が勃発し、日本に神風をもたらした。神風が吹かなかったらどうなってましたかねぇ」

「たしかに食うや食わずの過酷な時代でした。GHQ最高司令官のマッカーサー元帥がトルーマン大統領に解任されて、離日したのは昭和二十六年四月だったと思いますが、NHKのラジオ放送で志村正順《しむらまさより》アナウンサーが『マッカーサー元帥よ、さようなら！』と絶叫調でアナウンスしたことを子供心にも覚えてます」

「そうそう。なんだかんだで、自由なアメリカ文化を伝えてくれたマッカーサーは日本人には人気があったからねぇ。僕がこんなふた昔も前の話をするのは、良い気になってはいけないという自戒を込めてのことなんです」

中山は表情をひき締めて、センターテーブルにグラスを戻し、煙草と持ち替えた。

3

その一年半後の昭和四十八年九月上旬に、高井が中山に呼ばれて興銀相談役応接室で面談したときのテーマは、欧州のエネルギー情勢などだった。

「土光さん、今里君、それに両角さんたちとヨーロッパに行ったこと知ってましたか」

「はい。ホテルニューオータニのパーティの後でしたね」

「そう。八月上旬です」

「両角さんは官僚生活の垢を落す為にゆっくり休みたい、なんておっしゃってましたが」

「そんな長閑《のどか》なことを言っていられる場合じゃないでしょう。パーティのときにはもう英国やドイツやフランスに行くことを決めてましたよ。僕が皆さんに呼びかけたので団長でしたがねぇ」

中山は、この年六月十一日に産油国のリビアが米系石油会社の国有化を宣言したことなどの動きに敏感に反応した。

「田中角栄首相がニクソン大統領との日米首脳会談で渡米したのは七月二十九日です。欧州で田中首相と合流したなんてことはあるわけ無いですよね」

「当然です。角さんの渡米中のことは全て新聞やテレビが報じてます。そんなことより、OPEC(石油輸出国機構)加盟のペルシャ湾岸六カ国の動向に、欧州各国も相当緊張してることが分かりました。無資源国の日本は、もっともっと緊張しなければいけない。危機感を持たないとねぇ」

中山の手から〝セブンスター〟が離れることは無かった。高井の〝ハイライト〟も負けてはいない。

「なるほど。よく分かりました。最近、『日本サウジアラビア協力機構』を立ち上げたのは危機感と表裏一体の関係にあるわけですね」

「その通り。日本にとって最も頼りになるのはサウジアラビアです。あの〝アラビア太郎〟が石油利権を獲得したときに、両国の間の経済交流をもっと深めなければいけなかった。二年前の一月に行って、布石を打って来たことの意義、意味はあると思いたいところですが」

中山は煙を吐き出しながら続けた。

「サウジアラビアにとって、日本はアメリカに次ぐマーケット、ユーザーです。しかし、サウジが輸出先を探していた二年前とは力関係が逆転し、石油が売り手市場になった。それどころか、もっと深刻になるかもしれない」

高井は過剰反応ではないかと思わぬでもなかったが、どうしても追従気味になる。

「二年前の〝中山ミッション〟が布石になり、サウジとの友好関係は保持されると思いますけれど」

「そう願いたい。切実にそう思いますよ。中東の産油国はサウジだけではないが、サウジへの依存度は高いからねぇ」

だが、中山の危機感は裏付けられてしまった。

第一次石油危機の引き金を引いたのは、十月六日に勃発した第四次中東戦争だ。十月二十二日の国連の停戦決議によって同日戦火は止んだが、停戦前の十七日に

OPECが原油公示価格引き上げを決め、OAPEC（アラブ石油輸出国機構）が原油生産量の削減措置を決定した。

疾風勁草の中山がじっとしていられる訳が無い。矢も盾もたまらず行動に移した。

十月二十日に財団法人中東協力センターを設立したのもその一環だ。中東における産業経済の開発を目的とした同センターを通じて、OPEC加盟国とのパイプ強化を狙ったのだ。

和田敏信《わだとしのぶ》通産省通商政策局長は何度も中山に電話をかけてきた。むろん中山からかけたこともあるし、フェイスツーフェイスで話もした。和田を同僚たちは「わだびんしん」と呼んでいたが、若い頃は在カナダ日本国大使館に一等書記官で赴任した。両角同様、英語が堪能だ。両者の違いは、和田のほうはバンカラを装っていると見做されかねないところだろうか。

和田はむろん口調は丁寧だが、中山はやや押しつけがましいと思わぬでもなかった。

「一日も早く民間ベースで対応策を考えてくださいませんか。両角先輩もいちばん頼りになるのは中山素平さんだと口が酸っぱくなるくらい言い立てています」

「経団連エネルギー対策委員長の松根さんや東大名誉教授の有沢さんとも連絡を密にして取り組んでますよ。輸出入の責任ある立場の人の危機感や焦燥感は分かります」

「焦ってるつもりはありません。通産官僚としての使命感です」

「ご立派なことです」

国会でエネルギー総合推進委員会の設置が煮詰まってきたときは、こんな電話をかけてきた。

「委員長はそっぺいさんしかいないと両角先輩は話していました。くれぐれもよろしくお願いします」

「両角委員長でも良いでしょう」

「いくらなんでもそれはありません。中山さんの本音とは思えませんが。中山委員長、両角副委員長でお願いします」

中山は和田をからかった。

「総理の諮問機関ですよね。田中角栄首相とも、何度も話してますよ」

「角さんとはわたしも話してますが、ここは中曽根康弘通産大臣の顔を立ててください。〝我が社〟も相応の対策を講じています。七月に資源エネルギー庁が発足したのはご案内の通りです」

「山形栄治《やまがたえいじ》長官は国会で苦労されてますねぇ。通産省の踏ん張りどころでしょう。和田局長も大変ですね」

中山は和田が〝アンチ佐橋派〟を売りにしていることは先刻承知だった。和田は「佐橋滋《さはししげる》は間違っている。自衛隊をあれほど非難するのはいかがなものか」と公言していた。

中山が通産省に強いことを知らぬ者は、少なくとも同省の総括班長（課長補佐）以上では一人として存在しない。

4

中山が興銀頭取時代の昭和三十八年初め、通産省は松尾金藏《まつおきんぞう》事務次官の後任をめぐって騒ぎになっていた。大騒動の落しどころは決まったが、中山はまだ心配していた。

混乱の発端は、事務次官に企業局長の佐橋滋が内定していたのを、〝佐橋は態度がでかい。生意気だ〟との感情論が高じて、通産大臣の福田一《ふくだはじめ》が、上がりポスト的な特許庁長官の今井善衛《いまいぜんえい》を強力に推したのだ。経済界、産業界が騒然としたスキャンダラスな事件とも言えた。福田の愛称は〝ぴんさん〟だ。

福田は大野伴睦派の重鎮である。東大法学部出身で同盟通信の政治記者から政治家に転じた。気性も激しく、名うての弁舌家だった。

アンチ佐橋、クールな通産官僚は山ほどいたが、佐橋のパワーは抜きん出ていた。ノートリアス・MITI（悪名高き通産省）と畏怖され、外資法による外貨送金の匙加減のみで、同省が経済産業界を牛耳っていた時代でもある。良きにつけ悪しきにつけ、日本は勝れて官僚国家だが、わけても通産省のパワーは抜群で、行政指導によって、国と産業界が輝いていた側面も評価しなければならない。政財官のトライアングルが機能していた良き時代でもあった。

興銀もまた、優秀な若手を、通産省の大臣官房企画室などに〝弁当持ち〟（肩書きは通産省職員だが、給与は興銀持ち）で送り込んでいた。また、通産事務次官経験者を役員待遇顧問として受け入れてもいた。

福田の横槍による大騒動を中山は冷静に見守っていたが、昭和三十八年七月の人事で、今井善衛事務次官（前特許庁長官）、佐橋滋特許庁長官（前企業局長）が決定。そして昭和三十九年十月に特許庁長官の佐橋が事務次官に就任した。任期は一年半だった。昭和十二年入省組から二人の事務次官が誕生したのは未曾有の事件だった。

佐橋次官時代のいわゆる〝官房三課長〟は本田早苗秘書課長、後藤正記総務課長、佐々木学会計課長だった。

佐橋事務次官の誕生で、通産省はしゃかりきになって、特振法（特定産業振興臨時措置法）の成立に向けて動き出すはずだ。特振法は、資本自由化への危機感から、企業の合併などによって国際競争力を高めようという内容だ。

興銀頭取の中山が〝特振法〟に関心を持つのは当然で、法案を立案した佐橋—両角ラインを支援していた。

しかし、山一証券に対する日銀特融を決めた〝氷川会談〟をわざと欠席した宇佐美洵総裁を擁する日銀や旧財閥系が、通産官僚による統制経済だという理由で猛反対するであろうことは見えている。中山は残念ながら法案が成立する見込みは薄い、と読んでいた。

〝特振法〟の下地をつくったのは佐橋の部下の両角良彦だった。在フランス日本大使館一等書記官時代、フランスで官民協調の混合経済方式を学んだ両角は昭和三十六年に帰国し、企業局企業第一課長に就くや、「我が国は貿易や資本の自由化に備えて企業の国際競争力を強化しなければならない」と主張してやまなかった。

ただ、当時企業局長だった佐橋と両角は肌合いが違う。

佐橋は写真館の子息だが、両角は旧日本陸軍中将を父親に持ち、東大法学部在学中に高文（高等文官試験）に合格した。絵に描いたような秀才だ。両人ともエリート中のエリートだが、バンカラとジェントルマンの違いはある。

一方で、昭和十六年後期入省の両角より一期半後輩の三宅幸夫《みやけゆきお》同局産業資金課長

（昭和十八年入省）は、両角説に異論を唱えていた。

行政指導だけで産業界の体制強化は可能と考えていた佐橋も当初は混合経済方式には懐疑的だった。そこで佐橋は企業局長室で、両角と三宅に徹底的に議論させた。小長啓一《こながけいいち》、濱岡平一《はまおかへいいち》、内藤正久《ないとうまさひさ》ら総括班長、総括係長クラスの若手のキャリア官僚たちにも傍聴させた。

二時間に及ぶ激論のすえ、佐橋は「両角に分があるなぁ」とひとりごちた。三宅も脱帽し、以降、混合経済方式の裏付けとなる〝特振法〟の法案化が省内で推進されることに決まったのだ。

産業界の理解を得るためには、業界紙のセミナーに講師として参加し、経営企画担当の部課長クラス百人以上に発信、アピールしよう。両角はそこまで考えて、石油化学新聞主催のセミナーに足を運んだ。両角の〝特振法〟行脚は語り草になった。その成果もあり、旧財閥系の三菱油化が〝特振法〟賛成の意向を通産省に伝えるなど、相当数の企業が傾斜した事実がある。

佐橋の力量を買っていた中山は昭和三十九年七月上旬の某日午後、企画室長だった三宅を興銀頭取応接室に呼んだ。

「お呼び立てして申し訳ない。僕は貧乏性でいろいろなことが気になるんですよ」

「とんでもない。中山頭取にはご心配をおかけして申し訳なく思っています」三宅はシャイな感じを相手に与える男だった。頭髪は薄い。温容で時折り決まり悪そうに下を向く。

「桜内義雄新大臣は、福田さんほどパワーはありませんが、優しい顔に似合わず、したたかですよ。三宅さん、佐橋さんに手紙を出したらどうですか」

三宅が顔を上げて、中山を凝視した。

「手紙ですかぁ。口で言えますが……」

「念には念を入れるべきです。〝さばだん〟は、桜内さんを歯牙にもかけないでしょう」

〝さばだん〟は〝佐橋旦那〟をつづめたニックネームだ。

三宅が下を向いたので、中山が二本目の煙草に火をつけた。

「〝ぴんさん〟の一件があったので、〝よっちゃん〟、……失礼、昭和電工副社長の鈴木《すずき》治雄《はるお》君が桜内さんのことをそう呼んでるんです。〝よっちゃん〟〝はるちゃん〟の仲なの。話が脱線してご免なさい。桜内さんは勇んで通産省に乗り込んで来ますよ。腰越状《こしごえじょう》ばりの手紙を佐橋さんに出したらどうですか」

「きょう中山頭取にお目にかかることを佐橋に話してしまいました」

中山が煙草を脇の灰皿に置いて、思案顔になった。

「かえって好都合じゃないの。伏線を張ったようなものでしょう。僕との話の内容は訊かれるまで黙ってなさい」

三宅は俯いて五秒ほど黙っていたが、考えがまとまったらしい。

「承りました。手紙は中山頭取にお見せしますかねぇ」

三宅の口調が皮肉っぽくなった。『企画室長の立場を、〝そっぺいさん〟、わきまえてくださいよ。そこまで指図される覚えはありません』と思って当然だが、中山は笑顔で煙草を燻《くゆ》らせながら言い返した。

「それはいけません。私信でしょう。三宅さんがどうしても手紙を認《したた》めるのがお厭なら、話したらよろしい。ただし、僕は手紙のほうが佐橋さんの胸に響くような気がするんですが……」

中山が勁《つよ》さより優しさを出した瞬間だった。

「お忙しいのにお呼び立てして申し訳なかった」

三宅が引き取ったあとで、中山は頭取執務室に移動して、五分ほどぼんやり煙草を吸っていた。

三宅は、昭和三十九年七月十九日付で佐橋に宛てて手紙を郵送した。

前略　明日の桜内新大臣に対する所掌事項説明に関連し、取り急ぎ一筆私見を申し上げます。

昨夏、いずれしかるべき時節に腰越状ばりの一文を差上げる旨を申し上げましたが、本状はその一部として御高覧下さい。

大臣に対する説明に際しては、エチケット、マナーに十分配慮して戴きたいこと、例えばノーネクタイ、腕まくり、無断の脱上衣等は是非慎まれたく、又、無雑作な脚のくみ方も、特に意識して避ける様努力されたいと存じます。

この点は池田勇人さんも随分やかましい方でした。オフィスにおいてのみならず、宴席でも当初の間はきちんとしておられました。当時の通産幹部或いは出入りの人について、その非礼に不満をもらされたこともありました。

今度の組閣でも池田さんは赤城宗徳《あかぎむねのり》氏の入閣を懇望されましたが、この御両人がかつて意気投合した出会いに次の一幕がありました。数年前のある宴席で赤城さんにほれ込んだ彼は、帰路信濃町に立ち寄って飲み直すことを申入れ、快諾を得られました。

彼は一足先に帰宅し、酒肴の手配を指図し、和服にハカマを着て客を奥の部屋に招じ、正座《しょうざ》に据えて懇ろにもてなし、赤城氏は池田さんの律儀な気風に感激したとの由。

又、池田さんは上野《うえの》幸七《こうしち》次官を招ぜられる時はいつも上座に据えていました。公務の面接の際は勿論逆でしたが。

組織の責任者には、それなりの折目けじめが形式的にも要求されるものと信じます。これがくずれると、傍の第三者にも快き風景とは映じないものです。

説明は平易、懇切且つ説得的でありたいと存じます。

説明を相手が納得しない時には、当方にもその責任なきやを反省して然るべきだと信じます。例えばＯＥＣＤが来た時、如何にして彼等の論理、思考方法の枠の中で当方の主張とその根拠をなす日本的特殊事情を説明し切るかというのが我々の責任でした。

先月、三木《みき》武夫《たけお》さんを囲む会の時、長官から十五分ばかり、特振法論、協調体制論がブタれました。しかし、ネ、ネと押しつける様な語尾の強さと、「絶対」だという数回の言葉が印象に残っただけで、その説明は決して私にとってヴィヴィッドでもなければ説得的でもない憾みがありました。

地についた経済政策というものは所与の現実の中から何がベターかという相対的なものではないでしょうか。一さんが佐橋君の説明は強圧的だといった批判はあの夜の説明に関する限り尤《もっと》もだと感じました。

夜も更けて来ましたので、本日は取急ぎ明日の説明に関連した事項についてのみ愚見を申上げました。いずれ本状の続篇というか、本論を申上げるべき日の近からんことを祈りつつ擱筆致します。取急ぎ乱筆の段御許し下さい。


一週間ほど経ってから、三宅から中山に電話がかかってきた。

「佐橋さんに厭な顔をされませんでしたか」

「いいえ。参ったなぁという感じです。他人のことを、半分以上も常々頭の中にカウントできる人は、神様に近いと佐橋が申しておりました」

「人誑《ひとたら》しと言う意味ですね」

「とんでもない。本音だと思います」

「でしたら、その言葉は佐橋さんのほうだと伝えてください」

中山は笑いながら返した。

中山が空気を読んだとおり、〝特振法〟は国会に上程されたが、廃案となった。後にスポンサー無き法案と称された。

5

エネルギー総合推進委員会が設置されたのは昭和四十八年十一月に入ってからだ

が、委員長のなり手がいない中で、中山は買って出た。

中山が「どなたが委員長に就いてもおかしくありません。みなさん一人一人が委員長になったつもりになってください。副委員長は両角さんが引き受けてくれました」とのたまったことがある。常任委員の顔ぶれは豪華だった。

土光敏夫（東京芝浦電気会長）、有沢広巳（東京大学名誉教授）、向坂正男《さきさかまさお》（日本エネルギー経済研究所長）、木川田一隆《きかわだかずたか》（東京電力会長）、芦原義重《あしはらよししげ》（関西電力会長）、安西浩《あんざいひろし》（東京瓦斯会長）、岩佐凱実（富士銀行会長）、今里広記（日本精工社長・ＪＯＤＣＯ社長）らである。

サウジアラビアが出光興産などにＤＤ原油の七〇パーセント値上げを通告してきたのも、山下太郎のアラビア石油に一〇パーセントの減産を要求してきたのも十月下旬だが、十一月五日にはＯＡＰＥＣが原油の生産削減の強化を決定、宣言した。十一月十九日には、サウジアラビアのヤマニ石油相が「対日供給緩和措置を講じるのは、イスラエルと断交するのが条件だ」と言明している。だが、親米国家の日本がイスラエルと断交することなどありえない。米国や日本に大幅な値上げや減産を迫ったヤマニは、世界的にも〝時の人〟になった。

ところが、同月二十七日にヤマニは「対日石油輸出量は一カ月当たり五パーセントの減産にとどめる」と言明した。

高井はこのとき思った。〝中山ミッション〟の効験あらたかではなかったかと。

もっとも記事にはそうは書かなかった。その前に〝オイルショックではない。オイルクライシスだ〟と手厳しく書いた手前もある。

昭和四十八年は、歴史的に大きな一ページを記した年だと高井は思う。化学工場の爆発事故が続発したのもこの年だ。

出光石油化学徳山工場（七月七日）、チッソ石油化学五井工場（十月八日）、住友化学大江製造所（同十三日）、日本石油化学浮島工場（同十八日）、信越化学直江津工場（同二十八日）等々である。

中山素平が真顔で高井に言った。

「社長さんたちは雁首そろえて伊勢神宮で御祓いを受ける必要がありますねぇ」

「石油精製も化学も然りですね」

「そう。特に化学企業には興銀OBがけっこういるので、心配です。押しつけたわけじゃなくて、求められて出したんです。〝興銀ますらお派出夫〟なんて揶揄されてるが、ほとんどはどこへ出しても通用します。何度も言ってるが鍛え方が違いますから。中には誰それをお願いしますなんて逆指名してくるところもあるの。そうすると僕はしょうがないので、是非貰いがかかったと当人に伝えざるを得ない」

「中山さんは人を出すときは必ず是非貰いとかおっしゃってると聞いてますが」

高井がまぜっかえすと、中山は「そうそう」と二度うなずいた。

十一月下旬の某日に面談したときだが、トイレットペーパー、合成洗剤などの買いだめ騒ぎにも話が及んだ。

「二日に異例の通産事務次官談話が発表されましたが、ウチの女房なんかもバカをやってますよ」

「ウチの女房――」

いけねぇと思い、高井は煙草を灰皿に捨てて、頭を掻いた。

「すみません。入籍したのは最近です。派手なおひろめはまったく無しです。友達の新聞記者に頼んで、内幸町の日本記者倶楽部の食堂で一杯やっただけのことなんです」

三歳下の佐和子は女子学院から早稲田大学に進学した。

「ふうーん。美人なんでしょう。お祝いしなくちゃあねぇ」

中山はピストル状の右手を高井の胸板目掛けて突き付けた。

「それも無しです。大手出版社の友達が一人だけ、バラの花束を持ってきましたが、スピーチも無し。ナシナシ尽くしです。マイクも女房と二人で独占してました。なにを言われるやら、たまったものじゃないですので」

「高井さんでも赤面することがあるんですか」

「ストップ。すみません。その話はもう止めてください」

高井は広げた両手を突き出した。〝ピストル〟のお返しだ。

同月十六日には石油緊急対策要綱が閣議決定され、鉄鋼、化学など大口需要十一業種について一〇パーセントの石油消費抑制の行政指導が行われた。

「家庭用灯油の小売り価格も十八リットル缶で上限三百八十円に凍結されましたが、価格形成に通産省は介入し過ぎませんか」

「高井さん、今は非常事態だから、僕は許容しなければいけないと思う。精製各社がとった対応策は、原油の入着状況に応じて操業率を下げる、そして各製品の出荷を調整する。結果的に出荷手控えによる深刻な品不足が発生するわけだから、政策介入は仕様が無いでしょう」

「利益なき繁栄と言われ続けてきた素材産業の石油化学業界まで、調子づいて浮かれ気味です。水ぶくれなのでいずれ平静になるから心配するなって業界の人たちは言ってますが、どうなることやら見当がつきません」

「総合推進委員会でも議論してるが、僕は狂乱物価の安定をどうするか心配でならないの。早急に取り組むべきは、サウジを中心とする穏健派産油国への対応策でしょう」

「だからこそ、石油利権確保に走るだけではなく、中東の経済発展も支援する協力機構や協力センターの存在意義があるわけですね」

「そうそう」

「三年ほど前の〝中山ミッション〟で布石を打った。その先見の明は凄いことですよ」

中山がにこっと微笑んだので、高井は思わずおもねってしまった。

6

田中角栄首相、大平正芳外相の田中内閣強力コンビで実現した日中共同声明（昭和四十七年九月二十九日調印）を踏まえ、中山素平は知己や配下を総動員して、民間ベースの訪中大型ミッションの実現に向けて動き出した。

在中国日本国大使館（北京）が開設されたのは、昭和四十八年一月十一日、在日中国大使館（東京）は二月一日である。その直後に植村甲午郎経団連会長を団長とする経団連ミッションが訪中。副団長は土光敏夫、芦原義重、中山素平の三人。

訪中三日目に、植村、中山、土光、芦原の正副団長四人が周恩来総理から酒席に招かれた。

午前零時の遅い時間だが、周恩来は上機嫌で中山たちの話に耳を傾けた。

席上、中山は植村に促されて、エネルギー問題についてスピーチした。

「日本は無資源国ですから、資源開発に協力するにやぶさかではありません。日本の技術協力によって中国で出油したときは是非とも輸入させていただきたいが、日本がお気に召さないとおっしゃるのなら、世界のどこかへ輸出するということでも結構です。両国が協力し合うことが大切なのです」

周恩来は関心を示したが、具体論については触れなかった。だが、中山素平の人と為りについて詳細に把握していた。

「あなたは財界鞍馬天狗というニックネームがあるそうですね。日本興業銀行の頭取、会長を辞めてからもエネルギー問題にとどまらず何でもこなして、お国のお役に立っていると聞いていますよ。いや、日本のみならず世界の為に働いている。大変立派な心がけです」

酒席は午前四時まで続き、酒に強い中山も土光も翌日は終日、休息を取った。四人が宿舎のホテルになかなか戻らないのを心配した団員たちは、中山と土光が失言して、拘束されてしまったのではないかと本気で心配したほどだった。

中山は、周恩来の歓待ぶり、もてなしぶりにいたく感じ入り、「日本で学んだこともこれありで、第一級の人物だけのことはありますね」と土光に話したものだ。

田中総理の命令で閣議決定を経て、三木武夫副総理（国務相）がサウジアラビアなど中東各国を歴訪したのも、背後で中山が動いたからでもある。石油危機に中山がどれほど心を砕いていたかの証左だろう。

オイルショックによって、我が国は戦後最大の不況に見舞われた。落ち込みのテンポが急な上に、長期化したのだから、戦後最も深刻な景気後退になるのは当然である。

鉱工業生産指数はピーク時の昭和四十八年下期の一三三・七（四十五年を一〇〇として）から四十九年下期のボトム時は一〇九・九へ、一年間で二三・八ポイントも低下した。後退期間は四十八年度第４四半期に始まり、四十九年度第４四半期の底入れから五十年度第１四半期に反転するまで５四半期の長期に及んだ。実質国民総支出は四十九年度に戦後初めて前年度比マイナス〇・二パーセントとなった。

民間企業の設備投資の冷え込みも大きく、昭和五十年度の実質伸び率はマイナス九・三パーセントと大幅な落ち込みを記録した。

減速経済下の景気回復の遅れの中で、産業別の業績回復の跛行性《はこうせい》が目立ち、自動車、家電、精密産業など国際競争力の強い輸出関連の組立加工型産業は、米国経済の景気回復を背景に五十年中ごろから輸出を急速に伸ばし、内需の不振を補って生産、業績とも順調に回復した。

一方、鉄鋼、石油化学、石油精製などの素材産業は資源価格高騰の影響を強く受けたことと、装置産業で稼働率低下による固定費負担の圧迫を受けた為、きわめて不調、不振だった。

しかし、昭和四十九年に入って日・米・欧三大消費地域の需要低下や産油国の生産制限、禁輸の段階的解除によって、石油需給バランスは急激に緩和した。この結果、石油製品価格に対する政府の介入は、四十九年八月以降ほぼ全面的に解消された。ただ、石油業界の価格形成力が弱体なため、原油の大幅値上げによるコスト上昇に対して価格転嫁機能が働かず、石油業界の企業収支は四十八年度から五十年度まで赤字決算を余儀なくされた。

だが、五十一年度以降は急激に進行した円高による為替差益によって収支は著しく改善された。

ペルシャ湾岸産油国が原油価格の引き下げを表明したのは昭和四十九年十一月十日のことだが、六カ国の足並みはそろわず、値下げに踏み切ったのはサウジアラビアなど三カ国にとどまった。

7

昭和四十九年十月十日に発売された『文藝春秋』十一月号に衝撃的なルポルタージュ記事が二本掲載された。

立花隆の〝田中角栄研究――その金脈と人脈〟と児玉隆也の〝淋しき越山会の女王〟だ。

特に〝田中角栄研究〟は田中の資産形成や、ユウレイ会社の実態、政治資金の流れなどを詳細なデータをあげて四十ページに及んで分析・レポートした。二十名のスタッフが投入されたという。

立花はこの中で執筆の動機づけらしき点をおよそ次のように書いている。

その金権ぶりと金力の背景にまつわる疑惑とが、これほど問題にされ、批判された首相は、日本の政治史上いまだかつてないということだ。

おそらく、国会（四十八年三月参院予算委員会）で、次のような追及を受けた首相は前代未聞であろう。

青島幸男君　ちまたで、総裁選挙が近くなると、リュックサックに札束を詰めて、あっちこっちへ運んでいるんだというようなうわさがありました。私はそう考えたくなかったのです。しかし、こういうもの（後援会による資金集め）をずっと調べてまいりますと、これはほんとうにリュックサックがなきゃ運べないだろうという金が動いているわけです。このリュックサックに詰めて運んだ金で同調者を勧誘し（中略）、派閥を大きくする。派閥を一番大きくした人が総裁選で勝って総理になられる。ということは、総理の座を、支援団体から集めた金で買ったことになりはしませんか。総理の座を？

国務大臣（田中角栄君）　そんなことはありません。

青島幸男君　そんなにまっかになって、おおこりになって大声を出さなくてもいい。人間というのは、ほんとのことを言われるとおこるのですよ、総理。（中略）国民がこの点をたいへん疑念に思ってるわけです。だから、国民の納得のいくようにご説明いただけませんか。違う、だめだということでなくて、納得のいくように。

国務大臣（田中角栄君）　あなたもしつこい方ですな。（後援会活動を）私は関知しておらないのです。私ではなくて、ほかの人が運営しているのです。ほかの人が。

さて、私たちも青島氏と同じような疑問を持ち、この国会答弁のようなものでは、私たちも、多くの国民も納得できないと考える。

（中略）

田中首相が、なんらやましいところがないというのであれば、アメリカの例になって、個人資産を公表するなどして、疑惑を晴らしてはいかがだろうか。首相という国家の最高の公人として、国民の疑惑があれば、それを解くのは当然の義務ではないか。

〝田中角栄研究〟にいち早く反応したのが、ニューズウィーク誌やワシントン・ポスト紙だ。

中山は田中から電話がかかってきたとき、先を越されたと思った。

「僕のほうから電話すべきか悩んでたんですよ」

「俺もそっぺいから何か言ってくるんじゃないか、待ってたんだが、待ちきれなくなった。それでそっぺいはどう思うんだ」

田中の濁声が苛立っている。

中山は気持ちの揺れを抑えて、突き放した。

「総辞職しかないと思いますよ。ニューズウィークを読みましたが、日本のマスコミも騒ぎだしたじゃないですか」

「俺は乗り切れると思ってる。この程度で内閣を投げ出したら、男が廃る」

「ここは引き際です。潮時でしょう。角さんは石油危機の不運に見舞われたが、なんとか凌げたじゃないですか」

「おい！　そっぺい！　俺を見限るって言うのか！」

「なにをおっしゃる。大派閥を率いる角さんの影響力を温存する為にも、ここは一歩引くべきだと申し上げてるんですよ。列島改造で、地方都市を活性化した功績は後々まで評価されるんじゃないですか。まだまだ出番はありますよ」

「そっぺいの言いなりになるわけにはいかんな。十一日に内閣を改造して、乗り切って見せる」

ガチャンと電話が切れた。

事実、田中角栄は十一月十一日に第二次田中内閣改造を強行した。十八日に来日したフォード米大統領とも会談した。

〝今太閤〟と田中をさんざん持ち上げたマスコミの掌返しも激しく、「文春が書いたことは全てとっくの昔に知ってたよ」などと嘯《うそぶ》く大物政治記者もいたほどだ。

政治家たちの蠢動《しゅんどう》ぶりも目に余った。

田中が中山に二度目の電話をかけてきたのは、十一月二十五日の夜だ。虚勢を張っているとは思えない。声量も声の張りも、相当なものだった。

「椎名から引導を渡された。厭味な爺さんだが、しょうがねぇ。兜を脱ぐことにした。そっぺいさんが言うとおり、わたしの出番はまだまだあるし、三木なんかに負けちゃあいられない」

中山自身は出番があると言ったことはすっかり忘れていたが、田中角栄の気持ちが多少なりとも平静になっていたので、ほっとした。

椎名悦三郎自民党副総裁の影響力、調停能力が絶大なことを中山が知らぬ筈が無かった。

「角さんの後任は三木武夫さんなんですね」

「三木を以前副総理にしたのはわたしだが、一応ナンバー2なんだから、仕様が無いだろう。ほんとうは大平が良いと思うし、中曽根も悪くは無い。福田赳夫だけは勘弁してくれって椎名の爺さんに頼み込んだんだ」

「……」

「わたしがいっとう身に沁みてこたえたのは、〝田中角栄研究〟なんかじゃ無い。〝淋しき越山会の女王〟のほうなんだ」

「角さんのお気持ちは察して余りありますよ。あの記事は読んで辛くなりました」

「立花なんかより、児玉なにがしはぶっ殺してやりたいくらいだ」

その気持ちも分からなくはない。田中内閣は、二本の論文の負の相乗効果によって、倒閣に追い込まれたのだと、中山は思った。

8

中山のリーダーシップで、昭和四十八年十月、のちに日本サウジアラビア協力機構を統合する中東協力センターが設立された。サウジアラビアの工業化に対するわが国経済協力のあり方、方法を研究するためだ。この一環として同機構内にサウジアラビア中小規模産業振興調査団を編成し、同国に派遣することになった。

団長は津村光信《つむらあきのぶ》・石油開発公団企画室長で、日本興業銀行から経営コンサルタント部門の山田康弘《やまだやすひろ》（開発部長）、鮫島宗和《さめじまむねかず》（主任研究員）、建部直也（同）、平木嘉彦（同）の四人が調査団に参加、五カ月ほど周到に準備をして、四十九年七月上旬にベイルート経由でリヤド入りする日程が組まれた。

山田たちはサウジアラビアにおける中小規模産業工業化の為の調査および企業進出の為の基礎調査を担当した。フィージビリティスタディ、工業化を前提とする事前調査である。

中長期的に見れば、有限な石油資源の枯渇対策を講じておくべきで、日本としてどのような協力が可能なのかを検討しておくことの意味はあると、サウジアラビア側も受けとめ、同調査団を歓迎する旨を表明していた。このことは、訪日中のタイパー商工省次官、同省ISDC（インダストリアル・スタディズ・アンド・デベロップメント・センター）のアッパール所長に、中東協力センターの上層部が接触した結果である。

経営コンサルタント分野は昭和三十年代半ば、中山素平の副頭取時代に産業銀行の使命として設置した部門だけに、中山は山田たちがサウジアラビアでどんな仕事をして結果を出すか関心を寄せていた。

中山は、調査団が出発する直前、山田を相談役応接室に呼んだ。

「三年前に、僕もサウジアラビアへ行った。石油危機の前でよかったと思うが、ファイサル国王も好意的にわれわれを迎えてくれた。きみたちがいよいよフィージビリティスタディを行うまでに前進したことを嬉しく思う」

「中山相談役が道筋をつけてくださったからこそだと思います。来日中のサウジの要人とお話しする機会がありましたが、非常に友好的で、われわれチームを快く受け入れてもらえることになりました」

「興銀からはきみと誰が行くの」

「わたし以外は三十代の鮫島君、建部君、平木君の若い人たちです」

「三人の中で鮫島君のことは良く覚えている。よろしく言ってくれたまえ。名刺を忘れないように伝えてもらおうか」

「えっ！　どういうことですか」

「いや、名刺のことは聞かなかったことにしてもらおう」

中山は終始にこにこ笑いながら話している。山田は緊張しっぱなしだったが。

「いつ出発するのかね」

「七月初めになると思います」

「期間は？」

「二週間ぐらいかと存じます」

「帰国したら、土産話を聞かせてもらおうか」

「承りました」

山田は、中山に会ったことを鮫島に話した。

「そっぺいさんが妙なことを話してたけど」

鮫島はぴんときた。名刺のことをバラされたに相違ない。

「名刺のことでしょう」

「そうそう。名刺を忘れないように伝えてもらおうかと言ってすぐ取り消してたけど」

「そっぺいさん、どんな顔で話したんですか」

「にやにやしていた。どういうことなんだ」

「まだそっぺいさんが会長でしたから、かなり前の話です。わたしは説明要員で、某大企業の社長との面談に同席させられたのですが、そのとき名刺入れをデスクに置いたまま忘れてきてしまったのです。そっぺいさんは、自分の名刺をわたしに渡して『脇にポストと名前と電話番号を書きなさい』って優しい声で言ってくれたんです」

「きみ、あわてふためいたもいいところだろう」

「顔から火が出ました。相手の社長はそっぺいさんの振る舞いに感じ入ったのか、『うるわしい光景ですね』とか言っていたと思いますが、よく覚えてません。わたしがもっとびっくりしたのは面談が終ったあと、エレベーターの中でも、専用車の中でも、別れるときも、そっぺいさんは名刺のことに一度も触れなかったことです」

「何年か経って、わたしを通じて伝えたわけだ。優しい人だなぁ。きみが参っている、こたえていることは十分承知していたから、説教がましいことを言う必要はないと思ったわけだな」

「そっぺいさんの為なら水火も辞せずっていう気持ちにさせられますよねぇ」

「名刺を忘れるなは、サウジアラビアでいっぱい仕事をしてこいっていうメッセージだね」

せんよ」

「いままで誰にも話してないのですから。自分の間抜けぶりを明かす必要はありま

「そうはならんだろう。きみのことだから、建部や平木にも話すんじゃないのか」

「ここだけの話にしてくださいよ」

サウジアラビア中小規模産業振興調査団が、『サウジアラビアの工業化に対するわが国経済協力の方法について』と題するレポートをまとめたのは帰国後の十月のことだ。

その中で、〝経済協力の実情〟について一部を引く。

サウジアラビアの国際経済における高い地位、それを背景とする日サ貿易関係の緊密さに比較して、わが国のサウジアラビアに対する経済協力は残念ながら相対的に低い水準に止まっている。

たとえば、一九七二年におけるわが国のサウジアラビアに対する政府開発援助は三万四千ドルであり、ＤＡＣ（開発援助委員会）加盟国全体の対サ政府開発援助額四八万一千ドルの七パーセント程度にしか達していない。その援助内容は、技術協力の贈与であるが、同じ項目について貿易額ではサウジアラビア

に及ばないフィリピンに対して二一二万ドル、タイに対して三六六万一千ドル、ブラジルに対して八六万二千ドルの援助が実行されているのに比べて、あまりにも低位であると言わなければならない。イランに対する六八万三千ドルの技術協力（贈与）に比べても、その低水準は否めない。

（中略）

とくに石油危機以来、これに呼応してアメリカ及び西欧各国のこの国に対するアプローチは増えており、石油、天然ガスを利用する輸出向け大規模工業開発ならびに輸入代替・国産化の政策路線に沿って、国内資本の動きも、海外企業からの働きかけもともに活発化している。

このような条件の中で、先進工業国の内、日本だけが従来通り、貿易一辺倒の経済関係に甘んじていれば、近い将来、日本の対サ経済関係は他国のそれに比し相対的に疎遠なものとなってゆくであろう。繊維、雑貨類の輸出における東南アジア、イタリア等の追い上げの厳しさは無論のこと、機械設備の価格面でも欧州諸国に劣りつつあるというわが国国際競争力の低下傾向をも考慮すれば、貿易中心から経済協力主導型への転換の必要性は一層明白になる。

わが国政府も民間企業も、対サ経済協力拡充の重要性を認識し、早速行動を開始すべき時期に来ている。

以降、日本は対サウジアラビア経済協力へ傾注していくことになる。さらに、サウジアラビア同様穏健派産油国のUAE（アラブ首長国連邦）及びオマーンとの相互信頼関係を構築する布石を打つために、中東協力センターが調査団を派遣するのは二年後の昭和五十一年秋のことだ。無資源国日本を象徴して余りある出来事だ。

第三章　二つの大事件

1

中山素平が石川島播磨重工業社長の真藤恒《しんとうひさし》に初めて会ったのは、昭和四十九年秋頃である。土光敏夫から「真藤君はわたしの一番弟子です。石川島播磨重工業が今日あるのは真藤君の経営能力に負うところが大きい。おそらくそっぺいさんの眼鏡にもかなうと思う。一度ご引見のほどお願いします」と言われて、赤坂の料亭で三人で会食した。

真藤が理系出身の経営者で、ローコストの標準船を世に送り出し、三菱重工業を抜いて石川島播磨重工業を建造量トップの造船企業に育てあげたことなどを、当然ながら中山は知り得ていた。

口数は多くないが、質問には要領よくてきぱきと応える。分からないときは「分かりかねます。後日お応えできるようにします」とメモを取りながら話す。

知ったかぶりをせず悪びれずに「分かりかねます」と言う真藤に中山は好感を覚

えた。

土光が懐しそうに振り返る。

「真藤は几帳面な男でねぇ。昔、平社員から論文みたいな長文の手紙を突きつけられたことがあった。わたしなら返事など出さずに放ったらかしにしておくが、真藤は熟読玩味して、丁寧に返事を書いたんです」

「あ、そうでしたか」

「彼が副社長の時でしたが、電算化時代の人間の心構えについて考察した読み応えのある内容でした。あの男はシステムエンジニアとして伸《の》していくのじゃないでしょうか」

真藤に長文のレポートないし論文並みの手紙を送りつけたのは、碓井優《うすいゆたか》である。碓井はコンピュータ・システムの外販事業を担当していたが、後年、会社が同事業の撤退方針を決めたため、会社が仕事を奪うなら奪い返すまでだと同志を糾合して、ニュービジネスを立ち上げた。ベンチャービジネスの先駆者と言える。

中山が二度目に真藤と面談したのは昭和五十五年十二月中旬で、興銀ビル十二階の相談役応接室に真藤を呼び出した。

「お呼び立てした目的は分かりますか」

中山は真藤と向かい合うなり、ずけっと訊いた。

「土光さんに、中山さんから呼び出しがかかるだろうと言われました。日本電信電話公社のことでしょうか」

「おっしゃる通りです。土光さんは、電電公社の民営化を控えて、真藤さんの腕の見せ所、嵌《はま》り場所ができたと非常に期待されている。僕も真藤さんの電電公社総裁に異論はありません。あなたは器に非ずだと土光さんにだだをこねているようですが、遠慮とは違うのですか」

「わたくし如きで務まるのかどうか疑問です。もっとほかに相応《ふさわ》しい方がいらっしゃると思いますが」

「たとえば誰ですか」

「ちょっと名前が出てきませんが、政府系にいくらでもいらっしゃると思いますが」

「官僚より民間出身のほうがベターですよ。土光さんと僕が真藤さんを推せば、政も官も財もみなさん賛成してくれるような気がしないでもない。問題は真藤さんの決断です。気持ちをしっかり固めていただかないと。梯子《はしご》を外されるようなことだけは勘弁してください」

中山素平からここまで見込まれたら、四の五の言っていられない。

真藤は深々と一礼してから、まっすぐ中山を捉えた。

「お受けさせていただきます。微力ながら職務を全うさせていただきます」

「これで決まりましたね。しっかりお願いしますよ」

中山は煙草を灰皿に捨てて、真藤と握手した。

2

中山と土光の前に立ちはだかった男がいた。田中角栄だ。

田中は「逓信省ＯＢの北原安定《きたはらやすさだ》こそ、電電公社の総裁に相応しい」と主張し、一歩も引かなかった。

田中はそっぺいさえ落せば、真藤を排除して、北原総裁が実現すると読んで、中山詣でを執拗に繰り返した。

暮れの忙しい日の午後二時頃、興銀に押しかけてくるのだから、たまったものではなかった。

地下二階の駐車場から十二階までストレートだ。エレベーターホールのすぐ近くが相談役室と応接室なので、人目を気にする必要はなかった。

田中は必ずといっていいほどオールドパーのウィスキーボトルを抱えてくる。グラス、アイス、ミネラルウォーターなどを秘書が用意するのは当然だが、田中の手酌のピッチの速さは相当なものだ。

「たまにはつきあいたまえ」

「いけません。この部屋から追い出されてしまう。角さんは特別扱いですよ。僕のお客さんで真っ昼間からウィスキーをがぶがぶ飲むのは角さんだけです」

田中はがぶっとウィスキーを呷って、乱暴にグラスをセンターテーブルに戻した。

「きょうは、北原で了解の返事を貰うまで帰らんつもりだから、覚悟するんだな」

「真藤君で決まりです。北原安定さんは副総裁でよろしいじゃないですか」

「逆だろう」

「あり得ません。角さん、ここは引いてください。真藤君がどんな大人物か必ず分かります。角さんほどの方が日本電電公社のトップ人事でいつまでも自説に固執するのはよろしくない」

「そっぺいさん、頼む。北原を男にしてやってくれ」

「いくら拝まれても、僕の返事がひっくりかえることはあり得ません」

「……」

「角さんが北原さんにかくまで拘泥する理由はなんですか。僕なりにいろいろ調べてみたが、北原さんの評判はよろしくない。技術系の人にしては遊泳術にやたら長

けているらしいが、民営化を志向する新しい電電公社を率いる器量を備えていると
は思えないとする見方が多いのは、不徳のいたすところではないんですか」
「そっぺいはとっくに分かってると思うが、一宿一飯どころじゃない恩義があるん
だ」
「政治資金で多少お世話になったくらいで、そんなにしゃかりきになるいわれはな
い。副総裁にまでなれただけでも、以て瞑すべきです」
田中のグラスへのボトルの傾け方が乱暴になった。
飲み方もまるでやけ酒だ。
中山は煙草で対抗するしかないが、ウィスキーの勢いには参る。押し問答はいつ
果てるともなく続くが、両者とも引かなかった。
田中は三時間ほどでボトルをあけて引き取ったが、こんなことが二度もあった。
中山が初志貫徹し、田中が「そっぺいにはシャッポを脱ぐ」と電話をかけてきた
のは、十二月三十日の午後だ。
昭和五十六年一月、真藤は民間出身者として初の日本電信電話公社総裁に就任、
閉鎖性の打破に尽力した。
資材の公開入札、電話機の市場開放などは真藤のリーダーシップなくして実現は
かなわなかった。

昭和六十年四月に民営化され、NTT（日本電信電話株式会社）として再出発した時の初代社長でもある。

3

朝日新聞がリクルート事件をスクープしたのは昭和六十三年六月十八日付朝刊で、同紙は川崎市の助役がリクルート側からリクルートの関連会社の不動産業リクルートコスモス社の未公開株約三千株を昭和五十九年十二月に譲渡され、店頭登録直後の六十一年末に売却して約一億二千万円の利益を得たと報じた。

さらに同紙は六月二十五日付朝刊で〝急騰のリクルート関連株　森元文相も売却益〟の見出しで続報した。

川崎市の前助役が、リクルート（本社・東京都中央区、江副浩正《えぞえひろまさ》会長）から同社の関連会社リクルートコスモスの非公開の株を譲り受け、公開後に売却して一億余円の利益をあげていた問題で解職されたが、リクルート側は前助役だけでなく、同様に七十六人に譲り渡していたことが二十四日までに明らかになった。自民党の森喜朗《もりよしろう》元文相をはじめ、政治家や秘書らの名前が出ており、森・

元文相は事実を認めている。大半の人々は公開直後に一斉に売って巨利を得ており、リクルート側がなぜこうした〝サービス〟をしたのかと、証券界で話題になっている。

リクルート事件は、日本経済新聞社長の森田康《もりたこう》までが二万株の譲渡・売却で八千万円の利益を得ていたことが判明するなど、一大社会的スキャンダル事件に発展した。

『週刊東邦経済』記者の高井重亮は、NTT会長となっていた真藤の秘書役が江副と結構親しくしているのを承知していたので、気を回した。高井は真藤とは昵懇の仲だ。

電話でアポを取って真藤に会うなり、高井はストレートに切り出した。

「リクルートは大丈夫なんですか。秘書役の村田さんが江副氏と近い仲ですよねぇ」

「俺を見くびるな！」

真藤は血相を変えて、大声を放った。

「安心しました。真藤さんに限ってあり得ないとは思ったんですけど、江副氏の株のばらまき方が無茶苦茶なので、ちょっと気になってたんです」

だが、真藤の知らないところで、リクルートコスモス株が譲渡されていた。秘書の村田が受け取っていたのだ。村田は真藤に話さず、真藤夫人に相談した。

「せっかくのご厚意じゃないの。返したらカドが立つでしょ。もらっておきなさい」

夫人はいとも軽く考え、村田が譲渡された一万株の売却益約二千万円の半分を村田から受け取ってもいたのである。

高井は真藤に確認した帰りがけに「見くびるなって怒られたよ」と、なにげなく話したとき、村田の表情が動いたのを見逃さなかった。えらいことになった、と高井は思った。

「もらったんですね」

「わたしの一存で受け取りました。会長は無関係です」

「無関係で済むはずが無いでしょう。真藤さんに累が及ぶことは間違い無いと思います。とにかく真藤さんの耳に入れておくべきですね」

「こんなことがオープンにされるんでしょうか」

「当然でしょう。株を受け取る前になんで真藤さんに相談しなかったんですか。信じられませんよ」

村田がおろおろ声を押し出した。

「奥さまには話しました。奥さまから会長に伝わっていると思ってたんですが」

「だったら、わたしが真藤さんに怒鳴られる筈が無いでしょう。一刻も早いほうがよろしいんじゃないですか」

「首を洗って待つ心境になってきました」

「それだけで済むとは思えません。会長の首が飛ぶかもしれませんよ」

高井は、そうならないことを祈りながらも甘い考えだと思わざるを得なかった。

翌日、高井に真藤から呼び出しがかかった。

「きのうは申し訳無かった。きみが帰ったあと、村田が真っ青な顔でリクルートのことを話し出してねぇ。家内までつるんでるなんて夢にも思わなかったよ。だが、預金口座の名義は私だった。カネの管理は家内任せにしていたんだ。家内は、わたしが村田から聞いてるに相違ないと思い込んでたっていうから、開いた口が塞がらんよ。ついては高井君の意見を聞きたいんだが……」

「真藤さんを電電公社の総裁に担ぎ出したのは土光さんとそっぺいさんです。土光さんは泉下の人です。中山さんに相談すべきなんじゃないでしょうか」

「うーん」

真藤は唸り声を発したあと、しばらく天井を見上げていた。

「中山素平さんを困らせるわけには参らんだろう。肚をくって、辞任するしか選択肢は無いと結論を伝えるだけだな。結果的に中山さんの顔を潰すことになってしまったなぁ。まったくやりきれんよ」

「会長に留まっていられないことは確かだと思います。それじゃなくても、真藤さんをやっかんでる人たちは山ほどいますから」

「わたしが電電公社の総裁候補に擬せられたとき、脚を引っ張ろうとした人が大勢おった。怪文書まで飛ばされたからねぇ。石川島播磨時代を含めて有ること無いこと、いろんなことが書いてあったなぁ」

「無いことばっかりですよ。わたしが知る限り、事実を正確に書いたものは何一つ無かったと思います」

「愚痴になるが、総裁を受けるべきではなかった。激しく後悔してるんだ」

「口が裂けても、そんなことをおっしゃってはいけません。真藤さんはＮＴＴのために大仕事をしたじゃないですか。北原さんが総裁になってたら、悲惨なことになってたと思います。あの人にＮＴＴを仕切れる能力はありませんよ」

「そんなふうに慰めてくれるのは高井君だけだよ。ま、恥を忍んで中山素平さんに頭を下げてくるよ。田中角栄さんに抗って、体を張ってわたしを推してくれた恩人だからねぇ」

たった一日で肚を固めたのは、真藤らしくて悪く無いと高井は思った。

真藤の訪問を受けたとき、中山のほうから切り出した。

「リクルート事件で世間は騒然としていますねぇ。興銀のOBにも、江副君の毒気に当たったのがおってねぇ」

「牛尾治朗《うしおじろう》さんと諸井虔《もろいけん》さんですか」

「牛尾君は東京銀行ですが、二人を一緒くたに論じるわけにはいかんでしょう。牛尾君は会社設立当初からの株主ですから罪は無い。しかし、諸井君はファイナンスまで受けて株の売買をした。けしからんと思います」

「わたしのことはお聞き及びでしょうか」

真藤はドキドキしながら努めてくだけた口調で続けた。

「わたしもけしからん口です。実は一万株の譲渡を受けていました。知らなかったで済ませるつもりはありません。NTT会長の立場であってはならないことです」

中山が怪訝そうに眉をひそめたのは、真藤が冗談を言っていると思ったからだ。

真藤は眼鏡を外して、ハンカチで目尻の涙を拭った。

「ほどなく発覚すると思います。逃げも隠れもしません。十二月十四日付で会長職を辞することにしました。中山さんの期待に応えられなかったのみならず、顔に泥を塗ってしまい、お詫びの申しようもありません。土光さんが生きておられたら、どんなに叱られたか分かりません。腹を切れと言われても仕方ないです」

土光は昭和六十三年八月四日に九十一歳で他界していた。

「真藤も神ならぬ人の子だったな、ぐらいのところじゃないですか。泉下の土光さんは苦笑してるだけのことですよ。それにしてもリクルートは祟りますねぇ」

「申し訳ありません。断腸の思いです」

「真藤さんはNTTの改革で立派な仕事をしましたから、プラスマイナス、ゼロ以上です。おつりがきますよ」

中山は真藤を庇ったが、内心は信じられないという思いだった。

真藤は平成元年三月にNTT法違反(収賄)の容疑で、元秘書と共に逮捕された。平成二年十月、東京地裁で懲役二年、執行猶予三年、追徴金二千二百七十万円の有罪判決を言い渡された。

中山は、田中角栄に借りを作ったとまでは思わなかったが、バツの悪さが残るのは仕方が無い。もっとも田中角栄が中山の前でリクルート事件を口にしたことは無かった。

4

民営化後のＮＴＴのトップ人事をめぐって、中山が悩まされたのはその数年後のことだ。

最有力候補は、非常勤取締役相談役の瀬島龍三《せじまりゅうぞう》と目されていた。

瀬島もヤル気満々だったが、中山は瀬島の野心の強さを懸念した。ＮＴＴの関係者で「瀬島さんだけは勘弁してください」と中山に言ってくる者さえ何人もいた。

中山は、瀬島に近い中曽根康弘元総理が、田中角栄めいた動きをすると困るなと内心気を揉んでいたが、中曽根は動かなかった。

中山はＮＴＴの幹部を個別に呼んで、意見を聞いたが、瀬島社長にネガティブなほうが圧倒的に多かった。

中山はダメ押しと思って、高井にも話した。

「瀬島さんがＮＴＴの社長になりたくてなりたくてしょうがないらしいが、きみはどう思うのかね」

「いくら自薦しても、推す人がいないんじゃないですか」

「きみも反対なんだ」

「はい。瀬島さんは毀誉褒貶両方あると思いますが、俺が俺がの我欲が強くて伊忠で人気が無かったことは事実です」

「ふうーん。やっぱりねぇ。僕も瀬島さんの足を引っ張らざるを得ないことが分かったよ」

「正解だと思います」

〝瀬島龍三NTT社長〟の実現を阻んだのは中山素平である。

5

米上院多国籍企業小委員会（チャーチ委員会）の公聴会でロッキード事件が明るみに出たのは、昭和五十一（一九七六）年二月四日のことだ。公開資料では右翼の大物、児玉誉士夫《こだまよしお》に秘密代理人としての手数料約七百万ドル（約二十一億円）、ロッキード社の販売代理店の大手商社、丸紅に約三百二十万ドル（約九億六千万円）の資金が渡されたという。二日後の六日には同公聴会にA・コーチャン・ロッキード社副会長が出席し、日本政府当局者に二百万ドルが支払われたと証言、事件が日本政府に波及した為、日本中が騒然となった。

中山は胸騒ぎを覚えた。

ロッキード社のトライスター機が全日空に納入されたのは二年も前のことだ。当時の首相は田中角栄である。アメリカ合衆国の大統領はリチャード・ニクソンだった。全日空社長は若狭得治だ。

中山は二月上旬の某日、檜山廣《ひやまひろ》・丸紅会長を興銀に呼びつけた。

ソファーに座ってから、檜山はもう一度深々と頭を下げた。

「お騒がせして大変申し訳ございません。しかしながら、何故今頃こんなことが騒ぎになっているのか釈然としません。敢えて申し上げますが、当社がロッキード社の販売代理店としてコミッションフィーを頂戴するのは当然と思います」

「児玉誉士夫さんとの関係はどうなっているのですか」

「児玉先生は雲の上の人です。戦後ほどなくGHQの顧問格時代にロッキード社との関係を築いたと聞き及んでおります。戦闘機、哨戒機、輸送機の納入など、自衛隊つまり政府との結びつきはお有りかと存じます」

中山は煙草の煙を吐き出して、檜山をまっすぐ捉えた。

「興銀はその昔、GHQにいじめられたが、日系二世の福田太郎がウィロビーG2部長の秘書をやっていたのを思い出しました。通訳としてはたどたどしい日本語であまり役に立たなかったが、計算高いしたたかな男でした。今は〝ジャパンPR〟の社長でしたかねぇ。丸紅さんもメシのタネにされてるんじゃありませんか」

檜山が端正な顔を歪めて、小さくうなずいた。

中山が煙草を灰皿に捨てた。

「児玉さんとは面識はありませんが、今里広記君は筋金入りの大物、本物で、田中清玄とはえらい違いだと話してました。田中清玄とは仲良しですが、たしかにいい加減な右翼ですよ」

小さく縮こまっている檜山の気持ちをほぐしたくて、中山が笑いながら続けた。

「冗談はともかく、チャーチ委員長の狙いは奈辺にあると思いますか」

「ニクソン大統領と田中角栄首相が最大のターゲットにされるような気がしてなりません」

「〝日本政府当局者〟は角さんですか」

「おそらく……。全日空さんや当社は巻き添えともちょっと違いますが、チャーチやコーチャンたちに嵌められた被害者とも考えられます」

「あなたも、若狭さんもこれから大変なことになるんでしょうねぇ」

「覚悟しなければならないと厳しく受けとめております」

「おしなべて日本人は会社の為、世の中の為に頑張って、自分のポケットに入れない限り許されると、考えるんじゃないでしょうか」

「恐れ入ります」

「戦闘機一機で百億円以上もする。リベートにしろコミッションフィーにしろ、大したことは無いとも言えるが、報道されている金額については、どう考えますか」

「アバウトが過ぎるような気がしないでもありません。当社なりに鋭意調査しておりますが、コーチャンがいい加減な男であることだけは間違いないと思います」

檜山はうつむき加減に、慎重な言い回しで返した。

6

高井重亮に中山素平から呼び出しがかかったのは三月下旬の土曜日の昼下がりだ。ホテル・ニュージャパンのスウィートルームのソファーで躰を寄せたり、一服やりながら話した。

「若狭さんと電話で何度か話したが、ロッキードの意向がさっぱり分からんと嘆いていた。全日空はL―1011トライスター機の性能が優れていることが確認できたからこそ、同機の購入を決めたまでで、政治的圧力によって方針を変えたわけでは無いと強調していた。若狭さんは正直な人だから、二枚舌は無いと思うが」

「同感です。増してや、そっぺいさんに対して二枚舌はあり得ませんよ。わたしが取材した限りでも、若狭さんの副社長時代の昭和四十五年に〝新機種選定準備委員会〟を社内に立ち上げて米国へ調査団を派遣するなど慎重に検討したんです。ダグラスのDC―10とロッキードのL―1011の比較検討は厳正に行われたと思います。DC―10のほうがずっこけたんですよ」

高井は、中山が支援していた飯塚昭男《いいづかあきお》率いる情報誌『選択』にバイト原稿を書きまくっていた。『両手で書きたいくらいです』と中山に話したことがある。新機種選定のことをバイト原稿で書いたので、よく覚えていた。

「ずっこけた」

「ええ。大阪空港に設置した騒音測定地点でDC―10は急上昇し、騒音測定を回避したわけなんです。さらにエンジン脱落事故や貨物室ドア破損事故まで起こしている。整備などの現場がL―1011を推すのは当然なんです。四十七年には若狭さんは社長になっていましたが、その年の十月にダグラス社に再度騒音証明を求めた結果、満足すべき回答が得られなかった。委員会の中にはDC―10を推す人もいたのですが、最後は全会一致でL―1011に決まり、役員会で正式決定したんじゃなかったですか。アンダー・ザ・テーブルがあったとしたら、なんの為なのか意味不明です」

中山が煙草を灰皿に捨てて、三度もうなずいた。

「僕も若狭さんから、ほぼ同じようなことを聞いている。角さんにしつこく問い質したが、断じて賄賂など貰って無いと言っていた。そっぺいに疑われてたとしたら心外だとも」

「しかし、米上院の公聴会で角さんの名前が特定されるのは時間の問題じゃないでしょうか」

「角さんの逮捕に三木首相は執念を燃やしているようなことを新聞記者から聞いたが、三木さんはそんな気持ちになれるんだろうか」

「三木さんは角さんに恩義なんか感じてませんよ。椎名裁定で総理になれたのも当然と思ってます。法治国家としてロッキード事件の真相究明は断固やらなければならないと、三木さんが血相変えて強調してるのは、田中角栄憎しがあると思います。俺ほどの男が角栄の後塵を拝するなんて冗談じゃない、という気持ちなんじゃないでしょうか。わたしはそっぺいさんの影響で田中角栄びいきですが、マスコミはまた叩くと思います」

「政治献金問題でもマスコミの角さん叩きは激しかったねぇ。ところで、ロッキード社元副会長の嘱託尋問調書に証拠能力があるんだろうか」

「無いですよ。ただ、ロッキード事件は政局がらみで拡大する一方でしょうね」

「角さんの逮捕はあると思うの」

高井は小さくうなずいた。田中角栄も心配だが、若狭も危い。

元運輸事務次官の若狭はかつて三光汽船がジャパンラインの乗っ取りを仕掛けたとき、運輸省のドンの立場で強引に阻止した。三木派の幹部の河本敏夫《こうもととしお》代議士は三光汽船オーナーだ。河本の若狭に対する感情論は凄まじいものがあるに相違無かった。その執念深さは常軌を逸しているかもしれない。

「若狭さんも狙われてるんじゃないでしょうか。丸紅の檜山廣さんも然りです」

「若狭さんみたいな人に疚《やま》しいことができるとは思えんが」

「わたしも冤罪と思いたいのですが、河本さんには若狭さんへの恨みがありますからねぇ。〝三木検事総長〟になってしまったと、椎名さんは三木さんを総理にしたことを嘆いてるそうじゃないですか」

「若狭さんに司直の手が及ぶようなことがあったら、僕は檜山君と同様に証言台に立つ。椎名さんの言う〝三木検事総長〟は当たっているかもしれないね」

「いずれにしても大事件になるような気がします」

「角さんについても然りです」

「人格証言とか情状証人って言うんですね」

高井は生唾を呑み込みながら続けた。

「どっちにしても、そっぺいさんがそこまで思い詰める必要があるんでしょうか」

「頼まれたら厭とは言えない。いや、僕の性分からしたら、頼まれなくても、証言するんじゃないかな」

「お気持ちは分かりますが、わたしは反対です」

「へえー。どうして」

「そっぺいさんに傷がつくとは思えませんけど、けっこう精神的な負担が大変だと思うんです」

「どうってことないでしょう。自然体でやればいいんですよ。まだ、どうなるかも分からんうちから、こういう話をするのは不謹慎かねぇ」

「そうは思いません。先へ先へ行くっていうか、先を読もうとするそっぺいさんは立派ですよ」

「皮肉でしょう。僕がせっかちであることは認めるが。角さんに限らない。檜山さんにしても、若狭さんにしても私利私欲だけで動くような人じゃないでしょう」

中山の声がくぐもっている。渋面も極まれりだ。

だが、若狭は平成四年、最高裁判所で懲役三年執行猶予五年の刑が確定した。外為法違反、議院証言法違反が問われた結果である。

中山が一席設けたことがあった。

「国会でも公判でも若狭さんは終始強気な証言をしてたので、お灸をすえられたんですかねぇ」

「わたしは悪事を働いたという認識がまるでありません。トライスター機が納入された二年後に米上院のチャーチ委員会で妙な話が出てきたんです。チャーチ委員会でわれわれを貶《おとし》めたロッキードのコーチャンたちはお咎め無しです。収賄罪だというなら、かれらを摑まえなければおかしいですよ」

「アメリカは司法取引なんていうのがあるからねぇ。しかし、執行猶予が付いたことでもあるし、若狭さんは事実上は無罪だと思ってればよろしい」

「そっぺいさんに証言していただいたお陰です。最高裁で有罪を言い渡されることは分かってましたので、平成三年に会長を辞任しましたが、全役員から留任してくれってしつこく言われたときは嬉しかったんです。せめて名誉会長にと頼まれて、受けましたが、照れ臭いったらありません」

「若狭さんが全日空の中興の祖であることは万人が認めている。国際チャーター便に進出できたのも若狭さんあってのことでしょう。ＪＡＬとＡＮＡが競争して、サービスやらなにやらが向上したんです」

中山は久方ぶりに若狭の奇麗な笑顔に接して、晴れやかな気分だった。

若狭は平成九（一九九七）年に相談役、十年から常勤顧問に就いた。また九年には日本航空協会会長に就任していた。

7

中山素平は高井重亮に明言した通り、檜山廣の人格証言の為に証言台に立った。

「新日鐵の平井富三郎《ひらいとみさぶろう》さんと檜山さん、私とで全国紙主催の座談会をしたことがあります。オイルショックの最中ですが、原油高騰は仕方が無いが、すぐ値上げすれば狂乱物価になって大混乱するから経済界は歯をくいしばって、例えば蓄積を吐き出しても物価を上げないように努力すべきだ、新物価体系に移行するまでは檜山さんも頑張ってもらいたいって私が発言したところ、檜山さんは『そういう方策をとると官僚統制に繋がる危険があります』って反論したわけです。そんな発言なり発想をする人が自分の会社の利益だけを追求するでしょうか。檜山さんは断じてそんな経営者ではありません」

これに対して、検事が「中山さん、マニラで檜山さんがマルコス大統領、田中角栄さんとゴルフをしたことをご存じですか」と訊いたので、中山は憮然とした顔で言い返した。

「そんなこと知りませんし、聞いたこともありません。妙な質問ですねぇ」

さらに中山は判事に向かって言い放った。

「裁判所が検事調書を重視するのは当たり前ですが、もう少し広く証言なり資料を集めてください。あなた方の責任は重大ですよ」

裁判を傍聴していた丸紅の役員たちに、中山は深々と頭を下げられたが、「あなたたちは檜山さんのような人を先輩に持ったことを誇りにしなさい」と言って、いっそう感激させた。

檜山は平成七年、懲役二年六月の判決を受けたが、収監されないまま平成十二年にこの世を去った。


田中角栄の公判では、時には傍聴したが、中山は田中の無罪を信じたかった。昭和五十二年一月二十七日の公判で田中が「事件について何のかかわりもありません。五億円の受領は絶対にありません。激しく執拗な私に対する非難攻撃は死よりもつらい」と涙ながらに証言したとき、中山は胸を詰まらせた。

しかし、田中は昭和五十八年十月、東京地裁で懲役四年、追徴金五億円の実刑判決を言い渡された。もちろん直ちに控訴したが、「ひどいものだ。許せない」と中山に電話で無念な胸のうちを明かしている。

「高裁もあるし、最高裁もあります。まだ逆転のチャンスはありますよ。それに角さんの政治家としてのパワーが衰えたとは思えません」

事実、田中は大平内閣、鈴木内閣、中曽根内閣で影響力を行使し続けた。

特に昭和五十七年十一月に発足した中曽根内閣への関与力の強さは〝田中曽根内閣〟と揶揄されたほどだ。

第四章　国鉄分割化異聞

1

土光敏夫が元気溌剌の頃の話だ。

「そっぺいさんに、折り入って相談に乗ってもらいたいことがあるんだが」

「なんなりとどうぞ」

「電話では話しにくいんだなぁ」

「でしたら、どこへでも出向きますよ。経団連へ行けばよろしいんですか」

中山素平は土光を呼びつけるわけにもいかないと考えたが、土光は「いや、僕が興銀へ行きます。じゃあ三十分後に」と言って、電話を切った。

土光から中山に電話がかかってきたのは、昭和五十九年六月二十九日、午後三時頃である。中山は来客の予定が入っていたが、秘書を通さず、自分で当人に電話で「よんどころない用向きが入ったので三時半の約束を四時にしてもらえませんか」と時間の変更を伝えてから、男性秘書を呼んでその旨を告げた。

「それと五時の中村との面談はキャンセルしてもらおうか。月曜日の朝九時にしてもらえればありがたい。頭取になって挨拶したいというだけのことだから、構わんだろう」

「承りました」

中年の男性秘書が退出した。

中村金夫《なかむらかねお》はこの日の定時株主総会後の取締役会で副頭取から頭取に昇格し、頭取の池浦喜三郎は会長に就任した。

土光は二十分で中山の前に現れた。相談役応接室で向かい合うなり、土光は用件を切り出した。

「国鉄の分割民営化で角さんが四の五の言い出して、弱ってるんだ。民営化は分かるが分割は罷《まか》りならんと言って、中曽根首相の手を焼かせている。まだ二人とも〝田中曽根〟から卒業できずにいるのかねぇ」

「確か三年前に土光さんは第二次臨時行政調査会の会長をお受けするとき、臨調の答申の断行を条件にしたんじゃなかったですか」

「あのときは鈴木善幸《すずきぜんこう》さんが首相で、中曽根さんは行政管理庁長官でした。田中角栄さんが横車を押してくるなんて考えもしなかったからねぇ」

「土光さんは断固、方針を貫くと開き直ればよろしいんじゃないですか」

「中曽根さんは角さんに弱すぎる。一国の総理が元総理に振り回されるなんて、みっともないにもほどがありますよ。ただ、なんとか角さんをなだめすかして落し所をしっかりしたものにしたいと中曽根さんは考えてるんでしょうねぇ」

「土光さんと中曽根さんの二人がかりなら角さんを黙らせられると思いますが」

中山は、とうに土光の肚のうちが読めていた。

『そっぺいさん、頼む。角さんを説得できるのはそっぺいさんしかおらんのです』

と土光は言い出したくてならないのだ。

「土光さんがわざわざお見えになったのは、角さんを抑えられるのは中山素平だとおっしゃりたいからではないかと察して余りあります」

土光がにこっと笑った。

「中曽根首相も、なんとかそっぺいさんに助けてもらいたいと言ってます。中曽根さんを男にしてやってくれませんか」

いつになく土光はねばった。しかも下手に出ているのも土光らしくなかった。

「国鉄の民営化には僕も異論はありません。しかし分割化となると、問題が複雑過ぎて、解けるかどうか心配です」

「それがなんとか見通しが出てきたんです。叡智を集めて、検討、研究してきた結果、分割もいけるとなってきたから、行革審(臨時行政改革推進審議会)も政府も張り切るわけなんだ。お願いしますよ。角さんを口説ける人はそっぺいさんしかおらんのです」

「法律の成案まであとどのくらいかかりそうですか」

「角さん次第ですかねぇ。ま、一年と言いたいところだが、もう少し時間をかける必要があるかもしれません」

「国労（国鉄労働組合）の解体問題も大変でしょう」

「国労の跳ね上がりに、国民は泣かされている。中曽根さんが行政管理庁長官時代に民営化を構想した動機づけになってるんじゃないですか」

「きょうこの場で態度を決めるわけにも参りません。僕なりに勉強もしなければなりませんし」

「行革審から誰か気の利いたのにレクチュアさせましょうか」

「そのときはよろしくお願いします。ただ、お断りすることもあり得るとおぼしめしください」

土光が当惑顔で掌を合せた。

「そんなつれないことを言わんでくださいよ。くれぐれもよろしくお願いします」

「土光さんに拝まれると弱いですよ」

中山は真顔で言って、煙草を灰皿に捨てた。

2

中村金夫が七月二日午前八時五十分に中山に会いにやってきた。

「金曜日は失礼した」

「土光さんがお見えになったとあっては当然です」

「面倒なことを頼まれてねぇ。そんなことより、頭取就任ご苦労さま。おめでとうと言いたいところだが、興銀のパワーもずいぶん弱体化したから、中村も大変だな」

「おっしゃるとおりです。断れるものならそうしたいくらいですが、正宗（猪早夫）さんからも頭を下げられました」

「正宗にまで頭を下げられたら、ノーとは言えんよ。池浦が君に権限をどんどん移譲するように、それとなく話しておこう。二頭政治はよくないからねぇ」

中村が冷たい麦茶を飲んで、グラスをセンターテーブルに戻した。

「土光さんの話は大変なことなのですか」

「うん。角さんが国鉄の分割に猛反対してるらしい。それを抑え込んでくれと言われてるんだが、気が進まんのだよ」

「国鉄の分割民営化は必要不可欠なんじゃないでしょうか。田中角栄さんを説得できるのは相談役しかいません。是非とも土光さんを応援していただきたいです」

「土光さんから何か言われたのか」

「とんでもない。土光さんが相談役に会いに来たことを秘書から聞いただけです」

「四日の水曜日まではなんにもしたくない心境なんだ。角さんとやりあうにしろ、断わって回避するにしても、森嶋《もりしま》の社葬が終ってから考えるよ」

中山はうっすらと眼尻に涙を滲ませた。

「森嶋さんの急逝はこたえましたね」

「僕の頭取時代に秘書役として森嶋ほど尽くしてくれた者はおらんからねぇ。あんなに元気で良い男が六十四歳で亡くなるなんて、いまだに信じられんよ」

中山の話し声がくぐもり、煙草を持つ手も小刻みにふるえている。

興銀の副頭取から東洋曹達工業に転じ、同社の社長になった森嶋東三《とうぞう》が胆管癌で逝去したのは昭和五十九年六月七日である。社葬が七月四日に青山葬儀所で行われた。

中山の弔辞を聞いて涙を誘われた弔問客は少なくなかった。森嶋と親しい菅谷《すがや》隆《たか》介《すけ》は肩をふるわせ、涙滂沱《ぼうだ》だった。

高井重亮もその一人だ。森嶋とは三度しか会っていなかった。べらんめぇ調でずけずけ言う。豪放磊落でありながら細心の気遣いをする森嶋に好感を持っていた。

「東三をもじって、森嶋のお父さんなんて呼ぶ者がいるほど気持ちのあったかい男です。エネルギー問題のみならず、高井さんの情報収集力を森嶋の為にも役立たせてあげてください」

中山がわざわざ一席設けて、森嶋を紹介された。高井は森嶋の訃報に接したとき、信じられない思いで言葉を失った。

中山の弔辞は高井の胸にも沁み入った。

弔辞を読み終えた中山は眼を赤く腫らしていた。高井は声をかけるのが辛かったが眼を合せてしまったので、中山に近づいた。

「胸が熱くなりました。素晴らしい弔辞でした」

「たんたんと読んだつもりなんだが、そうもいかなかった。一昨夜、弔辞を書いているときがいちばん切なくてねぇ」

中山は声を詰まらせている。

「お焼香は済んだの」

「はい」

「でしたら、控室でちょっと話しませんか」

「わたしなどでよろしいんですか」

「この何日間かずっと森嶋のことを考えていたので、ちょっと別の話をしたいと思ってねぇ。高井さんの意見を聞かせてもらいたいの」

中山から田中角栄が国鉄分割民営化に反対している話を聞いて、高井はちぐはぐな思いにとらわれた。場所柄をわきまえてもらいたいとさえ思った。

「われながらこんな話をするのはいかがかとも思うが、いつまでも森嶋に引き摺られているのもよろしくないと思ってねぇ」

「土光さんがおっしゃったように、角さんを説得できるのはそっぺいさんしかいないことは確かですね」

「民営化は当然だが、分割化は難しいような気がするんだが」

「しかし、やらざるを得ないんじゃないでしょうか。腐り切った組合を分断するためにも、また競争原理を導入するためにも分割化は必要不可欠だと思います。難問山積は百も承知ですが、行革審には成算があるんじゃないでしょうか」

「角さんはロッキード事件で傷ついているので、彼と争うのはどうにも気が進まなくてねぇ」

「苦労している土光さんを助けてあげられるわけですし、前向きの話でもあるんですから、わたしはそっぺいさんの出番だと思います。ロッキード事件で、正面切って角さんを応援した財界人はそっぺいさんぐらいです。カードになるんじゃないですか」

「カードに使うのは卑怯なんじゃないかな。武士の情っていうこともある」

「分かります。カードは撤回しますが、角さんの分割化反対論は一般受けしないと思います。国益に適うとは考えにくいですよ」

「土光さんに返事をしないわけにもいかないので、一両日中に電話をかけます」

二人が同時に煙草をもみ消した。

3

中山素平が土光敏夫と電話で話したのは、七月五日の夕刻である。

「そっぺいさん。角さんに会ってくれるんですね」

「願い下げ出来れば嬉しいが、そうも参らんのでしょうねぇ。土光さんが苦労しているのを傍観しているのも気が引けます。お役に立てるかどうか分かりませんが、角さんに会いましょうかねぇ」

「お願いします」

「土光さんと二人で会うのはどうですか。少なくとも角さんを立てることにはなると思いますが」

「うーん。悩むところですねぇ。行革審会長の立場で会って良いのだろうか」

「問題ないでしょう。元首相で、政界への影響力も絶大です。本来ならわたし抜きで、土光さんが正面からぶつかるのがまっとうなんじゃないですか」

「それだけは勘弁してもらいたい。あの人はどうにも苦手なんだ。三人で会いましょう。とりあえず赤坂か新橋の料亭を押えるが、日程はそっぺいさんに任せます」

「分かりました」

中山は、さっそく田中角栄とも電話で話した。

「土光の爺さんとなると、国鉄だな。そっぺいさんはどっちの味方なんだ」

「お二人の話を聞いてみないことには、態度表明できませんが、いろいろな人たちの意見を聞いてる限りでは、土光さん、中曽根さんに分がありそうですね」

「それじゃあ会ってもしょうがない。土光の坊主の暑苦しい顔なんか見たくないね。そっぺいさんと二人で暑気払いをやりましょう」

「土光さんを外すわけには参らんでしょう。ボールを投げてきたのは土光さんなんですから。土光さんの顔が暑苦しいとは思いませんが。土光さんが一席持つと言ってます。ぜひ受けてください」

「苦しいときのそっぺい頼みだな」

田中は濁声を吐き出した。舌打ちも聞こえた。

「恐縮ですが、あいてる日を二、三教えてください」

「俺はいくらそっぺいでも反対を撤回するつもりはないぞ」

「お目にかかって、ご意見を拝聴します」


七月中旬の某夜、赤坂の料亭で三人の会食が決まった。その夜、女将と中居が飲み物と料理を運ぶだけで、綺麗所は呼ばれなかった。人払いしての密談である。

田中は不機嫌で、ウィスキーの水割りばかり飲んでいた。

「民営化だけでは成果は期し難い。分割化して始めて、民営化のメリットが享受できるんです」

「線路で繋がってるのをどうやって分割するんだ。黒字会社と赤字会社に分けて、どうするっていうのかね。分割しなくても私鉄との競争原理は働いておるんだ。列島改造と矛盾する。分割化にわたしは断固反対する」

田中はそれだけ言って、上光の話を聞き流していた。

土光の話で、北海道、九州、四国の三つと、本州を東日本、東海、西日本に三分割、貨物を分離して鉄道事業七社と、鉄道通信、鉄道情報システム、新幹線保有機構、鉄道総合技術研究所、そして清算事業団の五機構を立ち上げようとしていることとが中山にも良く分かった。国労の解体は必然だ。

分割に際して考慮すべき事項に関する土光の説明も首肯できた。

「一つの大都市で異なる会社へ直通する列車を極力作らない」「特急列車のような都市間輸送を行う列車は極力同一会社に含む」「三社以上の会社を経由する列車をなるべく少なくする」などだ。

オールドパーのボトルを抱え込まんばかりにして、手酌でがぶ飲みしている田中を中山がたしなめた。

「角さん。もう少しペースを落してください。土光さんのお話、けっこう興味深いじゃないですか。角さんのことだから、聞いてないようでいて、ちゃんと頭の中にインプットされているのはよく分かりますよ」

「ちんぷんかんぷんで、なんのことかぜんぜん分からん。しかも、面白くもおかしくもないじゃねぇか」

「その逆でしょう。あなたの顔に書いてありますよ」

「いくらそっぺいでも我慢にも限度がある。帰らせてもらうぞ」

田中は険しい顔でグラスを呷った。

中山はきっとした顔になった。

「角さん。心して聞いてください。僕はロッキード問題などはたかが知れてるし、あなたは冤罪だと信じてもいる。しかし、国鉄の分割民営化問題は国益に適う大プロジェクトです。あなたが分割化にあくまで反対を貫くようですと、大政治家として晩節を穢すことになると思いますよ。せめてこれだけは呑めないというような条件を出すべきなんじゃないですか」

田中が下唇を嚙んだのを中山は見逃さなかった。

「いま、この場で結論を出すわけにも参らんでしょう。今夜はお開きにしましょう」

中山は、ロッキード問題を口に出したことを内心恥じていた。カードを切ったことになるのだろうかとも考えてしまう。後味の悪さといったらない。

「お先に失礼する。きみたちはゆっくりしてってくれ」

田中はつと起ち上がった。料理にはほとんど箸を付けてなかった。

女将が玄関まで田中を見送ったが、中山と土光は座敷から出なかった。

「さすがそっぺいさんは凄い。角さんはすごすご退散ですからねぇ。これで角さんの降参は間違いないでしょう」

「さあどうでしょうか。逆効果かもしれませんよ。依怙地にならなければよろしいのですが」

「そんなことはない。ロッキード事件をさりげなく持ち出したのもよかった。痛いところを突かれて、角さん顔をしかめてたよ」

「ひと言多かったと反省してますよ」

中山の顔が歪み、ぐい呑みの酒の飲み方が乱暴になった。

4

せっかちな田中角栄らしく、翌日の午後、中山に電話をかけてきた。不機嫌な濁声なのは仕方が無い。

「昨夜は失礼しました」

「こちらこそ」

「ひと晩考えたが、分割化はやはり呑めない。国鉄は日本が世界に誇る公社なんだ。宝物ですよ。民営化は、税金の投入や、赤字路線、組合問題を考えたとき、一つの選択肢だとは思う。だが分割化は納得できん。一本にまとまっている日本最大の企業、法人だからこそ、世界に冠たるものがあるんじゃないのかね。万一分割化するとしても、民営化してからだ。累積赤字を切り離す為にも清算事業団の設立は仕方が無いが、なにもかも一ぺんにやろうなんて、どうかしてるんじゃないのか」

早口でまくしたてられ、中山は受話器を耳から離した。

「昨夜の土光さんの話を聞いて、僕はトライしてみる価値はあると思いましたが」

「組合問題にどう手をつけるのかも、大変だぞ。血の雨が降るのを覚悟してるのかね」

「考えだしたらきりが無いほどいろいろあるでしょうねぇ。とにかく角さんを説得できなかったと土光さんに報告しておきますよ」

田中はポツリと漏らした。

「そっぺいさん。分割論に反対していると晩節を穢すことになるんだろうか」

「いいえ。昨夜は言い過ぎました」

中山も声をひそめた。田中の声が低くなったのは相当気にしているからに決まっている。

だが、一週間ほど経ってから、田中は再び中山に電話をかけてきた。

「先日は失礼した」

「こちらこそ」

「分割化もやむを得んかねぇ。中曽根も土光もしゃかりきになって頑張っておる。足を引っ張るのはやめようと思うんだ」

やけにしおらしい田中に、中山は耳がむずがゆくなった。

「潔くて結構です。ただ、全面的に反対論を撤回するのではなく、角さんなりのあるべき論は堂々とおっしゃったらどうですか」

「そうだな。中曽根には激しく反対したので掌返しもなんだから、降りるにしても条件を付けるのがいいんだろうな」

「……」

「土光にペーパーで思うところを書いて出すかねぇ」

「法律の成案まで、一年はかかるでしょう。国鉄の分割民営化問題は未曾有の国家的大プロジェクトです。分割に角さんが反対していると前に進めません。土光さんも中曽根さんもホッとされるでしょう」

「そっぺいさんの晩節を穢すなには参ったよ」

「言わずもがなでした。反省してます」

「組合問題で躓《つまず》かなければ良いんだが、よほど肚をくってやらんとねぇ。気の遠くなるような大問題だ」

「角さんになにか知恵があるんじゃないんですか」

「いやあ、無い。しかし、考えてはみる」

田中角栄にごねられたら大変だったが、一歩も二歩も前進するだろうと中山は思った。

中核派が昭和六十年十一月二十九日に仕掛けた国電同時多発ゲリラ事件で、首都圏の国電は終日麻痺状態に陥った。だが、この事件が分水嶺になった。国民世論が国鉄の分割民営化を強く支持する結果をもたらしたからだ。

昭和六十一（一九八六）年十一月二十八日、国鉄改革関連八法が成立した。

第五章 アメリカから来た女性研修生

1

ロッキード事件が発覚した年の昭和五十一年十一月に、日本興業銀行は例年どおり先進国のバンカーを対象とした産業金融セミナー（IFS＝インダストリアル・ファイナンス・セミナー）を開催した。

IFS参加者はアメリカ、イギリス、カナダ、西ドイツ、オランダ、イタリア、オーストラリア、ニュージーランドなどからの十二名だが、その中に一人だけ女性が入っていた。初の女性トレーニー（研修生）でしかも日本人だった。

このことが常務会や役員懇談会で話題にならぬ筈がない。

相談役の中山素平は、努めて役員懇談会に出席するように心がけていた。情報交換の場でもあり、役員たちとの交流の場でもあるからだ。興銀の風通しの良さは、河上弘一初代生え抜き総裁以来の行風であり文化である。中山が河上に倣い、増幅した結果でもあった。

興銀の海外拠点は支店がロンドン、ニューヨーク、ロサンゼルス。駐在員事務所はフランクフルト、シドニー、シンガポール、サンパウロ、ベイルート、香港、トロントなどだが、この年十一月四日にパリ駐在員事務所が開設された。

取締役の黒澤洋《くろさわよう》はパリとフランクフルト、ロンドンの連携などに従事し、帰国したばかりだったが、先進国ＩＦＳの担当を買って出た。そして、事前に女性トレーニーの話を中山に報告した。

「サンフランシスコに本店のあるウェルズ・ファーゴ・バンクというカリフォルニアでは知られた銀行の行員です」

「ふうーん。白人なんだろう」

「それが生粋の大和撫子で、しかも江戸っ子です。名前は田邊恵津子《たなべえつこ》、年齢は三十一歳と聞いてます」

黒澤がメモを見ながら話を続けた。

「三年前に在日外資系の会社に勤務中にグリーンカードを取得して渡米し、現地の知人の紹介でウェルズ・ファーゴに採用され、今現在のポストはアジア・パシフィック・ディビジョンのアシスタント・ヴァイス・プレジデントです」

「ずいぶん詳しいじゃないか」

「なんせ女性第一号のトレーニーですから受け入れるかどうかちょっと揉めたんで

す。面倒臭いから断わるべきだとする意見も強かったんじゃないですか」

中山がにやにやしながら煙草に火をつけた。

「黒澤がそれをひっくり返したわけだな」

「受け入れに賛成する者も結構いましたよ。相談役でもそうなさったと思いますが。ガッツがある、受け入れるべきだと。ウェルズ・ファーゴのトウキョウ・ブランチ（東京支店）に、興銀から一人出向させてますが、いろいろ面白い話があるんです。本店の国際部長は田邊さんが参加を希望したとき反対したそうです。〝トレーニーの中で女性一人はIBJ（興銀）が迷惑する。受け入れる筈もないから反対する〟って言うのも分かりますよ。白人のその男の女房は日本人なんです。日本の企業文化にも精通しているんでしょう。ところが、田邊さんはIBJの意向も聞かずに反対するのは納得できないと、直属のボス、つまり極東部長に主張して、巻き返しを図ったそうなんです。そこまで聞いたら反対できませんよ」

「繰り返すが、黒澤は興銀の反対派を押さえ込んだわけだな。それを自慢したいんだろう」

黒澤は名うての国際派で、英独仏語が堪能だ。饒舌でもある。押し出しも見事だ。

〝女性トレーニー第一号〟でわざわざ話に来るあたりは、お人好しの黒澤らしくて悪くないと中山は思った。

「僕が頭取になった年に興銀創立六十周年記念事業として、東南アジア諸国を対象にIFSを決めたんだが、黒澤はどう思ったんだ」

「相談役が頭取になられたのは昭和三十六年十一月ですから、わたしは入行十二年目でしたが、率直に申し上げますけれど、儲けにもならないし、カネもかかる。不要不急なことをよくやるなぁと思いました」

「つまり反対だったんだな。〝女性トレーニー第一号〟の話と矛盾するんじゃないのか」

「そんなことありません。途上国への支援、人材の養成は結果オーライでした。だからこそ昭和四十八年から先進国、中国へとIFSを拡大したのです。IBJの見返りはグローバルな人脈づくりで、池浦頭取が最も注力しているんじゃないでしょうか」

「正宗よりは、池浦のほうが積極的だろうな」

昭和五十年五月三十日付のトップ人事で池浦喜三郎が頭取に就任し、正宗猪早夫は会長になった。副頭取は菅谷隆介と森嶋東三だ。

「きんさん、いえ、中村常務が、昭和四十一年でしたか、ハーバードのビジネススクール主催の特別研修に参加できたのは相談役のお陰だと、折りあるごとに話してますが、OKされた相談役は本当にご立派だと思います」

「ちょっと違うな。いや、相当違う。ただ承諾したわけじゃないぞ。ＡＭＰ（アドバンスト・マネジメント・プログラム）に参加するには頭取の推薦状が必要だった。僕は中村に参加するように勧めたし、喜んでサインもした。結果オーライで中村はアメリカでしっかり学んできたねぇ」

「おっしゃるとおりです。ケース・メソード・ディスカッションを通じてずいぶんアメリカでの人脈が広がったんじゃないでしょうか」

「僕はドメスティックばかりじゃない。国益第一主義は否定しないし当然とも思うが、国際派でも通用するんじゃないかな」

中山がにやにやしながら続けた。

「池浦が着実に海外拠点の展開を進めているのは、僕のお陰もあると思うが」

「はい」

黒澤も笑顔でうなずいた。

2

十一月九日からのＩＦＳに参加した十二名のバンカーたちの肩書は日本流に言えば部長クラスから係長クラスまでさまざまだが、エリートの集団であることは確かだった。

往復のフライト料金と東京のホテル宿泊費は、各々が勤務する銀行が負担する。それ以外は興銀がすべて面倒を見る仕組みだ。

手を挙げれば参加できるわけではない。

紅一点は案の定、目立った。目鼻立ちがくっきりした美形もさることながら、前へ出てくる女性だった。

興銀本店ビルのミーティングでも、英語で積極的に質問し、興銀海外研修部門担当者の通訳のミスを指摘するほどだから、ちょっとやそっとのものではない。日本語が堪能なのは恵津子独りなので、チームの面々をフォローできるため役立った。

ＩＦＳのトレーニー受け入れは、昭和三十六年四月に興銀が大蔵省に提出した伺い書と研修計画がほぼ踏襲されていた。

すなわち①興銀の営業活動（歴史と現状、金融技術として長期融資、審査技術、証券業務、債券による資金調達を中心とする）②わが国の長期資金調達（長期信用金融機関、証券市場）③わが国主要産業の動向④日本経済の発展、戦後の成長、経済計画⑤各種産業、工場見学――などである。

恵津子がＩＦＳで最も学んだことは銀行を含めた日本企業とアメリカ企業の相違

だ。

いちばん驚いたのは、仕事の質に関係なく興銀では課長クラスまで給与がほとんど変らないと聞いたときだ。

残業などの仕事量で変わるのは当たり前だが、ノルマがきついとされる大手都銀は入行後二、三年のボーナスで相当差がつくとも聞いていた。恵津子がウェルズ・ファーゴ・バンクに入行した時の待遇を申告できたのも、アメリカならではだ。月収五百ドルでどうかと言われた時「アパートの家賃を考えると自立する為には六百ドル欲しい」と要求して、OKを取り付けた。

欧米先進国では業種、業態によって、名称肩書が劇的に異なる。ヴァイス・プレジデントは副頭取、副社長と思いがちだが、銀行では日本の部課長である。ヴァイス・プレジデントにも何階級かあり、当該銀行でこれ以上昇格が望めないと自ら判断し、他行なり別の金融機関に転職するケースは、アメリカでは日常茶飯事だ。恵津子は終身雇用制が定着している日本企業は羨ましいとも思う半面、競争原理が働いていない興銀は異常と感じないでもなかった。

興銀本店内のミーティングで、そのことを指摘した時、興銀マンたちは連帯感、同志的結合のメリットを強調してやまなかった。

たしかに、人材の層の厚さは、他行とは比ぶべくもないのではないか。そして、実父もそうだったが、誇り高きバンカーたちでもある。呆れるほどオープン・マインドなのは、何故なのかとも思う。ここまで開示する銀行はおそらくＩＢＪだけなのではないか。

印象に残ったのは十一月十六日午後三時十五分から五時まで、一時間四十五分も喋り続けた黒澤のレクチュアだ。英語でジョークもしばしば飛び出す。自己紹介でこんなことを口にした。

「私はゴルフを止めようと思っています。ゴルフボールが遠くに見えてならないし、クラブが短くて仕方が無いからです。テニスは強いですよ。グランドストロークで、皆さんの中に私に勝てる人がいるとは思えません」

見上げるような大男だが、眼鏡の奥のまなざしは優しい。

恵津子はなによりも親切なのが気に入った。役員食堂のディナーでは恵津子の相手になってくれた。その時のホスト役のトップは中村金夫常務取締役だった。

六日前の十一月十日午前十時から正午までと、午後一時半から三時半までの西村《にしむら》正雄《まさお》産業調査部主任部員（次長待遇）のレクチュアも興味深かった。

午前は日本の造船業について、午後はエレクトロニクス産業がテーマだったが、通訳付だから時間が長くなるのは仕方が無い。恵津子は西村の説明能力の高さに感服した。

二十五日間のうち四日間は、宿泊も含めて鹿島石油化学コンビナートと、三井造船玉野工場の見学に費やされた。現場での懇切丁寧な説明は身に染みて有り難かった。興銀のパワーを思い知らされたとも言える。

役員懇談会で、中山のほうから中村に質問したことがあった。

「田邊恵津子さんの印象はどうだったの」

「黒澤からお聞きになったのですね。いまどきの日本の女性では少ないタイプです。奥ゆかしさのかけらもありませんが、自己主張はたいしたものです」

「そりゃあそうだろう。女性トレーニーの第一号だって言うんだから」

「でも、トレーニー仲間に優しくしているし、礼儀正しい女性ですよ」

「それも当然だな」

「田邊さんの実父は横浜正金で、カルカッタ支店や天津支店に勤務していたそうです。中国では強力な銀行でしたねぇ。自己紹介で分かったことですが」

「ほーう。いまは東京銀行だな。プライドの高さは興銀より上かもなぁ」

横浜正金銀行は終戦後ほどなくGHQによって解体されたが、すぐに東京銀行の設立が許可された。外国為替業務での存在感は抜群だった。

戦後十年ぐらいまで欧米で通用した日本企業は東京銀行と三井物産だけだとする

説があるほどだ。

「それにしても〝般若苑《はんにやえん》〟とは気張ったねぇ。中村も出るの」

「いいえ。二十二日のホスト役は内山《うちやま》さんと黒澤です」

内山良正《よしただ》は海外研修も含めた国際部門を担当している常務だ。

「そうか。内山と中村で棲み分けてるわけだな」

中村は営業担当常務である。

「なんだかんだ言っても、トレーニーにとって〝メインディッシュ〟は観光だろう。奈良、京都、日光、倉敷も入ってたねぇ」

「はい。クラレもフィールド・スタディ（工場見学）に入ってますが、それこそメインは観光です」

「弟さんは元気にしてるの」

「お陰さまで張り切ってやってます。常務取締役に就任しました」

「そう。よろしく伝えてくれたまえ」

「申し伝えます」

中村尚夫《なかむらひさお》を倉敷レイヨンに紹介したのは昭和二十四年の秋で、中山はまだ興銀理事だった。

「増山から、中村の弟の就職の世話をしてくれないかと頼まれたので、京都で面会したことを覚えてるよ。成績はトップクラスと聞いてたし、人柄も申し分ないと増山は力説したが、自分の眼で確かめないことにはねぇ。京都大学の近くの店で二時間ほど話して、大いに気に入ったんだ」

増山清太郎は経理部長だった。部員の中村から、「経済学部の大学院に残った弟が主任教授の退官など学内のごたごたに嫌気がさし、大学を去り就職したいと泣きついてきて弱っています」とこぼされた増山が、中山に頼み込んだのだ。

「弟は天下の興銀理事の中山さんと長時間話せたと感激してました。しかも早速倉敷レイヨン社長の大原總一郎《おおはらそういちろう》さんを紹介し、保証人にまでなってくださったのですから、夢を見てるようだと話してました。中山相談役の面倒みの良さは誰にも真似ができません。あのとき弟に会う為にわざわざ京都までいらしてくださったんですか」

「まさか。もちろん用事を作って、弟さんのほうはついでにしたさ。それにしてもうまく嵌ったね。クラレの社長候補と聞いたことがある。それだけ自助努力しているんだろうが、僕の眼鏡が曇ってなかったことにもなるわけだな。中村尚夫君からは折りにふれて手紙を貰ったりしてるが、兄貴より出来が良いんじゃないのか。愚兄賢弟とまでは言わんけど」

中村が去ったあとで、内山が中山に近づいて来た。

「女性トレーニーの話をしてたんだ」

「わたしはオープニングセレモニーにも出てませんので、二十二日の夕食会を楽しみにしてます。黒澤によると、トレーニー十二名の中でもスターって言うか、際だって出来が良いそうです。数字に強いのにびっくりしたとか話してました」

「僕の頭取時代に女性研修生は夢想だにしなかったが、第一号がこれだけ話題になると今後も続けることになるのかねぇ」

「来年以降は複数もあり得ると思います」

事実そうなった。

IFSのトレーニーたちは、興銀の手厚いもてなしに感じ入ったが、最も盛り上がったのは〝般若苑〟での会席だった。

白金台に昭和二十三年に開設された般若苑は、高級料亭として知られていたが、オーナーで女将の畔上輝井《あぜがみてるい》のかつての夫が外交官出身で、戦前の広田内閣、第一次近衛改造内閣、平沼内閣、米内内閣で外相を務めた有田八郎だったことは知る人ぞ知るだ。

内山がホスト役のトップで他に黒澤ら三人が出席した。

芸者たちが披露した踊りは、トレーニーたちに受けに受けた。

3

十二月二日の夕刻、正宗が相談役室に現れた。

「池浦があすのトレーニーのクロージングセレモニーに相談役とわたしに出席を求めてきましたが……」

「気を引いてみただけのことだろう。会長や相談役が出る幕ではない」

「わたしも同感です。先進国で、人事交流などもある銀行が多いとしても、大盤振舞が過ぎるような気がしないでもありませんねぇ」

「僕が驚いたのは〝般若苑〟だけだ。しかし、めくじら立てるほどのことでもないと思うよ」

「そうでしょうか」

「欧米の銀行なら、取引関係が生じる可能性もある。興銀が元気なうちは、この程度は許されるよ」

「池浦の強い海外志向を相談役はどう思われますか。ブラジルとかメキシコとかいろいろ考えてるようですが」

「池浦なりに見返りをカウントしてると思うが、相当永い眼で見れば、中南米に投資するのは悪くないだろう。しかもＩＦＳぐらいの投資は高が知れている。心配するには及ばんよ」

「ま、心配したらきりがありませんね。わたしは池浦のやることに口出ししたことは一度もありませんけれど」

「口出しするときは二人で一緒にするのがいいだろう」

中山は右手を正宗と自身の間で往復させてから煙草を咥えた。


十二月三日午前十時から役員食堂で行われたクロージングセレモニーは池浦、内山、黒澤たちが出席した。

十二人のトレーニーは、スーツ姿で一分以内でスピーチした。レディーファーストで、田邊恵津子がまずマイクを握らされた。

「あっという間の二十五日間でした。無我夢中だったからです。これほど立派なおもてなしを受けたのはもちろん生れて初めての体験です。生涯でわたくしの最大の誇りになると思います。内山良正様、中村金夫様、黒澤洋様、西村正雄様そしてＩＦＳ担当のＩＢＪの皆様、本当にありがとうございました。池浦喜三郎頭取までが歓送会に出席してくださいました。衷心よりお礼申し上げます」

次々にマイクを握らされた欧米のバンカーたちも一分以内で謝辞を述べた。

十二番目にスピーチしたオランダの銀行のバンカーは、「ＩＢＪの連帯感は見事だと敬服しました。お陰さまでわれわれ十二名も連帯感めいたものが芽生えています。〝エツコさんの協力があったからだと思います。ありがとうございました〟」と最後のくだりは日本語で話し、恵津子に向かって深々と頭を下げた。

盛大な拍手喝采は当然である。

黒澤との立ち話で、恵津子が日本語で冗談を言った。

「池浦頭取にお目にかかったとき、田河水泡《たがわすいほう》さんの〝のらくろ〟のブル連隊長を連想してしまいました。褒めているつもりですが……」

「ブル連隊長は大佐でしたかねぇ」

「事実上は大将です」

「だとしたら的確かつ適切な表現ですよ」

黒澤が笑いながら大声で返したので、遠くのほうから池浦がこっちを見た。

第六章
魔法の国への扉・こころの産業

1

三井銀行会長の小山五郎が「折り入って話したいことがあるのですが」と電話でアポを取ってから、丸の内の興銀ビル十二階の相談役応接室に中山素平を訪ねて来たのは、昭和五十二年十月頃のことだ。小山は中山より三歳下で昵懇の仲だ。小柄な身内に負けん気の強さを漂わせている。若い頃は〝ケンカ五郎〟の異名をとった。半面、豊かな感性を備え、絵画は玄人跣《はだし》で、財界の仲間たちと展覧会を開催するほどだった。小山は、絵画を三井系グループ企業の会議室に「飾らせてもらえまいか」と頭を下げて頼む。系列企業などに号数万円で買い取らせる厚顔な財界人もいたので、両者に対する中山の好嫌が分かれるのはむべなるかなだ。

「江戸英雄の名代で参上しました」

小山は真顔で切り出した。

「オリエンタルランドなる会社をご存じだと思いますが、米国のウォルト・ディズニー・プロダクションズと提携してロサンゼルス、フロリダに次ぐ三番目のディズニーランドを造りたいという計画なんです。そうなると五、六百億円もの膨大な資金が必要です。その折には、興銀さんにもご協力を是非ともお願いしたいと、江戸は申しております」

「遊園地で五、六百億円ねぇ……」

中山は煙草に火を付けながら小首をかしげた。

中山より三つ年長の江戸は三井不動産の会長だ。昭和三十年に社長に就任、千葉県と共に京葉（浦安）臨海工業地帯などの埋め立て造成地事業に取り組んできた。日本最初の超高層ビルである霞が関ビルの開発を手がけるなど、都市再開発の先駆者としても名高い。自他共に認める三井グループの大番頭で、抜群の存在感を誇っていた。面倒みの良さも際立っている。

「江戸英雄さんは、僕が一日も二日も置く財界人です。オイルショックで多少弱気になるのは分かりますが、興銀などを頼らずになんとでもなるでしょう。それに僕みたいな隠居の出番はありませんよ」

中山は冗談めかしてはぐらかしたが、肚では江戸と小山に頭を下げられたら、協力せざるを得ないと思わぬでもなかった。

「ご冗談を。興銀さん、いや、そっぺいさんなら何かいい知恵をいただけると思いました……」

中山は表情を緩めず、黙って煙草を服《の》んでいた。

「ロスのディズニーランドを見学して、初めに夢中になったのは京成電鉄社長の川《かわ》崎千《さきち》春《はる》さんです。江戸さんが川崎さんに紹介して、川崎さんがかき口説いてオリエンタルランドの専務をしてもらっているのが髙橋政知《たかはしまさとも》さんです。ご存じでしょうか」

「なにかのパーティで江戸さんが紹介してくれました。巨漢で苦味走った感じの人でしたが、よく覚えているのは、〝小原庄助《おはらしょうすけ》さん〟みたいな傑物だと江戸さんから聞いたことです」

小山が啞然とした顔で中山を見上げた。

「そ、そんなことまで……」

「〝小原庄助さん〟は冗談が過ぎるが、お酒で身上潰したんじゃなかったですか」

中山が破顔してから、話を続けた。

「浦安沿岸の埋め立て造成地の漁業権問題で、漁民とのハードネゴシエーションは大変だったと思います。その為だけで髙橋さんをスカウトしたとも聞いてますよ」

「はい。昭和三十年代の終りから四十年代の初期にかけて、髙橋さんは躰を張って難交渉をクリアしてくれました。あの時代から、オリエンタルランドの社長は川崎千春さんが兼務していましたが、『大酒飲みの髙橋さんの飲みっぷりの良さ、お金の使いっぷりも、桁違いにもの凄かった』と江戸さんが話してました。荒くれの漁民たちと酒を酌み交わしながらたった一人で漁業補償を決めた上に、県との造成地の払い下げ交渉をまとめたのですが、県会議員との交際費も大変だったんじゃないでしょうか。政治献金も然りです。身銭の切り方は想像を絶するほどでしょう」

たったの半年で、千八百人の漁民を擁する組合の幹部たちを口説き落とした髙橋の凄まじさには、江戸も川崎もさすがに舌を巻いたという。二人とも、少なくとも二年はかかると踏んでいたからだ。

髙橋は豪胆なだけではなく、漁業権の放棄に応じてくれた漁民たちの心をとらえて離さなかった。「ここに世界一の遊園地を必ず作る。あんたらの海をいたずらに犠牲にしない」と語りかける情に厚い人間でもあった。埋め立て地は二百六十万坪。昭和五十年十一月に完成した。漁民一戸当たり五十万円と造成地百坪が補償された。髙橋は妻・弘子の実家に居住していたが、渋谷区神山町の千六百坪の家屋敷を売却した事実があるという。県会議員や漁民の代表との飲食は新富町、新橋などの一流料亭を使い、領収書を貰いづらいことも山ほどあった。

中山は、小山の話を聞いていて髙橋に親近感を覚えた。

「隠居の身とはいえ、相談役として無い知恵を振り絞りましょうかねぇ」

「江戸さんは中山相談役に直接、話したくてならない筈なのに、わたしを使いに出したのは、興奮、高揚しているからなんでしょうか。察して余りありますよ」

「察して余りある？」

「つい最近、六月のことですが、江戸さんは髙橋さんとフロリダのディズニーワールドを視察してきたんです。色々なアトラクションを見て度肝を抜かれたし、ワンダフルを連発したそうです。髙橋さんも感心、感激したんじゃないですか。カリフォルニアのアナハイムもフロリダも、豊島園や谷津遊園とはスケールが違うんでしょうね」

「それにしても、百十五万坪は広大過ぎませんか」

「ホテルなどいろんな付加価値が考えられるということです」

「興銀にはロスに支店があります。現地の者にディズニーランドを見てくるように言いましょう」

中山は次の来客の予定があったので、煙草を消して中腰になった。

2

中山が副頭取の菅谷隆介を呼びつけたのは翌日の朝九時だ。十時まで来客は無かった。

「きのう小山五郎さんが江戸英雄さんの名代でここへ見えてねぇ」

「小山会長がお見えになったことはたった今秘書から聞きました。ご用向きはなんでしょうか」

「浦安の埋め立て地にディズニーランドとやらの遊園地を誘致する計画らしい。資金調達で相談を受けたので、知恵を出すと約束してしまったが、ロス支店の者に、ディズニーランドを視察させるほうが先だろう。なんなら、菅谷が自分の眼で見てくるのが良いんじゃないのか」

「百聞は一見に如かずは分かりますが……」

「遊園地を造る為には五、六百億円もの投資額が必要ということだが、興銀が幹事行となって協調融資団を作るのはどうなのかねぇ」

「重厚長大の興銀に相応しい案件とは思いません。あくまでも個人的意見ですけど」

「僕も懐疑的ではあるんだが……」

小首を傾げながら、煙草の煙をゆっくりと吐き出し、中山が続けた。

「重厚長大から脱皮する足がかりになるんじゃないのかね。池浦の意見も聞いてもらいたい。江戸さんほどの人に頼りにされたら、興銀冥利に尽きると僕は考えたんだがねぇ」

菅谷は五秒ほど下を向いていたが、ぐいと顎を突き出した。

「江戸さんは埋め立て地に遊園地を造る計画に消極的と聞いていましたが、やっとその気になったわけですね。ただし、オイルショックでダメージを受けた京成電鉄は、台所事情が危機的状況にあります。もう少し様子を見たほうがよろしいのではないでしょうか」

「京成電鉄が上野に出店した京成デパートの業績が良く無いという話は僕も聞いているが、鉄道会社が潰れるなんてことはあり得んよ」

「三井不動産も、坪井東《つぼいはじめ》さんが社長になってから、ディズニーランドの建設に消極的になっていると聞いています。それだけオイルショックによるダメージが大きかったということなんじゃないでしょうか」

中山は憮然とした顔で煙草の煙をくゆらせながら菅谷の話を聞いていた。

「だいたいオリエンタルランドはアメリカのディズニー社とまだ契約書に調印してない筈です。わたしは、まず契約締結ありきだと思います。遊園地の建設がゴーになる可能性は二分の一以下だと見る者が興銀にも大勢いますよ」

「菅谷自身はどうなの」

「江戸さんの意を体して小山五郎さんが相談役に協力を求めてきたとお聞きして、

気持ちが混乱しています」

菅谷は思案顔で続けた。

「江戸さんと髙橋さんのパワーが坪井さんを抑えつける可能性を否定するつもりはありませんが、無い袖が振れるのかどうか……。いずれにしましても、もう少し様子を見る。うちが知恵を出すようなタイミングではありません」

「小山さんがここへ来たことを重く受け止めている。髙橋政知という専務も信頼できる人物だ。菅谷も一度会ったらいいな。とにかく前向きに考えるべき案件なんじゃないかなぁ」

中山の強い口調に押されて、菅谷は「承りました」と応えて引き下がった。

3

中山は、ドアが閉まるのと同時に江戸英雄に電話をかけた。秘書を通すこともたまにはあるが、ほとんどは自身で直接電話するのが中山の流儀だ。

江戸は在席していた。

「中山です」

「小山君に会ってくれてありがとうございました。わたしの名代などと大仰なことを言ったらしいが……」

「埋め立て地の遊園地計画に本気になったそうですねぇ」

「遊園地を造るのは千葉県と約束したことでもあるので……。二昔も前に川崎千春君が蒔いた種なんです。そっぺいさんには何度も話しているが、水戸高校時代からの永い仲なので、断り切れなくて髙橋たちとフロリダのディズニーワールドを見て来たんです。川崎千春君が日本へ誘致したい思いが募ったのも分からぬでもない。ただねぇ、企業エゴを剝き出しにすれば、リスクは取りたくないというのが本音です。しかし、乗りかかった船でもありますしねぇ……」

中山は、受話器を握り締めながら、江戸の気持ちの揺れを意識した。

「ディズニーとの契約はどうなっているんですか」

「もう少し時間がかかると思います。じつはディズニーに厳しい条件をつきつけられた時に丸吞みしてしまったのですが、髙橋君だけは不平等契約も極まれりだと反対したんです。ノウハウを提供するだけで、売上高の一〇パーセントのロイヤルティと五十年の契約期間は、屈辱的だったかも知れない」

「建設費は五、六百億円と聞いていますが全額、三井不動産と京成電鉄で負担するんですね」

「両社の役員会で決めて、内諾もしているので、難しいとは思うが、状況変化もこれありなので、契約内容を見直すべきとの気運が強まっています。そっぺいさんはどう思いますか」

「お話をお聞きするかぎり不平等契約だとは思います。問題は日米双方のどっちの立場が強いかでしょうねぇ。しかし、押し返せる可能性が少しでもあるのなら、おやりになったらいかがですか」

「髙橋君は埋め立て地で漁業組合を説得するだけでお役ご免の筈でしたが、ディズニー社との交渉でも矢面に立たざるを得ないかも知れません。彼なら何とかディズニー社から多少の譲歩を引き出せるような気がしないでもない。大変なネゴシエーターであることは、漁民たちに漁業権を放棄させたことで実証済みです」

「坪井さんだとまとまるものもまとまらないなんてことになりかねない……」

「ま、そうです」

「でしたら髙橋さんにまかせたらよろしいのでは」

「坪井君をさしおいて、そこまではどうですかねぇ。髙橋君にやってもらうにしても、坪井君のOKがないとねぇ。要するに坪井君次第っていうことだと思います」

「江戸さんがどう判断するかのほうが先でしょう」

「わたしも、そっぺいさん以上に隠居の身なので、社長の坪井君にまかせるしかないですよ。そうなると、プロジェクトから撤退する可能性も出てくるかも知れない」

「坪井社長が消極的だと聞いていますが、乗りかかった船から降りられますかねぇ。それと、江戸さんが隠居の身だなんて、誰が見てもあり得ませんよ」

「撤退は言い過ぎました。ご放念ください」

江戸はあわて気味に続けた。

「川崎千春君が泣きますよ。川崎君に一度会ってやってください」

「川崎千春さんは存じ上げてますよ。しかし、まだ興銀が知恵を出せる段階でもありませんしねぇ」

「契約を締結したら、そっぺいさんに盛大に頭を下げさせていただきます。ほんとうにその時はよろしくお願いしますよ」

中山は電話機の前で、お辞儀している江戸の姿が見えるような気がした。

4

川崎千春が中山を訪ねて来たのは一週間ほど後のことだ。

相談役応接室で顔を合せるなり中山が笑顔で切り出した。

「江戸英雄さんの差し金ですね。僕もせっかちでは人後に落ちませんが、江戸さんには敵いません」

「おっしゃるとおりです。中山素平さんにご挨拶しなければいけませんと江戸英雄君に命じられました」

川崎は一揖《いちゆう》して、「緊張して喉が渇いていますので、さっそくお茶をいただきます」と続けた。

中山が煙草を手にした。

「江戸さんが、川崎さんが蒔いた種とかおっしゃってましたよ」

「そうなんです。薔薇に魅せられたばっかりに……。昭和三十三年一月でしたか、谷津遊園の増設の際、薔薇園を新設したいと思いまして、薔薇の買い付けで渡米したのです。その時にロス・アナハイムのディズニーランドを見学しまして、感動しました。ディズニーランドをそのままそっくり日本へ誘致できないものかと考えたのです。江戸君を強引に引っ張り込んだのは事実ですし、江戸君がしぶしぶという感じだったのも事実なんです。江戸君から中山さんに、このことをしっかり申し伝えるように命じられております」

川崎が茶碗をセンターテーブルの茶托に戻した。

「先日も江戸君に、わたしの夢をなんとしても叶えてもらいたいと懇願致しました。いずれ経営責任を取って辞めていかなければならないわたしに発言権はありませんので、江戸君や髙橋君に託すしかございません」

中山は煙草を灰皿にこすりつけながら、川崎を凝視した。

「江戸さんも隠居の身だとかおっしゃったが、三井不動産中興の祖です。川﨑さんもオリエンタルランドの親会社の社長ですし、京成電鉄の中興の祖で、お二人とも弱気になられる謂《いわ》れはありません。オリエンタルランドの事業はお二人が両々相俟って推進してきたんじゃないのですか。いま現在の業績が悪化しているとしても、必ず上向くと思いますよ」

「いやいや。不動産投資などで調子に乗り過ぎたことは確かです。昭和五十三年三月期は無配も覚悟しなければなりません。経営者としてその責任は逃れられないと思います」

中山が二本目の煙草を咥えた。話が湿っぽくなってきた。だが、落ち込んでいる川﨑の気持ちも分からなくはない。

「御社には髙橋政知さんという傑物もおられることですし、心配するには及びませんよ」

「あの男は凄い……」

川﨑が微笑んだ。

「髙橋君をピックアップした江戸君には頭が上がりません。漁業権をめぐる交渉だけだとわたしどもは考えておったのですが、ディズニーとの難交渉でも、パワーを発揮してくれるんじゃないかと期待しています。組織の枠に捉われない所が高橋君の強みです。彼の真似は誰にも出来ません。十五年も前ですが、京成電鉄の若手で一番出来の良い加賀見俊夫《かがみとしお》という男を彼に張り付けたのも相乗効果をもたらしたと思います。子供のいない高橋君は、加賀見を我が子のように可愛がっています。加賀見も意気に感じて、もてる能力の二倍は引き出されてるんじゃないでしょうか」

「加賀見さん。覚えておきましょう。いまおいくつですか」

「四十か、四十一です」

「働き盛りですね。僕も、その頃が一番仕事をしました」

中山が時計に眼を落とした時、川崎が風呂敷包みを膝の上で広げた。

「押しつけがましくて恐縮ですが、手土産に持参しました」

六号ほどで、見事な薔薇の花の油絵だった。

「どうぞ」

中山は「おうっ」と絶句して、手渡された額縁入りの絵画に見入った。

「これは、いただくわけには参りませんよ」

「とんでもない。薔薇ばかりですが、何十枚も画いています」

「一流とは聞いてましたが。僕は絵心はありませんが、見るのは好きです。小山五郎さんの比じゃありませんねぇ。江戸さん自身もそうですが、江戸さんの周囲には芸術家が集まるんですねぇ」

中山は、川崎千春が尾張徳川家に仕えた絵師の家系で、従兄に川崎小虎《しょうこ》、小虎の長女の夫が東山魁夷《ひがしやまかいい》であることを知り得ていたが、あえて口にはしなかった。

「失礼ながら、この薔薇も江戸さんの命令ですか」

「いいえ。わたしの気持ちです。お気に召していただいて、光栄です。嬉しく思います」

中山も頭を下げたが、川崎のほうが低かった。

5

三井銀行会長の小山五郎、三井不動産会長の江戸英雄、京成電鉄社長の川崎千春たちと話をしてから、ディズニーランド誘致をめぐる交渉が一波乱も二波乱もあったことを中山が知るに及んだのは、一年以上も経ったあとだ。

京成電鉄に代わってオリエンタルランドの主導権を握った三井不動産がロイヤルティの一〇パーセントから五パーセントへの引き下げと契約期間五十年を二十年に短縮するべきだと主張したため、ディズニー側が激怒し、決裂寸前まで交渉がこじれたのだ。

昭和五十三（一九七八）年八月二十二日付でオリエンタルランドの専務から社長に昇格した髙橋政知が事態の収拾に向けて動かなければ、破談になっていたに相違ない。

髙橋は、三井不動産社長の坪井東がプロジェクトから撤退する意向だと察知し、対坪井で千葉県と共闘する覚悟を固めて川上紀一《かわかみきいち》知事と接触した。

「坪井さんが米国で最終的な交渉に乗り出しますが、撤退はまかりならぬと強硬に主張してください。テーブルをドーンと叩いて、『貴様、何を言うか』と怒鳴り上げるくらいのことはやらないとダメですよ」と髙橋は川上に進言したのだ。

ディズニーランドの建設は県知事の公約でもあった。

川上は、髙橋の振り付けたとおり高飛車に出た。「レジャー用地（六十三万坪）を払い下げ時価格の坪一万六千六百八十八円で買い戻させてもらいましょうか」とまで言及して、坪井を激しく非難したのだ。これでは撤退は出来ない。だが、坪井は契約期間についてはねばりにねばった。

「安政時代の日米和親条約のような隷属的契約は承服しかねる」という坪井の言い分はもっともである。とはいえ坪井を含めた三井不動産の経営会議で承諾したのは事実なのだ。

ディズニー側は五年短縮して四十五年の契約期間とする旨を回答してきたが、坪井は二十年を譲らなかった。

「交渉を打ち切る」とディズニーはあくまでも強気だった。

「オリエンタルランド社長の立場で契約に調印したらよろしいのでしょう。任せるよ」と坪井が髙橋に頭を下げた。

昭和五十四年一月に渡米した髙橋は、①六十三万坪のレジャー用地全体を対象としていたロイヤルティを、開発用地面積の二分の一を対象にする②オリエンタルランドが経営危機に陥った場合は契約を解除する――の二点でディズニー側の譲歩を引き出し、同年三月末に基本契約に調印することで合意に漕ぎつけた。

「これで成就した」

髙橋が胸を撫で下ろしたのも束の間で、在米中に、三井不動産サイドのオリエンタルランド担当役員から国際電話で「三井不動産の経営会議でプロジェクトに対する支援はオリエンタルランドへの出資比率の四八パーセントに応じた信用保証に限定することに決まりました。残り五二パーセントは京成電鉄にお願いします」と伝えてきた。

経営危機に見舞われている京成電鉄の債務保証能力はゼロに等しい。髙橋は愕然とするより業腹でならなかった。

帰国後、髙橋はまず江戸にぶつかった。

「やっとここまで辿り着いたんですよ。英文のアグリーメントのチェックもわたし自身がしています。わたしに一任してくださったからこそ、わたしは命懸けでプロジェクトに取り組んでいるのです。せっかくディズニーとの交渉をまとめたのに、あまりな仕打ちとしか言いようがありませんよ」

「きみの気持ちは分からぬでもないが、坪井君にも危機感があるんだろう。ともかくフェイス・ツー・フェイスで話してみたまえ」

髙橋は日を置かずに坪井に面会した。

「四十五年間は屈辱的な契約です。三井の名を汚すようなことを受け入れるわけにはいかんのです。なんならオリエンタルランドだけでやったらよろしいじゃないですか」

「分かりました。ただし今後一切このプロジェクトを壊すような言動は慎んでください！」

躰もでかいが声も大きい。髙橋のど迫力に坪井は思わずのけぞった。

6

興銀副頭取の菅谷隆介が相談役執務室に顔を出したのは四月二十三日の午前九時過ぎのことだ。むろん前日、中山のアポを取っている。

「ディズニーランドのことだったね」

「はい。じつは午後三時に髙橋社長と千葉県の沼田（武）副知事が見えることになっています。用向きは融資についてなんじゃないでしょうか」

中山はにやっとしてから、センターテーブルの煙草入れに手を伸ばした。

「興銀に協調融資団の幹事を頼むっていうことだな。受けてあげたらいいじゃないか。いや、喜んでお受けするだろう。菅谷はロスとフロリダのディズニーランドをこの眼で見て、感動したとか感激したとか言ってたなぁ」

「おっしゃるとおりです。役員懇談会だけじゃなく、あっちこっちで言いまくってます」

「〝こころの産業〟とも言ってたねぇ」

「それもおっしゃるとおりです。ただ、三井系二行が冷めているのが気になります。坪井さんのスタンスがネガティブなのを知っていますから、そうなるのは当然なんですが」

「ふうーん。三井不動産がネガティブなんてことがあるんだろうか」

「興銀が手を挙げれば、三井系二行も従《つ》いて来ざるを得ないとも考えられますが」

「髙橋さんが沼田副知事をお連れするっていうことは、なにかあるんだろうねぇ。とにかく優しく対応してあげなさい。興銀が協調融資団の幹事行になることの意義はあると思う」

「髙橋さんと坪井さんの間に感情論めいたものがあるとしたら、これをほぐすのは生易しいことではありませんけど」

菅谷は内心、そっぺいの出番が必ずあると考えていた。二行の軟化もあり得るかもしれない。

「五時から三十分ほど時間がある。首尾のほどを聞かせてもらおうか」

「承りました」

菅谷が引き下がったあと、中山は煙草をふかしながら、三井銀行会長の小山五郎に電話したい気持ちを抑えに抑えた。

再び菅谷と会った時、中山はなにやらホッとした。菅谷が笑顔で切り出したからだ。

「川上知事が再選されたばかりで多忙な為に沼田副知事がお見えになったようです。髙橋社長は付き添いみたいなことをおっしゃってました。要するに千葉県がプロジェクトの全責任を持つということなんです」

菅谷の話はこんなふうだった。

役員応接室で名刺を交換し、ソファーに座り、緑茶を飲んでから、真っ先に口を開いたのは沼田だった。

「東京ディズニーランドの建設は、京成電鉄の川崎社長の夢でもありましたが、千葉県の川上知事の選挙公約でもあります。この実現の為に、県は全責任を持ち、将来金融機関に迷惑をかけることは一切ございません」

間髪入れずに髙橋が続いた。

「建設資金は総額で一千億円程度を見込んでおります。スポンサー企業を募りまして、ある程度の資金は調達できると思いますが、それでも銀行さんから六百億円は借りる必要があります。何卒、御行のご協力をお願いいたします」

「興銀に協力してもらいたいという話はだいぶ以前、江戸さんと小山さんから中山にありました。中山も池浦（喜三郎頭取）も前向きに対応しろと申しております。サービス産業など不得意な分野へもわたしどもは積極的に進出すべきだと考えております」

高橋と沼田が顔を見合わせた。

二人は菅谷に会う前に、三井信託銀行トップから、けんもほろろの対応を受けていたのだ。

「埋め立て地に遊園地を作るなんていう事業はベンチャービジネスという分野の案件です。たとえ三井不動産が保証すると言っても、当行が融資するのは難しい。当てにしないでください」

三井信託のトップにここまで言われたら、出鼻を挫かれて、しょぼっとなるところだが、髙橋は逆にファイトをかき立てられ、沼田に知恵をつけたのが「県は全責任を持ち……」だった。

髙橋が菅谷を強く見返した。

「江戸さんと小山さんが中山相談役にお目にかかったのは、いつ頃のことでしょうか」

「二年前の十月だったたと思います。小山さんは江戸さんの意を体してということで、お二人が一緒に中山とお会いになったわけではありません」

「なるほど。初耳ですが、よく分かりました。その四カ月前の六月に江戸さんに同行し、わたしもフロリダのディズニーワールドを視察し、興奮したのを思い出しました」

菅谷が上体を髙橋のほうへ寄せた。

「実はわたしも見学したんです。アナハイムとフロリダの両方です。胸を打たれました。〝こころの産業〟とでもいいますかねぇ。ただ、六百億円ものご融資は当行だけではとても対応できません。協調融資団を組む必要があるでしょう」

「ほかの銀行は応じて頂けるでしょうか」

「ご心配は無用です。当行が幹事として銀行団を取りまとめさせていただきます」

「ありがとうございます」

「どうも」

髙橋と沼田が同時に低頭した。二人とも地獄に仏の心境だった。

「一点、お尋ねしたいことがあります。ディズニーランド・プロジェクトに対する江戸会長と坪井社長の間の温度差は解消されましたか」

髙橋が身を乗り出した。

「坪井さんは慎重ですが、ディズニーとの契約と県との契約を反故に出来る筈がありません。一カ月延期にはなりましたが、ディズニーとの契約もわたしが責任をもちまして今月末に締結致します」

「中山も池浦も、心身ともに髙橋さんのパワーは凄いと褒めてましたよ。だからこそ、一私企業に対して、これほどまでに県が力を入れて支援してくれてるんだと思います。そんな自治体は他にありません。千葉県に感謝しなければいけませんね」

「おっしゃるとおりです。心しております」

沼田がきまり悪そうにメタルフレームの眼鏡を外して眼をこすった。

「埋め立て地の漁業権交渉で、髙橋さんがどれほど苦労されたか分かりません。歴代知事は皆さん、髙橋さんのお宅の方角に足を向けて寝られないと思っていると存じます」

「埋め立て造成地の完成は髙橋社長の存在無くして考えられません。千葉県とオリエンタルランドは持ちつ持たれつの相互信頼関係が磐石っていうことなんでしょうねぇ」

菅谷の言葉に、髙橋はほろっとなった。

「私が息子のように可愛がっている加賀見俊夫君が、海の物とも山の物とも分からないオリエンタルランドに入社してくれたことなど、部下に恵まれたのも非常にラッキーでした。川崎千春さん、江戸英雄さんの大先達との出会いが無かったら、今日のわたしはありません」

「そっぺいさんが、髙橋さんにシンパシーを感じるのも分かりますよ」

にこやかにうなずいた沼田に、菅谷がやわらかい眼差しを注いだ。

菅谷の話を聞いていた中山の表情が曇った。

「小山五郎さんから、初めてこのプロジェクトについて聞いた時、投資額は五、六百億円と言われたことを憶えているが……」

「その話はわたしもよく憶えています。さっきも髙橋さんに質問しようと思ったのですが、ロスとフロリダのディズニーランドを見学した時、五、六百億円はあり得ない、建設資金はその倍は要するだろうと直感しました。しかも三つ目となれば、ロス、フロリダを凌駕するものでなければならない。事実、ロスよりはフロリダのほうが優れています。フロリダよりは東京ということになるのは当然です。だとすれば、一千億円で収まるかどうか疑問です」

「千葉県が全責任を持つ。金融機関に迷惑はかけないっていうことだったたねぇ。投資額でわれわれが悩む必要はないのかもな」

「おっしゃるとおりです」

「興銀は先頭に立って、〝こころの産業〟を支援するとしよう」

中山の笑顔に、菅谷の頰も緩んだ。

7

興銀とオリエンタルランドとの関係は深い。前面に立って道筋を付けたのは菅谷だからか、〝菅谷案件〟と行内では伝えられている。だが、背後で菅谷の尻を叩き続けたのは中山素平である。〝そっぺい案件〟でもあると称される所以《ゆえん》だが、菅谷がいちいち中山に指示を仰ぐことはあり得なかった。ただし、肝腎要なことは報告したし、中山に協力を求めた。

昭和五十四年九月中旬のことだ。菅谷が相談役執務室にやって来た。

「遊園地用地だけでは評価額が低いので担保力が弱いと思います。三井不動産の債務保証で融資して貰う為には三井銀行と三井信託銀行の了承が必要不可欠です。相談役から三井銀行の小山さんに話していただけないでしょうか。興銀一行で幹事を務めるのは力不足ですし、説得力もありません。幹事行は複数行であるべきですし、少なくとも三井系が参加しない協調融資団は想定できません」

「住宅用地への転用はできないの」

「遊園地用地とホテル用地を除いて約三十万坪余っているのですが、県が住宅用地への転用を認めてくれないそうです。土地転がしとあらぬ疑いをかけられることを恐れて、慎重になっているのだと思います」

「土地転がしねぇ。ちょっと違うんじゃないのか。オリエンタルランドが所有している土地なんだから。住宅地に転用すればどのくらいの資産価値があるのかね」

「坪当たり五十万円とすれば一千五百億円です」

「埋め立て地がそんなに高いのか」

「環境良好で、新興住宅街として最適地です。県と江戸英雄さんの先見性がぴたり的中したということだと思います。しかし、レジャー用地、ホテル用地、住宅用地が厳格に区別されています」

「小山さんに話してみるかねぇ」

「興銀が前向きになったのは、江戸さんを担保に取った小山さんが相談役に仕掛けてきたからです。相談役はその借りを返しなさいと強く出てください」

「菅谷の命令に従うよ」

中山は笑いながら煙草の火を消した。

小山の返事は厳しい内容だった。両行とも無担保融資には絶対に応じられないと主張してやまず、このことは両行の担当常務から高橋にもすでに伝えられていた。

「高橋さんのことだから、しゃかりきになって、川上知事を口説き落すんじゃないのかな」

中山から話を聞くなり、萱谷は髙橋に電話で話した。

「住宅用地への転用なしには、協調融資団の組成は困難です。中山から小山さんに発破をかけて貰って、ダメの返事は辛いですねぇ。興銀も降りざるを得ないかも知れませんよ。沼田副知事によろしくお伝えください」

萱谷は髙橋の奮起を促した。もちろん、萱谷の肚は、たとえ住宅用地への転用が叶わなくても支援することで固まっていた。

果たせるかな髙橋は沼田を落とし、二人がかりで川上知事を説得しＯＫを取りつけた。

8

興銀の融資団幹事行は、三井不動産の江戸英雄会長から中山素平相談役への協力要請が前提である。中山も内諾の言質を与えているので断れる筋合いではなかった。

住宅用地への転用を千葉県の川上知事が承認したこともあり、興銀の幹事は決定的になったが、融資団の組成は難航した。三井銀行が幹事行は受けられないとの態度を鮮明にしたからだ。その背景に当然ながら坪井東三井不動産社長の存在がある。

坪井は東京ディズニーランドの建設に消極的だった。それどころか白紙に返したいとさえ思っていた節がある。三井銀行は坪井の意を体して、幹事行を拒んだと見てさしつかえあるまい。いわば〝ねじれ〟で、三井銀行の態度が協調融資団の組成を複雑化させた事実は打ち消しようがなかった。

融資団への参加さえも渋っていたが、中山素平との相互信頼関係を考えれば、小山五郎会長としては、そこまでつれなくするわけにはいかない。

結局、協調融資団の幹事行は興銀と三井信託銀行の二行体制で臨まざるを得なくなった。

融資団組成に向けて菅谷副頭取はしゃかりきになって取り組んだ。菅谷は先頭に立って、長信銀、信託銀行、都銀、地銀、生保などへアタックした。

菅谷はネゴの最中に住友、三和両行のライバル意識の強さを思い知らされた。三和は住友との格差保持に固執し続けたのである。三和の方が上位行だと訴えてやまなかった。

協調融資団の組成までに三カ月以上も要し、昭和五十五年一月中旬に漸く《ようや》目途がついた。

東京ディズニーランド協調融資団のシェアは次のように決まった。

▽長信銀＝日本興業銀行一〇パーセント、日本長期信用銀行八パーセント、日本

債券信用銀行八パーセント、小計二六パーセント。
▽信託銀行＝三井一〇パーセント、三菱六パーセント、住友四・五パーセント、安田四パーセント、中央一・四パーセント、日本一・五パーセント、小計二七・四パーセント。
▽都銀＝三井五パーセント、三和四パーセント、住友三パーセント、三菱一・五パーセント、小計一三・五パーセント。
▽地銀（含む相互銀行）＝千葉三・六パーセント、千葉興業一・五パーセント、千葉相互一・五パーセント、小計六・六パーセント。
▽生保＝日本七・五パーセント、三井四・五パーセント、第一四パーセント、第百三・五パーセント、協栄三・五パーセント、太陽三・五パーセント、小計二六・五パーセント。
〝東京ディズニーランド〟プロジェクトに対する協調融資団結成に関する説明会が昭和五十五年一月二十八日正午から、興銀役員食堂の特別室で行なわれた。出席者は二十二金融機関の専務、常務クラスだが、興銀は仕切り役の菅谷副頭取だ。

菅谷に紹介されて髙橋が挨拶に立った。

「わがオリエンタルランド社と米国のウォルト・ディズニー・プロダクションズが東京ディズニーランドの建設および運営に関する契約を締結したのは、昭和五十四年四月三十日、日本時間では五月一日のことです。わたくしが渡米し、ディズニー社のカードン・ウォーカー社長と契約書にサインしました。思えば四年五カ月に及ぶ長期交渉、難交渉でしたが、だからこそ満足感、達成感はひとしおのものがあります」

高橋はふと坪井の険しい顔が頭の片隅をよぎり、思わず強い口調になった。

「安政の日米和親条約以上の屈辱的不平等契約という批判は、皆さまご存じのとおりですし、わたくしはその急先鋒でもありました。しかしながら、わたくしはロイヤルティの事実上の引き下げと五年の契約期間の短縮などで譲歩を取り付けました。ディズニー社にとって三番目の東京ディズニーランドは、ロス、フロリダ以上に立派な施設が建設されることを皆さまにお約束します。協調融資に応じてくださった皆さまと千葉県の並々ならぬお力添えの賜物で、このプロジェクトは必ず成功致します。本日は本当にありがとうございました」

次に菅谷が幹事行を代表して、起立した。

「重厚長大、基幹産業との取引から抜け出せず、興銀の使命は終ったと思われている方々もおられましょうが、オリエンタルランドさんのプロジェクトに与することが出来まして、興銀の使命はまだまだ続くと意を強くしている次第であります。わたくしは、ディズニーランドを〝こころの産業〟と称しておりますが、ロスとフロリダのディズニーランドを見学しました時に、そうした言葉が自然口を衝いて出て参ったのです。〝夢とこころの産業〟と言い換えてもよろしいのではないかとさえ思います。老若男女を問わず、東京ディズニーランドが日本国民に受け入れられることを、髙橋政知社長同様にわたくしも確信致しております。三井信託銀行さんと当行の幹事二行の呼びかけに応じてくださった皆さまに心より感謝申し上げます。ありがとうございました」

菅谷は髙橋と握手してから着席した。三井銀行は、幹事行には名を連ねなかった。それどころか、最後の最後まで協調融資団への参加すら渋っていたのを、何とか形をつけたのは、小山五郎の腕力による。

協調融資団の調印式のセレモニーが興銀の役員会議室で開催された七月十七日夕刻、中山素平は髙橋の表敬訪問を受けた。

「おめでとうございます」

「ありがとうございます。ここまで来られましたのも中山相談役と菅谷副頭取のお陰です。ご恩は忘れません」

「お礼を言わなければならないのは興銀のほうですよ。髙橋さんが頑張ってくださったからこそ、興銀はサービス産業とお取引することが出来たのです。土地の造成から髙橋さんがどれほど獅子奮迅の働きをされたかは、江戸さんや川崎さんからよく聞かされました。前の友納武人《とものうたけと》知事との間の武勇伝も聞いてますよ。知事と喧嘩してドアを力まかせに閉めたんでしたねぇ。大きな音が鳴り響いたそうじゃないですか」

「冷汗三斗《れいかんさんと》の思いです。中山相談役にまで聞こえているとは知りませんでした」

「知事との関係をご自分で修復されたんでしたね。たいしたものです。菅谷があなたを褒め千切るのも分かりますよ」

「恐れ入ります」

ハンカチで首筋の汗を拭きながら、髙橋は三度もお辞儀をした。

中山と髙橋の交友関係が深まり、飲み友達になった。

東京ディズニーランドの着工式は昭和五十五年十二月三日に挙行された。

電通PR局長の長谷川芳郎《はせがわよしろう》を常務でスカウトしたのは、電通出身の役員、堀貞一郎《ほりていいちろう》の紹介によるが、堀も長谷川も髙橋の期待に違わず、もてる力量を発揮した。堀は常務取締役レジャー事業本部長として、長谷川は建築設計の企画、運営責任者として、辣腕をふるった。

ディズニー社からの細部に渡るクオリティへの要求は度を越していた。一円も建設費を出す必要のないディズニー社にしてみれば、予算を無視してグレードの高い施設を作ることに何ら躊躇などする必要はない。建設費は膨張する一方で、最終的には千八百億円も要した。しかし、髙橋には「東京ディズニーランドはロサンゼルス、フロリダに勝る遊園地でなければならない」という揺るぎない信念があった。「世界一の遊園地を作る」という浦安の漁民との約束もある。

建設費が膨らむたびに、坪井がオリエンタルランド専務の森光明《もりみつあき》と長谷川の二人を呼びつけて「施設を削ってでも建設費を抑制するよう、髙橋社長に伝えなさい」と叱りつけたが、髙橋は意に介さなかった。

一度だけだが、「良い人を紹介してあげましょう」と中山に言われて、『週刊東邦経済』記者の高井重亮が新橋の料亭の宴席に呼ばれたことがあった。

中山の酒の強さも相当なものだが、髙橋は桁が違うと高井は思った。飲みっぷりの豪快さといったらない。コップ酒の献酬だけで『参りました。勘弁してくださぃ』と言いたくなった。しかもいくら飲んでも乱れないのだから、もの凄いとしか言いようがなかった。

中山と髙橋は、高井の前で人事の話なども平気で口にした。

「ボード（経営陣）を強くしたらいいですね」

「誇り高き興銀マンで、ウチみたいな海の物とも山の物とも分からない会社に来てくださる方がいらっしゃいますかねぇ」

「いますとも。考えておきますよ」

興銀ＯＢの森光明が専務でオリエンタルランドに入社したのは、中山の推薦によるものだと高井はすぐに分かった。

森は興銀仙台支店長から常和興産常務に転じた後、昭和五十五年四月にオリエンタルランドの専務に就任する。

昭和五十七年度の第二次協調融資団の調整で手腕を発揮した。三和銀行が東京ディズニーランド事業の採算性を疑問視、融資額の増大を懸念して、融資団からリタイアしたいと表明してきた時、森は三和の担当役員に思いとどまってもらいたいと再三、再四説得した。

「東京ディズニーランドは高品質、独創性、知名度ともずば抜けておりますので、我が国でかつてなかったレジャーランドとして評価されると思います。東京という潜在需要地に隣接する好立地条件も、そしてレジャーランドの早期実現を望んでいる千葉県の強固な支援態勢も備えています。ご存じのとおり莫大な含み益を有する不動産部門からの分譲資金を見込める点も東京ディズニーランドの強みです」

三和側は一歩も引かなかった。

「巨大な投資額に伴う償却、金利負担、ディズニーの高品質指向による営業費用、総収入の七パーセントにも及ぶロイヤルティ支払いなどを考慮すれば、損益分岐点が極めて高くなることは必至です。加えて施設の建設費についても予算額からの上方修正が不可欠と予想されています。このプロジェクトはリスキィであり過ぎます。最大の問題点は総収入の七パーセントを占めるロイヤルティではないでしょうか」

「高橋も、菅谷副頭取もディズニーに極めて有利な不平等契約であることについては、折りあるごとに申し上げております。ディズニーと当社の業務提携契約は、ディズニーの技術、ノウハウ供与に対しロイヤルティを支払うライセンス契約ですが、おっしゃるとおりディズニー社に経営責任、リスクがゼロなのは彼我の力関係によるものとはいえ、失敗に対する歯止めのない点はいかがなものかとも思います。しかし、住宅用地への転用可能な土地が三十一万五千坪あります。土地売却の価格およびタイミングが当社に有利に働くケースを想定すれば、早期回収も現実味を帯びてきます」

しかし、三和側は融資団からの撤退に固執し、翻意することはなかった。

三和銀行に続いて三菱銀行もリタイアした。

両行合せて五・五パーセントのシェアが失われる。これをどう埋めるかに、森は加賀見と二人がかりで、高橋社長と菅谷副頭取に助言を求め、融資団参加金融機関と精力的に意見調整に入った。

その結果、中央信託銀行が一・四パーセントから二パーセントへ、千葉銀行が三・六パーセントから四・五パーセントへ、千葉興業銀行と千葉相互銀行が各一・五パーセントから二・二五パーセントへのシェア・アップに応じてくれた。残る二・五パーセントは生保の三井、第一、第百、協栄、太陽の五社が〇・五パーセントずつシェアを高めてくれ、オリエンタルランド側の面々は愁眉を開くことになる。

9

中山素平が高井重亮に電話をかけてきたのは昭和五十七年度の東京ディズニーランド協調融資シェア調整が完了した九月中旬のことだ。

「森光明君には会ってくれましたか」

「はい。一度、髙橋社長と一緒に一杯飲みました。二度目は取材でお会いしました」

「オリエンタルランドにおける森君の人望というか、人気はどうですか」

「なんせ仕事ができますし、行動力がありますから申し分ないと思います。髙橋社長とは一心同体みたいな加賀見さんとの協力関係も、うまく機能しています」

「それじゃあ、森君と加賀見さんの慰労会をやりましょうか。高井さんも出てください」

「喜んでお受けします」

中山は都合の良い日を三日あげた。高井が日程調整役となったが、加賀見の出席は無理なことがわかった。日本橋の割烹で三人が会食したのは、電話で話した五日後である。

ビールで乾杯し、ほどなく日本酒になった。

「協調融資団を束ねていくのは大変なんだろうねぇ」

「菅谷さんがしっかりと路線を敷いてくれましたから、大変なんてことはありませんよ」

「ですけれど今度の三和銀行のリタイアは応えたんじゃありませんか」

高井の質問に、森は怪訝そうに小首を傾げた。そんなことまで知り得ている高井の取材力に驚いたのだ。

「わたしがカマをかけて質問しても、森さんは答えてくれないので、高橋さんから聞き出したんです」

中山は頬を緩めて森へ視線をやった。

「森君、覚えておいたらいいね。この人は地獄耳なの。ただし、書かないでとお願いしたら分かってくれる人です」

「三井銀行が、幹事行を断固拒否した件は書きたかったんですけど、そっぺいさんにストップをかけられて、泣く泣く削除しました。そっぺいさんの顔を潰した三井の気が知れませんよ」

「いろいろ複雑な事情があるんだ。小山五郎さんが苦労してねぇ。融資団から脱落しなかっただけでも、めっけものでしょう。小山さんのお陰だし、小山さんの面目も立ったと思いますよ」

中山は、森と高井のぐいのみに酌をしてから、話題を変えた。

「森君や長谷川君がオリエンタルランドに入社して、ボードが強化されたのは間違いない。髙橋さんと加賀見さんが僕のところにわざわざ来てくれて、お礼を言われました」

「恐れ入ります」

「髙橋さんは相変らず飲んでるんでしょう」

「はい。三百六十五日、一日も欠かさずお飲みになっていると思います」

「百八十センチの上背と、がっしりしたあの体格だから、いくら飲んでも潰れもしないし、崩れもしない。あんなうわばみは二人とはいないかもねぇ」

「役員会でも明快で単刀直入ですから、話をまとめるのが早いのには感服します」

高井が大きなこっくりをして、同調した。

「話が分かりやすいですね。それでいて細やかに配慮する気配りの人でもある。オリエンタルランドのトップとして相応しいとも思いますし、東京ディズニーランドは必ず成功すると安心感を持たせる人でもありますね」

「その髙橋社長が、中山相談役だけには頭が上がらないとおっしゃっています」

「リップサービスですよ」

「いいえ。中山相談役と菅谷さんのバックアップがなかったら、東京ディズニーランドは無かったともおっしゃっています。本音だと思います」

高井が強引に口を挟んだ。

「川崎千春さん、江戸英雄さん、髙橋政知さん、中山素平さん、そして千葉県知事の面々、どれを欠いても、東京ディズニーランドは無かったと思いますが、わけても髙橋さんのパワーは際立っているんじゃないでしょうか」

「同感です」と森が応じ、中山もうなずいた。

日本の多雨を懸念していたディズニー側をぎゃふんと言わせたのは、オリエンタルランドのほうである。雨天対策のワールドバザールの建設は、相当な補正予算を要したが、二万人収容可能なのだから結果オーライも良いところだった。

昭和五十八年四月十五日に開業した東京ディズニーランドは一年目で一千万人の年間入場者を達成した。初年度は六百万人～七百五十万人と予想されていたのだから当たりに当たった記録的な数字である。

「ディズニー社の人たちがロイヤルティ方式にせず、ジョイントベンチャー方式にするんだったと、地団駄踏んで悔しがってるのではないでしょうか」

菅谷から報告を受けたとき、中山は「一円も金を出さずに、売上の七パーセントものロイヤルティをせしめるなんて、不平等契約も極まれりだと思ったが、こんなにうまくいくとなると、その可能性はあるかもなぁ。ディズニーのことだから四番目は出資すると言い出すかもしれんねぇ」といたずらっぽい笑顔で応じた。

10

平成四（一九九二）年に、オリエンタルランドは、第二のテーマパークで海を主題にした〝東京ディズニーシー〟を開発する方針を決めた。ディズニー社はカリフォルニアのロングビーチで展開する計画だったが、埋め立て造成地問題などで州政府が反対したため、実現が叶わなかった。

このプランをオリエンタルランドで採用できないかとディズニー社は提案したの

である。

会長になっていた髙橋と加賀見専務が七月に渡米し、ディズニー社と意見調整した結果ゴーとなったが、興銀の審査部門の評価は厳しかった。相当数の入園者は予想されるが、客単価はいずれ下げざるを得ない、つまり膨大な建設費を賄うことは難しい、採算がとれないと判断したわけだ。

平成七年六月、髙橋は相談役に退き、加賀見が社長に就任した。千葉県から天下っていた社長の加藤康三《かとうこうぞう》は会長になった。

中山素平は昭和五十九年十月から特別顧問に肩書を変えた。正宗猪早夫が会長から相談役になったからだ。立場は相談役より一格上がった感は否めなかった。

中山は加賀見と何度か飲んだりゴルフをしたりして気持ちを通わせていたが、〝東京ディズニーシー〟に対する審査部門の判断が気になったのか、加賀見を興銀に呼び出して二時間も資金繰りのあり方について諄々と諭すように話したことがあった。

「釈迦に説法とは思いますが、M資金なんぞに手を出したら、えらい目に遭いますよ。M資金に取り込まれた大企業の社長を知っているが、手口は実に巧妙です……」

中山は被害の具体例を微に入り細にわたって話して聞かせた。

「ご心配には及びません。〝東京ディズニーシー〟の成功は、髙橋も加藤もわたくしも、確信しております。入園料が多少割高でも、素晴らしいテーマパークでしたら、お客さまは必ず足を運んでくださいます」

「〝夢とこころの産業〟の前途は洋々たるものがあるというわけですか。ただ、うちの審査部門の見方はかなりネガティブでねぇ」

加賀見は、中山の真意を理解した。ゆっくりと緑茶に手をのばし、一口飲んでから表情を引き締めた。

「中山特別顧問にこれ以上ご心配をおかけせぬよう、一層の自助努力をさせて頂きます。幸いなことに、弊社は社債やら増資での資金調達ができるようになっております。ディズニーランドの時に比べれば、御行にかけるご負担も少なくて済むのではないでしょうか」

中山の表情は一気に和らいだ。

「実のところ、ディズニーランドの時も、正直なことを言えば、浦安の埋め立て地に遊園地、いや、テーマパークでしたか、というのは銀行員には判断がつきませんで。うちの審査部門の見立てはやっぱりネガティブだったんです。僕と菅谷に頭ごなしにやられて、審査担当はむかっ腹だったかもしれません。まあ、今回も融資でお役に立てるように、僕もひと踏ん張りしますかねぇ」

「ぜひとも、そうお願いしたいと存じます」

事実、ディズニーシーの建設に要した資金は三千億円を下らなかったが、その大半を社債と増資で賄い、銀行借り入れは全体の一割程度にとどまった。

加賀見が予言したとおり平成十三（二〇〇一）年九月にオープンした〝東京ディズニーシー〟も大ヒットとなった。

第七章　中国プロジェクト

1

中国との協力関係をめぐって興銀常務会で池浦喜三郎会長と中村金夫頭取の意見が対立したことがしばしばあった。

池浦は積極的、中村は消極的だったからだ。

竹下登の首相時代、池浦は宴席で「オッちゃん、中国への投資で一肌脱いで貰いたいんだわ」と竹下に背中をぶたれたことがあった。

宴席は、〝竹萌会《ちくほう》〟と称する竹下登を囲む会の一つである。

協和醱酵工業の創業社長、加藤辨三郎《かとうべんざぶろう》が昭和五十年代後半に興銀頭取の池浦喜三郎と相談して、〝竹萌会〟を立ち上げた。加藤は島根県出身で同郷の竹下を陣笠の頃から物心両面にわたって支援し続けてきた。

〝竹萌会〟は奇数月に、築地の料亭〝新喜楽〟で開催される。

日本興業銀行、協和醱酵工業以外のメンバー企業は、石川島播磨重工業、関西電力、神戸製鋼所、新日本製鐵、大成建設、大協石油、日本鉱業、日本合成ゴム、大洋漁業、極洋、第一生命保険、東京海上火災保険、東亜燃料工業、日清食品、日本郵船、三井物産、オリエンタルランド、協和銀行などだ。出席者は当該企業のトップである。加藤はとっくに現役社長の木下祝郎《きのしたしゆくお》に任せていたが、池浦は〝幹事役〟を続け、中村に譲る気は毛頭なかった。

会費は年間二百万円。当然、竹下への政治献金も含まれているが、今をときめく竹下を囲む会に六度も出席できると思えば安いものだ。

大広間の座敷がシーンとなった。私語は無い。ビールを飲んでいる者、刺身を食べている者、全員が笑顔を装って聞き耳を立てていた。何人かは眉をひそめたに相違ない。

昭和六十三年七月、暑気払いの〝竹萌会〟だ。

「竹下総理、わたしは中国には昭和四十年代から毎年行ってます。一肌どころか二肌も三肌も脱いでますよ。いまさらなにをおっしゃるか」

「オッちゃんが中国で井戸を掘った男として、高く評価されていることはよう分かっとるわ。今度は団長として大型使節団を率いて行ってもらいたいんだわな。団長の経費は政府でもたんとな」

竹下登の情報収集力は田中角栄譲りだ。官僚の上前を撥《は》ねる。通産省と興銀が中国への投資の在り方をめぐって情報交換を始めたのは四月頃だ。竹下はミッションの派遣は不可欠だと判断していたことになる。

池浦が水曜日の常務会で披瀝《ひれき》した所、中村金夫が再び難色を示した。

「中国に深入りし過ぎるのはいかがなものでしょうか。団長を受けたい気持ちは分からなくはありませんが、通産省が考えているのは、産業界中心ということのようです」

池浦はあからさまに厭な顔をした。

「竹下総理から頼まれて断れると思うのか。わ、わたし以外に団長の受け手がおるんなら教えてくれ。一国の総理から頼まれたんだ。反対し切れると思うのか」

中村はむすっとした顔で、黒澤洋、合田《ごうだ》辰郎《たつお》両副頭取に視線を送ったが、二人ともあらぬほうを見ていた。

「これ以上、中国を支援し続けてよろしいとは思いません。リスキィです。考え直すチャンスかもしれませんよ」

ブル連隊長面の池浦が凄んだ。

「反対なら竹下総理に断ってきてくれ」

「なにをおっしゃいますか。総理と会長は〝竹萌会〟などを通じて昵懇の仲です。

わたしは挨拶ぐらいしかしておりません」

「だったらつべこべ言うな」

室内は険悪ムードが漂っていた。

西村正雄常務が池浦と中村にこもごも眼を遣りながら、はっきりした口調で言った。

「断るのはＩＢＪ（興銀）とＭＩＴＩ（通産省）の関係から見て、難しいと思います。総理まで上がっている案件は、もう決まっているも同然と考えるべきではないでしょうか」

「西村は本案件に賛成したのか」

中村は血相を変えていた。

「もちろん。だからこそ、ＩＢＪの立場上、反対し切れないと申し上げているのです」

黒澤が一同を見回しながら西村に続いた。

「チャイニーズ・プロジェクトは、国益に適うと思います。わたしは右顧左眄《うこさべん》するほうですが、日中関係は持ちつ持たれつです。ＩＢＪとしても見返りが期待できるんじゃないでしょうか」

「おっしゃるとおりです」

中村は西村をきつい眼でとらえて反論した。

「もう少しじっくり考えたらどうかね。今日の常務会は再考するくらいのところでいかがでしょうか」

合田がどっちつかずにうなずいた。

当時、興銀では常務会が週二度あった。仕切り役が二人存在したからだ。中でも池浦が出る常務会を〝円卓会議〟と称していた。因みに常務以上は代表権を持っている。

常務会終了後、池浦は玉置修一郎常務を会長執務室に呼びつけた。

「あの中村の態度はなんだ。そっぺいさんに言ってもらうのがいいな」

「お言葉ですが、ちょっと違うような気がします」

「なに。どういうことだ」

「すでに中山特別顧問の耳に入ってるような気がしてなりません」

「そんな筈は絶対無い」

「そうですね。黒澤副頭取からという手もありますが……」

「分かった。とにかくきみに任せるよ」

「ありがとうございます」

玉置は池浦の嬉しそうな顔を確かめてから、最敬礼した。黒ちゃんのことだから、そっぺいさんのアポを取っている可能性もある……。

黒澤はそこまではやらなかった。誇り高き興銀マンでもある。

2

中山は玉置の話を聞いたとき、さもありなんと思った。池浦と中村は綱引きをやっている。力量では池浦が勝っていることは分かっているが、さりとてあっさり軍配を挙げる訳にもいかない。

「中村が反対ねぇ。どうしてなのかなぁ」

「中山特別顧問に説得していただくのがよろしいと思うのですが」

「池浦の意見でもあるのか」

「はい。特別顧問にそれとなく話していただく以外に良い知恵が浮かびません」

「僕が呼びつけて、いろいろ言うと中村は意地になるかもしれんしなぁ」

中山は火を付けたばかりの煙草を灰皿に置いた。

「ＭＩＴＩの然るべき人に中村のところへ来てもらって頭を下げてもらうのはどうかな」

中山は湯呑み茶碗をセンターテーブルに戻して、煙草を咥えながら、左手で小さく膝を打った。

「きみ、東邦経済の高井君を知ってるか」

「はい。何度かお会いしています」

「だったら、高井君に電話して、MITIの人選について相談したらいいな。僕に言われたって話したらいいよ」

「承りました」

中山は煙草をくゆらせながら遠くを見る眼になった。

「昭和四十八年二月に植村甲午郎会長を団長とする経団連ミッションが訪中したのを憶えてるか」

「もちろん存じております。日中国交の正常化を成し遂げたのは、事実上は田中角栄—中山素平ラインに依ると肝に銘じております」

玉置は姿勢の良い中山に負けまいとして、背筋を伸ばした。

「そこまで言われると脇腹がこそばゆくなるが、旧き良き時代にはそんな感じはあったかもなぁ。僕の名前なんか中国ではとっくに忘れられてるよ。〝角さん〟は未だに中国でも日本でも〝井戸を掘った人〟で通るが、経済面では、今や池浦がそう言われてるらしいねぇ」

「はい」

玉置は特別顧問執務室から自席に戻って、高井に電話をかけた。

高井は不在だったが、三十分後に折り返し電話がかかってきた。

高井のレスポンスは早かった。

「児玉幸治《こだまゆきはる》さんがよろしいと思います。産業政策局長で、プロジェクトの立案者でもあると思いますよ」

「児玉さんなら、お目にかかったことがあります。さっそく、ご挨拶に参上します」

「電話より、そのほうが良いですよ。そっぺいさんの差し金だと聞いたら、びっくりするんじゃないですか。児玉さんの部下の牧野力《まきのつとむ》経済協力部長が事務局長で、彼が〝池浦ミッション〟には同行するんじゃないですか」

「その方も存じています」

3

児玉はその日のうちに時間を取ってくれた。

「中山素平さんまで巻き込んだとは知りませんでした。恐縮です」

「中山特別顧問から高井さんに相談するように言われまして……」

「〝我が社〟に強い高井さんだけのことはありますよ。玉置さんがわたしのところへお見えになったのは正解です。田村元《たむらはじめ》大臣から、池浦さんが団長を受けてくれそうだと聞いてましたので、ご挨拶に伺おうと思っていた矢先に、電話があったのです。まず中村頭取に挨拶しなければいけないっていうわけですね」

「頭が高すぎて大変恐縮ですが、くれぐれもよろしくお願い申し上げます。中山特別顧問やわたしの名前はぜひとも伏せてください」

児玉は童顔をほころばせた。

「そんなこと当然でしょう。言わずもがなですよ」

「おっしゃるとおりです。ひと言余計でした」

玉置は低頭した。

「三カ月後にはミッションを中国に派遣します。事務方の幹事役は牧野力です。ご存知でしょ」

玉置は曖昧に首肯した。

児玉は牧野を自室に呼んで、立ち会わせた。牧野は終始無言だった。

「十月中旬ですか。ミッションのネーミングはどうなってますか」

「まだ決まってません。興銀さんは機関決定されてないわけですか」

「複雑な事情がありまして……」

玉置は言葉を濁した。

「ところで、池浦さんはヘジテイトしているんですか」

玉置は猪首を大きく左右に振った。

「ヤル気満々です。自分以外に団長適格者はいないぐらいに考えてるんじゃないでしょうか」

「それを聞いて安心しました。いずれにしても早急に興銀の会長と頭取にご挨拶させていただきます」

牧野がエレベーターの前まで玉置を見送って、別れしなに「わたしに出来ることがありましたら、なんなりとどうぞ。遠慮なさらずにおっしゃってください。〝我が社〟は国益に適うことでしたら全面的に支援します」と言って、玉置を喜ばせた。

4

児玉と牧野は自身で中村と池浦のアポを取って、興銀に出向いた。

中村はにこやかに二人を迎えた。

もっぱら話すのは、児玉だった。

「中国へミッションを出すことにつきましてはお聞きおよびと思いますが、なんとしても池浦会長に団長を受けていただきたいと総理も、我が大臣も考えております。その為には中村頭取にご承諾していただかなければなりません。なにとぞ、よろしくお願い申し上げます」

「筋としてわたしの了解など不必要ですよ。要は池浦次第ということでしょう。池浦は中国には夢中ですから、喜んでお受けするんじゃないですか」

四の五の言うのかと、二人は身構えていたが、呆気に取られるほど中村はあっさりOKした。もっとも、笑顔をつくっているが、口調は皮肉っぽい。

「ただ、成果のほどは期待できますかねぇ」

「大いに期待できると思います。もっとも、興銀さんがその気になってくだされば の前提がありますが」

「興銀は後戻りできないほど中国にのめり込んでいます。もっともっと、のめり込めということですね」

「そう願いたいものです。興銀、いや日中両国ともに多大なメリットを享受できるのではないでしょうか」

「MITIが支えてくだされば、リスクは少ないかもしれませんね」

初めて児玉が牧野にチラッと目をやった。

「国を挙げて取り組むべきプロジェクトと心得ております」

「三井物産がイランの石油化学プロジェクトで痛い目に遭いました。物産の疲弊ぶりは想像を絶するものがあると聞いています。イラン・プロジェクトを、ナショナル・プロジェクトとする考え方もありますが」

「その線引きは難しいと思います。中国への先行投資とＩＪＰＣ（イラン・ジャパン石油化学）では比較の対象になりません。ただしＩＪＰＣについては、〝我が社にも両論あります〟」

ＩＪＰＣプロジェクトを持ち出すとはどういう料簡かと聞きたいところを牧野はぐっと堪えた。

児玉はむろん中村、池浦とはすでに面会していたが、牧野の第一印象は、中村は慇懃無礼、池浦は傲岸不遜だった。

この日も、雁首揃えて俺に会いに来るとは……、と言わんばかりの池浦のデカい態度に、牧野はこんなのを団長に祭り上げていいのか、ミスマッチではないかと思わぬでもなかった。このおっさんと十日間もつきあうのは容易ならざることだ。今から溜息が出そうになる。

ところが対話し、終ってみれば、話の分かる爺さんと思えてきた。ゴルフもやらなければ麻雀もしない。ひたすら仕事をし、あいている時間の多くは読書にいそしむ。事実、万巻の書に通じ、蘊蓄《うんちく》ぶりは相当なものだ。むろんお茶屋遊びは嫌いじゃなかったが。

「たったいましがた、中村頭取のご了承をいただきました。つきましてはぜひとも、〝池浦ミッション〟の団長をお引き受け賜りたいとお願い申し上げます」

「そうですか。中村にも会ってやってくれましたか。お心遣い感謝します。団長職、喜んで受けますよ」

「ありがとうございます」

「通産省はどなたが中国へ行かれるんですか」

「僭越ながら、わたしが事務局長として参ります。お引き回しのほど、よろしくお願い致します」

池浦は色白な大きな顔をほころばせた。

「そうですか。牧野さんが一緒に行ってくれるんですか。あとは誰なの」

「ご存じと思いますが、前事務次官の福川伸次《ふくかわしんじ》が顧問格で参加します」

池浦が中腰になって二人に握手した。

「よろしくお願いしますよ」

「こちらこそ、くれぐれもよろしくお願いします」

牧野の池浦に対する印象は好感に変わった。

5

九月上旬の某夜、『週刊東邦経済』記者の高井重亮は玉置の誘いを受けて、牧野と三人で赤坂の料亭〝金龍〟で会食した。

話題はもっぱら十月十六日から二十五日まで中国に派遣される〝池浦プロジェクト〟に終始した。

「上海、天津、大連も訪問しますが、〝我が社〟の最大の狙いは大連です。大連は世界屈指の大工業団地として発展する可能性を秘めています。中国政府も大連市も我が国の強力な支援を期待していますので、〝我が社〟としても今回のミッションで、その見通しをつけたいと考えています」

「興銀はお陰さまで全行的に協力する態勢が整いました。〝池浦―牧野プロジェクト〟などと囃す者さえおりますよ」

「わたしは全力でサポートするつもりですが、〝池浦プロジェクト〟でしょう。〝池浦―牧野プロジェクト〟なんてあり得ませんよ」

「いや、そうでもありませんよ。池浦はいたく牧野さんのパワーに感服していました」

「児玉の間違いですよ」

高井が二人のぐい呑みに酌をしながら、口を挟んだ。

「中村頭取がまだぶつぶつ言っているという話は聞こえてきますよ。池浦―中村のラインがしっくりいっているとは思えませんけど……。酔っ払ったついでに言っちゃいますが、中村さんは〝ええかっこしい〟、池浦さんは〝分かって無い〟そんな感じがします」

玉置が一瞬、厭な顔を見せたが、すぐに笑顔を取り戻した。

「中村が中国投資に消極的なことは事実ですし、リスキィだと言っていることも承知していますが、常務会ではこのところ〝池浦プロジェクト〟については沈黙しています。牧野部長と高井さんのお陰です」

「わたしは気楽な立場ですが、中村さんほどの人が大連の将来性を把握していない筈はないんですけどねぇ。未だに煮え切らないとしたら、池浦さんに対する感情論しかないでしょう。それこそ池浦さんのパワーに嫉妬してるんでしょうか。そっぺいさんがどちらかといえば池浦びいきである点もおもしろくないかもしれませんね」

「ミッションのネーミングが正式に〝中国投資環境調査団〟に決まったんです。勝負はついています。大連はＭＩＴＩの思惑どおり世界的にも一大ゾーンになると思います」

牧野がぐい呑みを呷ってから、小首を傾げた。

「中村頭取から、〝池浦プロジェクト〟に対するネガティブな感触はありましたが、ま、ご自身の出る幕はないとお分かりでしたよ」

高井が牧野をまっすぐとらえた。

「あの人は外面はめっぽう良いほうです。児玉局長と牧野部長に頭を下げられたら悪い気はしないでしょう」

高井は牧野から玉置に視線を移した。

「中村さんはそっぺいさんから何か言われたんじゃないですか」

「それはないと思います。わたしに高井さんの意見を聞きなさいと言ったのは中山です。そこで牧野さんのお名前が出てきましたし、今夜の会食にもなったわけです。中村は、特別顧問が絡んでいるなんて夢にも思っていませんよ」

「それにしても、中山素平さんのパワーは全く衰えていませんねぇ。大昔、〝我が社〟に佐橋滋という大物事務次官がいましたが、あの佐橋さんでさえ、中山さんには一目置いていたという伝説があります。あの田中清玄さんとも近いですし、再建王の早川種三《はやかわたねぞう》さんなんていう変わり種とも近かったそうですねぇ」

「牧野さん、そっぺいさんは〝ゲテモノ好き〟などと言われかねないほど、寄ってくる人は皆んな抱え込んじゃうような方なんです。わたしみたいな生意気な若造まで可愛がってくれるんですから、懐の深さは底知れません」

玉置も負けてなかった。

「どちらかといえば、癖のある人が好きなんじゃないですか。『財界』の編集長から評論家に転じた伊藤肇《いとうはじめ》さんも癖の強い人でしたが、友人代表として告別式で弔辞を読んだのは、中山です。亡くなって八年ほどになりますが毎年命日に大勢集って、伊藤肇を偲ぶ会をやっているそうですよ。メンバーは故人を知る大物ばかりだと聞いていますが、中山が幹事長みたいな立場だと思います」

牧野が玉置に目を流した。

「早川種三さんといえば、お茶屋遊びなどにうつつを抜かして慶応大学を十年かかって卒業したそうですが、中山素平さんが早川さんがものしたエッセイに談話を寄せています。用意してきたので読みましょうかねぇ」

牧野が手帳を開いた。

「経営の手法はオーソドックス。ただ人柄は不羈奔放《ふきほんぽう》。酸いも甘いも嚙み分けた、スケールの大きな経営者の一人だ。大学をまともに出ていたら、ああいう人物は出てこない。私はまともに学校を出ているが、人は概して自分にない資質の持ち主に引かれるものだ」

玉置が感嘆の声を発した。

「ふうーん。特別顧問らしいコメントですねぇ。早川さんで思い出すのは、お金に困って仙台の父親に〝カネオクレ、オクラネバシヌ〟と電報を打ったところ、ほどなく返事があって、その内容はただ〝シネ〟だけだったというエピソードです」

高井がメモを出して牧野と玉置にこもごも眼を遣った。

「そっぺいさんは鎌倉文士ともつきあってましたが、高見順の闘病日記に〝ミヨさん来る。中山素平君見舞いのスッポン持参。妻に中山氏あてお礼の電報を打って貰おうとして、さて『素平』をなんと読んだらいいか迷う。私たちの間では、ソッペイさんと言っている。一種のアダナだ。まさかナカヤマ・ソッペイサマとは書けない。なお興銀は総裁か頭取か、これも迷う〟という一文が出てくるんです」

メモをワイシャツのポケットに仕舞いながら続けた。

「そっぺいさんは酔いつぶれて、北鎌倉の高見順さんの家に、一度だけ泊ったことがあるみたいですよ。その時はハイヤーで帰宅したのでしょうが、逗子に帰らず、途中で降りちゃったんだと思います」

高井は右隣りの牧野と下座の玉置に酌をし、ついでに自分のぐい呑みを満たしてから続けた。

「〝池浦プロジェクト〟の話から、そっぺいさんに逸れてしまったが、いずれにしても、そっぺいさんは人々の気持ちを魅了してやまない人ですよねぇ。そっぺいさんは必ず『貧乏性だからいろいろなことが気になって仕方がない』と前置きして、話すのはエネルギー問題とか、政財界の問題など国益に関することなんです。経団連などの人事の話も好きですね」

高井が玉置を見据えたままさらに続けた。

「三年ほど前にジョージ石山さんをそっぺいさんから紹介されましたが、石山さんに対するそっぺいさんの思い入れの深さも相当なものですね」

日系二世のジョージ石山は興銀の北米戦略に大きく貢献した人物だ。

「相思相愛の仲というか、切っても切れない仲ですね。池浦が、中山特別顧問に頼まれて、ジョージ石山にアラスカパルプ会長就任をお願いしたことがありました。池浦によると、アラスカパルプ存続の為にアメリカの林野庁と戦ったジョージへの恩義が前提にあるっていうことなんです。池浦は、特別顧問が時代から取り残されたパルプ事業にかくも拘泥するのが不可解だと話していました。興銀の意地なのか、ジョージの対米工作を過信したのか、わたしも懐疑的です。牧野さんはジョージ石山をご存じですか」

牧野は小首をかしげながら応じた。

「お名前だけは。敬虔なクリスチャンで、大変な紳士なんだそうですね」

「他人の為に尽くすのが好きなんでしょう。そういえば、わたしは五年ほど前ですが、アラスカパルプが債務超過回避を発表した時、池浦の使いで三菱商事の田部文《たなべぶん》一郎《いちろう》会長に面会したことがありました。その時『池浦に言っておけ。こんな増資に応じることは背任だ』って、凄まれました。池浦によれば、三菱商事にアラスカパルプの増資を引き受けてもらうという考えは中山特別顧問発なんですが、田部さんはそれを承知のくせに特別顧問に伝えろとは言いませんでした。一橋の先輩、後輩の誼《よしみ》があるからですかねぇ。しかも商事は帰するところ増資には応じたんです。興銀にパワーがあるからこそとも言えますけど」

牧野が玉置の話を引き取った。

「興銀パワーっていえば、先日、池浦さんから第二パナマ運河の壮大な計画を聞かされましたよ」

玉置は口の中の刺身を急いで嚥下《えんげ》した。

「スエズ運河のドレッジ（浚渫《しゅんせつ》）で瀕死の五洋建設を蘇らせた永野重雄さんが池浦に持ちかけてきたのが第二パナマ運河です。五洋をスーパーゼネコンに育てたいっていう永野さんの壮大な野心が見え見えですが、昭和五十六（一九八一）年に日米パの三国はオフィシャルスタディ契約に調印しました。主として大きく関与したのは日本では興銀、アメリカはベクテルですが、スタディの結果、第二パナマ運河計画は非現実的であることが分かりました。漁夫の利を得たのは、ＭＯＦ（大蔵省）出身の青木宏悦《あおきひろよし》氏率いる青木建設です。相当大がかりな運河の改修が必要なことが判明し、興銀の推薦で工事を請負うことが出来たからです」

「池浦さんが日本パナマ交流協会の会長に就任したのは、永野さんの後押しによるんですか」

高井の質問に玉置はうなずいた。

「それと、中山でしょう。中山のお陰で永野―池浦ラインといわれるほど両者は親密な仲になりました」

「昭和五十三年でしたかねぇ、佐世保重工の支援で、来島《くるしま》どっくの社長の坪内寿夫《つぼうちひさお》を引っ張り出したのも永野―池浦ラインなんじゃないですか」

今度は牧野がうなずいた。

「高井さんのおっしゃるとおりですよ。福田（赳夫）総理にまで、坪内詣でをやらせるほど二人のコンビは強力でした」

「中山は裏では、今里広記氏なども使って、坪内さんを口説いたのではないでしょうか。佐世保重工の再建は米軍の為にも必要不可欠でした。わたしは坪内さんはよくぞ佐世保重工を再建したと思います。褒められて然るべきでしょう。来島どっくを犠牲にしても、やり遂げたんですから」

高井が首をひねった。

「しかし、そっぺいさんは意外に坪内さんに冷たいですよ」

「高井さんもご存じだと思いますが、坪内さんは従業員をいじめた節があります。中山は、それを指摘していますが、労働集約型の産業なんですし、国家の威信が問われていた佐世保重工の再建で、多少のことは眼を瞑《つむ》ってあげませんと……」

「分かりました」

高井が甲高い声を発した。

6

〝池浦ミッション〟で、興銀から団長に同行したのは、小林實《こばやしみのる》常務取締役と同時通訳級の若い女性らである。

福川と牧野は、中国旅行中に〝興銀パワー〟〝池浦パワー〟をこれでもかこれでもかと見せつけられた。最恵国待遇も極まれり、だ。

〝池浦ミッション〟は人民大会堂で熱烈歓迎された。

上海や天津、大連の公式な会合やパーティなどで、中国側の相当な立場の要人が池浦を、『チー・プー・ガー・シャ』と呼んだ。通訳によれば『池浦閣下』である。

日本興業銀行の行名は『リー・ベン・シン・イエ・イン・ハン』だが、これまた幾度耳にしたか分からない。

興銀北京事務所挙げてフルアテンドしてくれたのは、団員たちにとってどれほど有り難かったことか。

飛ぶ鳥を落とす勢いの陳希同《ちんきどう》・北京市長が数人を急遽晩餐会に招待してくれた。

さらに驚いたのは、趙紫陽《ちようしよう》総書記に北京市内のゴルフ場に招かれ、特別室で歓談の機会を得られたことだ。かたやゴルフウェア、池浦たちはスーツ姿である。

「いやぁ凄い」

「やりますねぇ」

福川と牧野は顔を見合わせた。

長い旅行中、団員同士の諍《いさかい》が必ず生じるものだが、牧野は明るい性格だし、若い頃、在オランダ日本大使館に一等書記官で派遣され、苦労もしていたので、大事にならずに押さえ込めた。

牧野以上に温厚な福川の存在は大きかった。絶妙なコンビを仕立てあげた児玉幸治の担保力は見上げたものだ。

7

中山は、池浦から調査団関係の報告を受けたとき、「なるほど池浦らしいなぁ」と一度は感服して見せた。

「ついでながら言わせてもらいますが、毛沢東の言葉に『喫水不忘挖井人（チー・シュイ・プー・ワン・ワー・チン・レン）』がありますねぇ」

これで二度目だ、と思いながらも、中山は黙って聞いていた。

「水を喫するに、井戸を掘りし人を忘れず……」

長くなりそうなので、中山は時計に眼を落としたが、池浦は動じなかった。

「毛沢東が武力蜂起して間もなく、江西省で水が無くて困っている農民を見て、兵士たちと一緒に井戸を掘ったんです。農民はその恩をいつまでも忘れなかった。ただ、どうなんでしょうか。毛沢東に限らず、ナポレオンにしても、英雄には後から作られた伝説が山ほどあります」

中山はさすがに痺れをきらした。

「イランのシャーにもいっぱいあったなぁ」

「パーレビー国王は無茶苦茶やりましたな。しかし、ＩＪＰＣは、断じてナショナル・プロジェクトですよ。プライベート・プロジェクトではありません」

「東洋曹達工業の社長をさせられた森嶋東三は可哀想だったな。はい。おしまい」

中山は中腰になった。

初めてこんな話を聞く団員の多くは感嘆したことだろう。

平成二年十月、高井はニューヨークで取材中に、フルアテンドしてくれた興銀の長門《ながと》正貢《まさつぐ》副参事から直接聞いたので、印象深く覚えている。

「池さんはもの凄い人ですよ」

「池さんなんて気安く呼んでいいのかなぁ」

「失礼いたしました。池浦です」

高井は揶揄的なもの言いだから、どっちもどっちだが、長門は言葉とは裏腹に悪びれずに続けた。

「昭和五十年頃の旧い話ですが、わたしの同期の友人が結婚し、池浦頭取は花婿側の主賓ですので、トップバッターでした。その祝辞の長さと言ったら、ありませんでした」

「三十分」

「とんでもない」

「四十分」

「とにかく、わたしの話を聞いてください」

高井はむすっとした顔で沈黙した。

「約一時間です。司会役が『頭取、お時間が』って自分の時計を見せながら何度知らせたことか。その度に割れんばかりの拍手です。つまりブーイングなんですが、池浦頭取は勘違いして、自分のスピーチが受けていると思う訳です。決められた枠内で、なんと五十分も続けたんですよ。博覧強記は認めますし、なかなか含蓄のある話でしたが」

長門はおしゃべりだった。

「花嫁側の主賓は、東京瓦斯会長だった安西浩さんです。怒り心頭に発した安西さんは、『わたしは池浦さんほど頭が良くないので、秘書が書いてくれた祝辞を読み上げます！』って、五分足らずでまとめました」

「自分のことは棚に上げての話だけど、ちょっと調子与三郎なんじゃ……」

高井は途中でさえぎられた。

「お願いします。最後まで聞いてください」

「うん」

「わたしが司会をしてたんです。まだ言い足りないくらいです」

「なるほど。リアリズムは完璧なんだ。面白かった」

帰国後高井は、長門の話を中山につい告げ口してしまった。

「その話はけっこう伝わってますよ。知らなかったとしたら、取材力不足の高井さんのほうが迂闊でしたね」

中山はカラカラと笑い飛ばして、高井を指差した。

「池浦のパワーは認めましょうかねぇ。ただ、思い込みが激しいから。しかし、こんな話はニュースにならんので、取材力不足は撤回しましょう」

高井は頭を掻くしかなかった。

8

中国投資環境調査団が大連市を訪問した際、魏富海《ぎふかい》市長から二百十七ヘクタールの工業団地プロジェクトに日本の支援が不可欠だと強く要請された。

池浦団長は「わたしは二年前に天津市の要請により、我が国企業七十四社から成る〝天津懇談会〟を発足させ、会長に就任しましたが、大連市のプロジェクトは、天津市よりも遥かに壮大な計画です。日本は政府と民間挙げて協力、支援することを約束します」と見得を切った。

大連プロジェクトは、平成元（一九八九）年六月四日の天安門事件などによって一頓挫をきたすが、牧野力が汗を掻いて、平成二年三月には〝日中投資促進機構〟を設立、池浦が初代会長となり、大連プロジェクトの旗振り役を務めた。

当初、大連プロジェクトに参加した企業は六十五社に過ぎなかったが、平成二十二（二〇一〇）年現在、四万社を超える企業による一大ゾーンに発展した。通産省と興銀が一体となって、産業界をリードした結果である。

中国と興銀の協力関係は昭和五十三（一九七八）年に開始された中国の改革開放政策が進展する中で深化し、興銀は人材育成、信頼醸成の為の活動が同国から高評価されることとなる。

わけても債券発行で、興銀が果たした役割は大きい。

一九八〇年代半ば以降、外貨調達窓口に指定された中国の金融機関は円建て債やユーロ債を発行できることになった。外為専門銀行の中国銀行（第一回円建て債二百億円＝一九八四年十一月）、国務院直属の外貨調達機関の中国国際信託投資公司（第一回円建て債三百億円＝一九八五年一月）、各地方で同様の機能を期待されて設立された地方の国際信託投資公司（天津市国際信託投資公司　第一回円建て債百億円＝一九八六年十二月、広東国際信託投資公司　第一回円建て債二百億円＝一九八六年九月、福建投資企業公司　第一回円建て債百億円＝一九八五年十一月）などが相次いで債券を発行。興銀は代表受託銀行、副受託銀行として円滑な資金調達を支援、協力した。

また、中国の大型プロジェクトの立ち上げに伴うシンジケートローン利用による外貨調達でも、興銀はエネルギー開発、石油化学プロジェクトを中心とする資金調達で主導的な役割を果たした。

その中には、沙角火力発電所向けローン（一九八六年、八七年）、平朔炭鉱プロジェクト向けローン（八六年）、中国人民建設銀行初の大型外貨ローンである上海の年産三十万トンのエチレンセンタープロジェクト向けローン（八七年）、南京石油化学プロジェクト向けローン（八八年）、斉魯エチレンセンタープロジェクト向けローン（八九年）などがある。

なかでも平朔炭鉱プロジェクトは、貸出総額四億五千万ドルの大型案件だけに主幹事行の興銀の労苦は並大抵ではなかった。

計画生産量年間一千二百万トンの大型プロジェクトは中国政府と米インディペンデント石油、オクシデンタル石油の対等出資、貸出銀行幹事は興銀のほかバンク・オブ・アメリカ（米）、ロイヤル・バンク・オブ・カナダ（加）、クレジット・リオネ（仏）の三行。そしてフィナンシャル・アドバイザーはファースト・ボストン（米）。

中国にとって初めてのプロジェクト・ファイナンス方式だった。

営業第五部調査役の長門正貢は昭和五十九（一九八四）年四月から七月までの間に東京とニューヨーク間を十二回も往復するほど働かされた。入行後十二年、馬力もあり、英語力も抜群だった。しかも同じペースでの日米間往復十二回の海外出張が二年も続いたのだから尋常では無い。

日曜に成田発、NY着、月・火両日はバンク・オブ・アメリカなどとの折衝、水曜日NY発、木曜日成田着、金曜日は常務・部長説明、内部議論、土曜日も出勤してキャッシュフロー分析、貸出スキーム熟慮、次回折衝の対案作成。そして翌日曜日には再びニューヨークへ飛ばなければならない。

時差もきつい。綿のようにくたくたに疲れ切って、ぶったおれるかもしれないと思ったこともあった。

中国政府の窓口は中国銀行信託公司（バンク・オブ・チャイナ・トラスト・カンパニー）だが、中国との交渉は想像を絶するほど過酷だった。

興銀が交渉の前面に立つのは当然である。取締役営業第五部長の吉田《よしだ》信彦《のぶひこ》、香港支店長の梶原保《かじわらやすし》の二人が責任者だが、長門が交渉に同席することも多々あった。

最大の難問は譲渡担保問題だ。中国側に明確な担保能力は皆無である。炭鉱開発、輸送、石炭販売などに関する諸契約と約束事を銀行側に譲渡して貰う必要が生じたが、中国に譲渡という法的コンセプトが無いことが分かり、長門を含めた四銀行の四人が北京の法務局に出向いた。昭和五十九年八月頃のことだ。

その時の銀行団と中国法務官たちとのやりとりはマンガチックとも言える。プロジェクト・ファイナンス方式について長門がベテラン通訳が困惑するほど微に入り細を穿《うが》って説明したところ、「なるほど良く分かった」と官僚たちはうなずいた。

長門たちが顔を見合わせながらホッとしたのも束の間だ。

「しかし譲渡はまかりならん。前例が無い」

「前例が無いのは当たり前だ。なぜなら今回の案件は中国史上、初めてのプロジェクト・ファイナンス方式なのだ」

「前例の無いものは許可しない」

交渉決裂はこれで五回目か六回目だ。

中断期間は約六カ月に及び、『もうおしまいかも知れない。今までの塗炭の苦労はなんだったのか』と長門が思った昭和六十年三月頃、中山素平特別顧問から呼び出しがかかった。

「ヒューストンではお世話になったねぇ。ありがとう」

「とんでもないことです」

長門の営業第五部調査役の前のポストはヒューストン駐在員事務所次席だった。

同事務所は昭和五十四（一九七九）年三月二十日に開設されたが、米国内ではニューヨーク支店、ロスアンゼルス支店、興銀信託（在ニューヨーク）に次ぐ四番目の拠点である。

エネルギー・バンクでもある興銀にとってエネルギー都市に営業開拓拠点が必要との池浦喜三郎頭取の決断に依るが、長門はヒューストンに五年間滞在した。

まだ相談役だった中山は、ヒューストン駐在員事務所初の興銀出張者で営業第五部石炭担当課長の篠田光直を伴っていた。事務所開所直前の二月にヒューストンの石炭液化プロジェクト（日産二百五十トン）の竣工式が開催された。中山は土光敏夫経団連会長らと出席し、セレモニーでスピーチした。

その前日、中山は長門と会った。

雲の上の人から声をかけられただけでもびっくり仰天だが、スピーチの原稿を書けと指示されたのだから長門の強心臓も音を立てた。

如水会（一橋大学の同窓会）大先達の中山素平に憧れて興銀に入行（昭和四十七年）した長門は、神の啓示だと我が胸に言い聞かせながら、石炭液化プロジェクトの意義やアメリカのエネルギー事情等々について、平易に、そしてアピールする原稿をまとめた。

その日の夕刻、長門はこわごわ中山に原稿を手渡そうとした。

「ドラフト作成致しました。これでよろしいでしょうか」

「きみ、読んでみたまえ」

少しうわずり気味だったが、長門は七分ほどかけて、ゆっくり読んだ。

「うん。それで良い。それで行こう」

包み込むような中山の笑顔に、長門は『まさか！　手直し無しなんて信じられない』と思った。

長門は心の中で快哉を叫んだ。一人になったとき、踊り出したくなった。事実歩きながらスキップしていた。

セレモニーを終え、〝レストラン富士〟の個室で、篠田、長門たちは中山の話に聞き惚れた。

「長門君、窮すれば変ず、変ずれば通ずと言うが、人間とことん努力すれば必ず展望は開けてくるんだ」

「貸出を始める、支援を開始するなど始めるのは簡単なの。だが、途中で止める、撤退するのは難しい。どう終らせるかが大事だね」

「大事は軽く、小事は重く。大事なことはだれでも一所懸命やるので概ね何とかなる。しかし些事はみんな過小評価する故、油断もあり、失敗しかねない。後悔しないよう、ゆめゆめ些事を侮ってはならない」

長門がヒューストンに思いを馳せたのは瞬時のことだが、中山に頭を下げられて胸が熱くなった。

「ところで、平朔炭鉱プロジェクトはどうなったの。きみが一番仕事をしてるらしいねぇ」

「交渉決裂でてこずっています。今回は五カ月もレスポンスがありません。香港支店がアプローチしているのですが」

「鄧小平案件の中でも最重要案件なのだから破談はあり得ないだろう」

「諸契約の譲渡という法的コンセプトが無いことに中国側は固執しています」

「それに代わる対案があって然るべきと思うがねぇ。中国側もそろそろ何か言ってくるんじゃないか」

「特別顧問にまでご心配をおかけし、申し訳無く思います」

「きみたちの努力は必ず報いられるから安心したまえ」

「恐れ入ります」

中山の予感は的中した。

約一カ月後の四月中旬に交渉は再開され、夏以降は折衝場所がニューヨークから北京、香港になることが多くなり、長門たちの負担は軽減した。それでも一年も要し、①炭田開発が完了し、一定期間きちっと生産、輸送、輸出出来るまで〝スポンサー〟すなわち中国の保証を取り付ける②プロジェクト会社の株式を銀行団が保有し、いざという場合は銀行団が炭田操業を直接担当する――の銀行団要請に中国側が応じた。昭和六十一（一九八六）年十二月六日、北京人民大会堂で契約調印式が行われた。

スピーチをしたのは借入側は王中国銀行総経理とハマー・オクシデンタル石油CEO、貸出側は池浦興銀会長だった。

三泊四日の北京出張者は玉置修一郎取締役業務開発部長（案件発掘担当）、吉田信彦取締役営業第五部長（貸出契約折衝担当）、草間高志秘書課長、長門正貢営業第五部調査役、樋口郁子中国語通訳。いわば池浦チームだが、調印式関係以外では胡耀邦総書記、趙紫陽首相、李鵬副首相ら中国共産党要人との会合もチームの仕事だった。

第八章

〝興銀ますらお派出夫〟たち

1

昭和二十七年四月時点で、日本開発銀行のプロパー一期生四十四名の中に、東京大学経済学部を三月に卒業した朝倉龍夫《あさくらたつお》が存在した。朝倉は五年後の昭和三十二年十二月に設立された国策会社の日本合成ゴム（国の出資率四〇パーセント）に転出することになった。手を挙げたのは五名で、人事担当の総務課長は興銀から出向して来ていた菅谷隆介だった。

「日本合成ゴムは、ブリヂストンタイヤ、協和醗酵工業、東洋ゴム工業などの株主から優秀なのが入社する。当然のことながら、通産省も人を出すだろう。興銀も然りだ。旧ゴム統制会の連中もいるに相違無い。いわばコンクールになるから、当行も選り抜きのきみたちの中から二、三人推したいと思う」

菅谷は朝倉たちにこもごも眼を遣って続けた。

「辞表を出して行くのがいいと思う。海の物とも山の物とも知れない国策会社だが、利益を追求する企業であることには変わりはない。相当頑張って貰わなければ開発銀行の名折れだ。男を上げるチャンスでもある。片道キップで行ったほうがいい。国策会社がずっこけたら、開銀に帰れる、帰る所があるなんて甘ったれた考えは持たんほうがいいだろう」

「つまり出向ではなく、転職ということですね」

一人がふるえ声で質問した。

「その通りだ」

朝倉は不思議なことに肩の力が抜け、『やってやろうじゃないか。辞表を書くのは俺しかいないだろう』と思った。

朝倉は挙手をした。

「日本合成ゴムへ行かせて下さい」

「おうっ。ほかには……」

いずれも首を垂れた。

「分かった。四人は会議室から出て行っていいよ。話を聞かなかったことにしたらいいな。わたしは話さないから安心しろ」

四人が退出した後で、菅谷が笑顔で切り出した。

「わたしが予想した通りの結果になったな。残ってもらいたかったのは朝倉なんだが、行くのは朝倉しかおらんだろうと思った。きみとは十歳ほどの年齢差だが、そっぺいさんと正宗さんがここにいた時代に、二人が口をそろえて菅谷の若い頃にそっくりだとか朝倉のことを評してた。つまり、若造のくせに言いたいことを言うって意味だろう」

「中山素平さんは雲の上の人です。お話したことは一度もありませんが」

「そうか。だが、そっぺいさんはちゃんときみのことを観察してたんだよ。正宗さんがきみのことをよく話していたことは確かだが。きみは海軍兵学校だったたねぇ」

「はい。年次がずれていたら戦死していたかもしれません。酔っ払って、課長にお話したことを覚えています」

日本開発銀行から日本合成ゴムに転出した朝倉龍夫は、持ち前のバイタリティを発揮し順風満帆のサラリーマン人生を歩み続け、昭和六十二（一九八七）年六月には同社の代表取締役社長に就いた。日本合成ゴムは国策会社として成功した代表例で、国の保有株は売却され、優良企業になった。

中村金夫の頭取時代に、〝興銀ますらお派出夫〟にクレームを付けて、一年がかりで中村を攻め落としたのは朝倉である。

朝倉が興銀に押しかけて、中村と直談判したのは数回どころではなかった。

「常務の責任を果たしていないにもほどがあります。部下たちがヤル気を無くし、会社全体がおかしくなってしまいます。なんとしてもお引き取り願いたいと思います」

「ちょっとオーバーなんじゃないですか。朝倉流でびしびし指導したらいいじゃないですか」

「馬の耳に念仏です」

「興銀にも事情があるし、せめて一期半三年ぐらいは」

「困ります。本当、使いものにならんのです」

朝倉は笑顔を作っているので、中村もむきにならなかったが、帰する所、中村の完敗に終った。


〝ますらお派出夫〟で負のケースをもう一例引く。

東洋水産がアメリカに進出した時に、創業社長の森和夫《もりかずお》は、興銀に人材を求めた。興銀の取締役だった男は興銀で甘やかされたのか、俺ほどの男がこんな田舎会社になんでと、ふてくされていたのか、午前九時〜十時の出勤時間を変えなかった。

森和夫は午前八時までには出社する。役員も社員もオーナーに従わざるを得ない。そのかわり退社時間は午後五時と早い。

元興銀マンの助走期間中に森は切れ、「ミスマッチですね。申し訳無い」と当人に告げた。

興銀が報復で貸出資金を引き上げることも想定し、森は新たに日本長期信用銀行との取り引きを始めるなどの手を打った。

2

〝ますらお派出夫〟では一例のようなずっこけ組のほうが遥かに少ない。興銀は人材の宝庫と言われる所以である。要は当人次第で、興銀マンの誇りに拘《こだわ》り続けるか、転出先の企業の社風に馴染む自助努力をするかどうかの問題なのだ。

昭和四十年入行組の小泉年永《こいずみとしなが》は取締役、常務を経て日産自動車の常務に転じたが、評価は高かった。

黒澤洋の頭取時代に「興銀の三大おしゃべり」と言われた一人だが、「興銀最大の饒舌家の黒ちゃん（黒澤洋）にだけは言われたくない」と周囲に吹聴していた。

長門正貢も三大おしゃべりの一人だ。

池浦会長をして「人間にはリズムがある。心臓のリズム、肺のリズム、脳のリズム。長門君は何か良いことを言ってるようだが脳波のリズムで喋っているので速過ぎて、何を言っているのかよく分からない時がある。言葉というのは息を吐いて喋るわけで、本来は肺のリズムだ。きみは少し速過ぎる。肺のリズムが無理でも、せめて心臓のリズムで喋りなさい。立派な話が勿体無い」と言わしめた。

三大おしゃべりのナンバーワンは長門だろう。

ただし、池浦が見抜いていた通りただのおしゃべりとは訳が違う。

興銀、富士、第一勧業の三行統合後はみずほコーポレート銀行常務執行役員米州地域統括を担当した。平成十八（二〇〇六）年六月に富士重工業に転じ、専務執行役員、代表取締役副社長を経て、平成二十三（二〇一一）年六月、シティバンク銀行取締役副会長にスカウトされ、平成二十四年一月には取締役会長に就任した。ウォール街に幅広い人脈を築き、グローバルプレーヤーとして活躍し、〝ますらお派出夫〟の中でもひときわ輝きを放っている。

三番目のおしゃべりは小崎哲資《こさきてつじ》だ。

昭和五十一年入行組の小崎は興銀総合企画部副部長の立場で三行統合の準備段階で活躍した。

高井重亮は小崎に初めて会った時、名刺を交わすなり、度胆を抜かれた。

「わたしはＭＯＦ担で新宿のノーパンしゃぶしゃぶに行きました。ただ、しゃぶしゃぶを食べながらテーブル上のストリップショーを見ただけなのに、女房にバレて離婚を強硬に迫られ、受け入れざるを得ませんでした。バツイチですが若い女性と再婚し、小さな子供がいます」

大昔、名刺入れに挟んでいたコンドームを落したことを思い出して、高井のほうが赤面した。

平成十四（二〇〇二）年十一月下旬の休日に、みずほコーポレート銀行の執行役員になっていた小崎は、幼稚園児の息子が砂場で画いた二階建てのバスを見て、ハッとした。

小崎は齋藤宏《さいとうひろし》頭取に面会を求めた。

「株価の下落と不良債権の処理で、三月期決算での大幅な赤字計上は避けられないと思います」

「みずほが危機的な状況にあることはたしかだ。途轍もないロスが出るかもしれない」

「思いついたことがあるんですが、金融持ち株会社を二階建てにして、みずほホールディングス（ＨＤ）の上に二階を造るアイデアはどうでしょうか。結果的にＨＤを二つに分けることになりますが、ＨＤのほうは空っぽのペーパーカンパニーにして、二階の新持ち株会社のほうに証券やシンクタンクなども傘下に入れるんです。シナジー（相乗）効果が期待できるので、グループの総合力の強化は謳い文句ですが、増資をしやすくするための狙いもあります」

「なるほど。小崎のアイデアは増資とのセットっていうことだな」

「おっしゃるとおりです。大規模な増資をしなければ、八パーセントの自己資本確保は困難です」

「分かった。十日間でそのアイデアを文章化してくれ」

齋藤は膝を打った。

多少の紆余曲折はあったが、みずほ新HDの一兆円増資は成功し、システム障害で始まった難局を切り抜けることができた。

高井がMOF担の話は省いて、小崎の話をした所、中山はにやにやしながら、

「聞いてるよ。佐藤康博《さとうやすひろ》と小崎哲資が昭和五十一年入行組の双璧と言われてるらしいねぇ。竹中平蔵にハゲタカ外資へ売り飛ばされずに済んだ訳だね」と言ったものだ。平成十五年三月下旬の某日、昼過ぎのことだ。

中山と高井は興流会の応接室で、煙草の煙をくゆらせながら話をした。

「先月初めに竹中平蔵率いる金融庁はみずほコーポレート銀行とみずほ銀行の首脳を呼びつけて、『銀行の優越的地位を笠に着た増資要請は控えるべきだ』なんて口頭で注意しましたが、どこまで厭がらせをしたら気が済むんでしょうか。しかし結果的に金融庁はグウの音も出なかった訳ですが」

「みずほみたいな図体のでかい銀行を破綻処理に追い込むのは無理だろうね。それ

より、とびきりの朗報がある。高井さんは五十嵐勇二《いがらしゆうじ》君を知っているの」

「もちろん存じています。マルハで社長になったのは五十嵐さんが初めだと思いますが」

「詳しいねぇ。興銀は五十嵐で七人目の筈だが大洋漁業時代から人を出している。中部《なかべ》一族で知られているが、是非貰いがかかるので、常務か専務で採って貰うが、副社長止まりだった」

「去年の三月に社長に昇格したのですから、五十嵐さんは〝興銀ますらお派出夫〟のエース格じゃないですか」

「そうなの。不良債権処理をきちっとやったらしいねぇ」

五十嵐は平成十二（二〇〇〇）年六月に興銀常務からマルハの専務に転じた。

西村正雄頭取から「前田《まえだ》君は不良債権の処理はほぼ終ったと言っているよ」と伝えられていたが、前田浩一《こういち》が見栄を張ったのだとすぐに分かった。

前田浩一は昭和三十三年に興銀に入行、平成四年に大洋漁業に転じ副社長にまで昇格、その後子会社の社長になった。

五十嵐は財務・経理担当常務だが、部下からのレクチュアを精力的に受けた結果、約一千五百億円の不良債権の存在を突き止めた。

名門、水産最大手の大洋漁業が何故凋落したのか。二〇〇海里問題と反捕鯨の台頭が大きかった。

「クジラ一頭で球団をまかなえる」

その昔、中部謙吉《けんきち》オーナー社長が豪語したのは、今でも語り草になっているが、川崎球場を拠点とする大洋ホエールズは、横浜スタジアムを拠点とする横浜ベイスターズに球団名を変え、百四十億円でテレビ局のBSTに売却した。

「BSTは高い買い物をさせられましたね。五十嵐さんが、売れるものはもう何も無いなんてほざいてましたが、せっかくフジサンケイグループが百八十億円で買うと手を挙げてくれたのに……」

「だとしたら安い買い物じゃないの」

「さすがのそっぺいさんも、その辺の情報には疎いみたいですねぇ」

「読売の渡邉恒雄さんは初めはオーケーしたらしいじゃない。ところが、横ヤリを入れた人がいるんでしょ。一説には西武の堤義明《つつみよしあき》氏って言われているらしいねぇ」

中山のにやにや顔を、高井は横眼で見上げた。

「さすがですねぇ。ご存じなんですか」

「渡邉さんは中部慶次郎《けいじろう》さんとの二度目の会談でフジサンケイグループはヤクルト球団の株主なので、二球団を持つことになるから罷り成らんと君子豹変したみたいだねぇ」

前田浩一情報だろうか、と高井は気を回した。前田は〝尾上縫事件〟の時、広報担当常務だった。

「キーマンの渡邉さんに知恵を付けた人がいたとしたら、堤オーナーかもしれませんね。なんせ悪賢い人ですから」

「そのお陰でBSTは百八十億円から百四十億円でプロ球団を手に入れることができたわけだ。高い買い物か、安い買い物か分からんよ」

高井は煙草を灰皿に振りつけた。

「高い買い物に決まってますよ。五十嵐さんの手柄話をしましょうか。社長になった時、人員整理はやらないと組合に宣言して、二年間五パーセントの賃金カットを認めさせたそうです。社長は三〇パーセント、役員は二〇パーセント、管理職は一五パーセントのカット。これで人件費を年間二十億円節約できた。少なくともマルハでは前代未聞のことなんでしょうね。平成十六（二〇〇四）年四月から純粋持株会社のマルハグループ本社にするそうですが、資産の再評価で約二百億円捻出できるとか話してました」

中山は「なるほど」とうなずいて、「きみのほうが詳しいねぇ」と言いながら三本目の煙草を咥え直した。

「大手町の本社ビルの売却も考えているらしいよ。五十嵐は管理部長時代に興銀の不良資産の処理でいろいろ学んでいるからねぇ。三行統合前の興銀はピーク時で二兆円もの不良債権があった。住専（住宅金融専門会社）だけで一兆円だからねぇ。一千五百億円ぐらいはなんとでもなると考えたかもしれないよ」

さすがだ。そっぺいさんの情報力は凄いと、高井は舌を巻いた。

第三者割当増資や、ニチロとの対等合併（株価はマルハ一対ニチロ〇・九）に踏み切ったのも五十嵐だ。

平成十九（二〇〇七）年七月下旬の某夜、五十嵐はニチロ社長の田《た》中龍彦《なかたつひこ》と赤坂の〝たい家〟で極秘会談し、気持ちが通じ、合意に達した。両者は同年十月に合併し、マルハニチロホールディングスが誕生した。

3

中山素平は、高井重亮が引き取ったあとで、ふと梅津《うめづ》興三《こうぞう》の柔和な面立ちを眼に浮かべていた。

梅津は、五十嵐勇二と同期である。昭和四十年入行組で代表取締役常務になったのは二人だけだ。

二人の入行時、中山は興銀の取締役頭取だった。

あの出来事は惨劇としか言いようがない、と今にしても中山は思う。

平成九（一九九七）年から十年にかけて野村證券の総会屋への利益供与問題に端を発した金融不祥事で、世間は騒然となった。平成九年三月、酒巻英雄・野村證券社長は潔く引責辞任した。これを機に大和證券、日興證券、山一證券の四大証券の最高幹部の辞任、逮捕が相次いだ。

さらには第一勧業銀行の前会長ら十一人の役員、行員が逮捕される大事件に発展し、同行の元会長の宮崎邦次の縊死《いし》という衝撃的な事件まで発生した。

MOF担の過剰接待問題が表面化し、その過程で日本道路公団前理事と興銀元常務の梅津興三が平成十年二月九日に逮捕されるというショッキングな事件が出来《しゅったい》した。

MOF担過剰接待問題は大銀行、四大証券に限らず、生命保険、損害保険業界にも波及し、罰金五十万円の略式起訴されたMOF担は少なからず存在した。

東京地検特捜部の任意聴取を受けた興銀関係者も相当数存在する。

「興銀は行政当局との連絡を常に密にしている。極端な表現をすれば興銀マンは全員MOF担です」

当時の興銀頭取、西村正雄は数多のジャーナリストに言い放ったぐらいだから推して知るべしだ。

梅津も任意聴取の対象になった一人だった。

梅津たちが特捜部の任意聴取を受けている段階で、興銀は『大蔵省や道路公団の接待で贈収賄が適用されることなどあってはならない』という意味合いの上申書を検事総長に提出した。興銀の顧問弁護士が「絶対に無い」と強調し、上申書の提出はあって然るべきだと示唆したのを受けて、西村たち首脳部は決断したと思える。

これが裏目に出た。興銀は恭順の意を表するどころか、強気な態度に終始し、上申書を提出するに及んで、特捜部はエモーショナルになったと思える。

興銀が低姿勢で臨んでいたら、梅津がスケープゴートにされることはなかっただろう。

日本経済新聞は二月十一日付と十二日付で上下二回にわたって〝興銀　焦る産業金融の雄〟のタイトルで囲み記事を載せた。

この中で興銀なり梅津容疑者を擁護している面に、中山素平はなにやら胸が痛くなったのを覚えている。

日本道路公団を舞台とした贈収賄事件で井坂武彦《いさかたけひこ》前理事が起訴され、野村証券の村住直孝元副社長らが略式起訴された二月六日。日本興業銀行の内部にはある種の安ど感が広がった。

「贈賄側の野村が略式命令という比較的軽い処分で終わるなら、ウチは逮捕者を出さずに済むのではないか」「組織のためと思って働いた梅津（興三元常務）さんだけが一人犠牲になるのは、余りにかわいそうだ」——。

だが、週が明けた九日、興銀の淡い期待は見事に打ち砕かれる。東京地検は元常務を逮捕、本店の大規模な家宅捜索にまで踏み切った。最近、興銀と同様に家宅捜索を受けたある金融機関関係者は「あれだけ大規模な捜索だと会社の秘密も洗いざらい持って行かれる」と指摘、「興銀ももはや抵抗できないと思ったのではないか」と推測する。

興銀は昨年秋以降、つい最近までの東京地検の任意の聴取に対し、井坂元理事への接待のわいろ性を否定し続けてきた。だが、九日後の記者会見では西村正雄頭取は「世間をお騒がせした」と陳謝するしかなかった。（中略）

通産省が主導した産業の再編や大蔵省の金融行政の背後では、興銀は知恵袋的役割を果たしてきた。それが「私企業としての利潤追求よりも国益優先」というイメージにつながり、大蔵官僚などとの同士的なきずなを作り上げてきた。

「興銀は債券を発行する長期信用銀行の代表。パーマネント（恒久的な）の幹事になっている。様々な政策や長期プライムレート（最優遇貸出金利）の決定などでは大蔵省と接触する例は多い」――。贈賄容疑で元常務が逮捕された九日、西村正雄頭取は記者会見の席上でこう答えた。（中略）

昭和四十年の証券不況時の山一証券支援など戦後の金融行政は興銀なしでは語れない。大蔵省は常に興銀を頼った。長信銀は店舗の認可で制限を受けていたため、店舗数が少ない。ある大蔵省OBは「自由化すれば都銀と比べて不利になる興銀に配慮することはむしろ当然だった」と振り返る。背後に一貫して流れていた考えは予定調和的なバランス論だった。

梅津は約二十日間勾留されたが、東京簡易裁判所の判決は罰金五十万円の略式命令（略式起訴）だった。

西村正雄が平成十年二月二十七日に認《したた》めた梅津宛の手紙を引く。

拝啓

この度貴方が道路公団に対する贈賄容疑で逮捕されたことは、まさに青天の霹靂《へきれき》であり、貴方ご自身及びご家族のご無念は如何ばかりかと心よりお察し申し上げます。

銀行のために一生懸命仕事した結果このような事態になろうとは、通常では到底考えられないことであり、時代の一つの流れに巻き込まれたとはいえ、まさに不運としかいいようのないことだと思います。

公務員・準公務員に対する接待が違法であるとしたら、そのような接待を日常化していた銀行が罪を負うべきで、偶々《たまたま》その時、証券部長のポストであった貴方が罰せられるのは、法律の構成上そうならざるを得ないとしても、決して割り切ることのできないお気持ちであろうと推察致します。そういう意味でも銀行を代表して貴方に深くお詫びをしなければならないと思っております。

二十日間の勾留期間中は、精神的にも肉体的にもさぞ辛かったことと思います。

ショックの大きさからいって、そう簡単ではないと思いますが、一日も早く立ち直って元の梅津君に戻って頂きたいと願っています。

以前も申し上げましたが、貴方とご家族については、銀行が責任をもって面倒をみさせて頂きますので何卒ご安心下さい。

当面は関連会社の顧問の地位を幾つか用意いたしますが、時機をみて貴方の能力が十分に発揮できる職務について頂くことを考えております。

暫くは十分休養され、肉体的・精神的に蒙《こうむ》った傷を完全に癒して下さい。

いずれ落ち着かれたら、お会いして直接お話ししたいと思います。大変なご心労をおかけした奥様、ご家族の方々にもくれぐれも宜しくお伝えください。

本当にご苦労様でした。

敬具

梅津は西村の手紙を有り難く拝読したが、興銀の冷遇との落差に愕然としてこれを断り、自身で再就職先を探した。

梅津が中山素平と面会したのは、四月に入ってからだが、梅津への思い入れは一《ひと》入《しお》のものがあった。

「トップの判断ミスで、きみは大変な目に遭ったねぇ。逮捕、勾留はいかがなものかと思うが、検察をそうさせたのは西村だよ。西村に驕りがあったんだ」

「担当検事にも指摘されましたが、証券部長をやっていなければ全く問題はなかったそうです」

「それにしても、日本道路公団絡みの交際費は、たったの七十万円ぐらいじゃなかったかな」

「ゴルフ代はハイヤー代込みですし、相撲は枡席券を四枚さしあげただけなんです」

「そんなのが過剰接待になる筈が無い。立場立場の問題が無いとは言わんが、会長や頭取がその何倍、何十倍交際費を使っているか分からんよ」

中山は煙草の煙を大きく吐き出して、吐息まじりに続けた。

「二十日間の勾留は辛かったろうなぁ」

「三日間は悔しくて一睡もできなかったような気がします。しかし、自分は間違っていない。興銀を代表してスケープゴートにされているだけのことだと考えたら眠れるようになりました」

「梅津は興銀の犠牲者だ。きみのお陰で興銀は救われたんだよ。ほんとうによく頑張ってくれた。僕からも心からお詫び申し上げる」

中山に低頭されて、梅津は胸が熱くなった。

梅津は、正宗猪早夫にも挨拶した。正宗は京橋のビルにある〝興流会〟会長室で梅津を迎えてくれた。

「ご苦労さま。きみがどんなに大変な思いをしたかは、そっぺいさんから聞いている。我々が営々と築いてきた興銀は、きみ一人の犠牲でなんとか体面を保つことができたと思うよ。きみには深く感謝している」

正宗からも頭を下げられ、梅津は眼頭が熱くなった。

4

昭和四十四年入行組の関原健夫《せきはらたけお》は、昭和五十九（一九八四）年十一月から平成二（一九九〇）年八月までの六年間に六度も癌手術をしながら、平成九年六月に取締役に選任された。

関原は西村頭取から「おまえは不死身だ。病気で休んだ分を取り返してくれるだろう」と肩を叩かれた。

一年前の平成八年九月には狭心症・心臓バイパス（左冠動脈二本）手術で都内の榊原記念病院に入院してもいる。

中山素平は、退院直後の関原と興銀役員食堂で話したものだ。

「こんどは心臓だってねぇ」

「違和感を覚えたので、慶応大学病院へ行きました。心臓バイパス手術をしなさいと診断され、榊原記念病院の維田《いだ》先生を紹介されました」

「あの病院は興銀との縁が深いの。知っていたのか」

「いいえ。入院して初めて知り得ました。プレートに寄付者名がありましたが、筆頭は興流会でした」

「新宿に榊原記念病院を建てる時に興銀は幹事、監査を引き受けたの。興銀の機能はたいしたものだと誇っていいと思うよ」

「おっしゃるとおりです」

「きみは〝癌博士〟として知られている。興銀で関原健夫を知らんものはおらんだろう」

「どうも」

「総合企画部長の要職も立派にこなしているらしいねぇ。きみは興銀の鑑だな」

「恐れ入ります」

「きみの経験は、活かされると思う。特に病気のほうでね」

関原にとっても、中山とのやりとりは印象深かった。

関原総合企画部長の後任は二年先輩の渡邉雄司《わたなべゆうじ》常務だ。年次とポストが前後することはままあることだ。

関原は営業部門の担当に代るが、富士銀行、第一勧業銀行との三行統合へ向けてのステージで、冗談だが、皮肉を何度か聞かされた覚えがあった。

「癌手術六回で取締役総合企画部長は都銀ではあり得ない。大病一回でアウトだ。競争原理が働かないにもほどがある」

関原は公益財団法人の日本対がん協会の常務理事として活動している。

名刺に〝がん検診　いつ受けるの？　今でしょ‼〟と刷り込んだのは、相当以前のことだ。

第九章　募金行脚

1

昭和五十一（一九七六）年正月休み明けの某日、昼下がりに中山素平と正宗猪早夫が相談役執務室で話していた。

「賛成しかねます。大変な大仕事じゃないですか」

正宗はギョロ眼を剝いてから、腕組みして天井を仰いだ。

「端《はな》から正宗に反対されるとは思わなかったよ」

中山は煙草の煙を吐き出して、冗談まじりに続けた。

「われながらよくぞ思いついたと自惚れてたんだが。褒めて貰えると楽しみにしてたんだけどなぁ」

「なにをおっしゃいますか」

中山はいっそう居住まいを正して、正宗を強く見返した。

「箸にも棒にもかからない、老人のたわ言とでも言いたいのかね」

「そこまでは言いません。理想論として立派なアイディアだと思いますが、中山さんに負担がかかることが心配なんです。のめり込むことが眼に見えてますから」

「理想論を語ったつもりはないけどなぁ。東南アジアのリーダーとして、あるいはアメリカに次ぐ経済大国として、国際化に向けてれっきとしたビジネススクールがあっても良いんじゃないのかね。日本初の大学院大学だ。ハーバードやスタンフォードに留学するのも悪くはないが、日本は世界に通用するビジネスマンを自前で育てるなり、東南アジア各国から学生を受け入れて、人材を育成するぐらいのことをやらなければいけない立場にあると思う。遅きに失した嫌いはあるが、僕は残りの人生を懸けるぐらいの気持ちなんだが」

「問題はそこですよ」

正宗に右手の人差し指を突きつけられて、中山は大仰にのけぞった。

「いつもと逆だな。それは僕の専売特許の筈だが」

「乗り出したら後へは引かない。いろいろ策を弄するとしても、突き進むのがそっぺいさん流ですよねぇ。しかも畑違いの仕事ですよ。いくら中山さんでも身が保《も》たないんじゃないですか」

正宗は再び腕組みして、渋面をあらぬほうへ向けた。

「苦労しますよ。想像もつかないような難題が待ち受けていると思うんです。わたし以外の誰かに話したんですか」

「いや。正宗が初めてだ」

「でしたら、まだ引き返せますね。わたしは聞かなかったことにして、中山さんが諦めれば済む話です」

「これでもひと月ほど考えたんだ。そう簡単に諦めるわけにはいかんな。興銀にも応分の支援はしてもらいたいが、正宗が考えてるほど無理強いすることはないから、安心したまえ」

新潟県は南魚沼郡大和町に日本大学を誘致するために約十九万坪の敷地を用意していた。田中角栄の意向に反して日本大学が断念した話を聞いて、中山は用地が無償なら利用する手があるかもしれない、と考えた。大学院大学設立計画の動機づけは〝角さん〟かも知れない。

大学院生の大半は海外、わけても東南アジアで占めるようにするべきだ。授業はすべて英語とする。学生総数は三百人ぐらいだろうか。全寮制で、留学生の奨学金制度は当然だろう――。中山の夢は膨らむ一方だった。

中山は最低限、正宗の賛成は取り付けておきたいと考えたが、正宗はけんもほろろに近かった。

「正宗に厭な顔をされて、かえってファイトが湧いてきたよ」

「わたしもそれを恐れました。しかし、もう一度だけ言わせてもらいますが、甘くないと思いますよ。ヘタをすると晩節を穢したなんて言われかねません。じっくりご再考願います」

中腰になった正宗を中山が両手で押さえつける仕種をした。

「そんなに心配なのかね」

「心配です。まず相当巨額な資金を集める必要があると思いますが、中山相談役独りの肩にのしかかってくるような気がしてなりません。最初のうちは、いろんな人たちが群がってくると思いますが、途中で息切れしてリタイアする人が出てくるんじゃないですか」

「正宗は苦労性っていうか、マイナス思考が過ぎる。世の為、人の為になると思えば、多少の苦労は厭わんよ。僕は間もなく古稀を迎えるが、十年踏ん張れば基盤はできるだろう」

「これから十年も頑張るんですか。何十年も全力で走ってきたじゃないですか。ほどほどにしてくださいよ」

正宗はしかめっ面で、うんざりした口調で続けた。

「隠居しろとまでは言いません。黙ってても中山さんに相談したがってる人は大勢いるんです。それだけでも大変なのに、なんで学校を創るなんて言い出すんですか」

「走れるうちは走る。歩けるうちは歩く。正宗が思うほど大変なこととは考えておらんのだ。ま、あったかいまなざしで眺めててくれと言っても通じる正宗ではないことぐらい分かってる。覚めた眼でも良い、冷ややかな眼でも良いから、静かに見ててくれないか」

中山がここまで言い出したら、止めようがない。正宗は時計を見ながらソファーから起ちあがった。

「もう少しいいじゃないか」

「来客を待たせていますので」

「折りにふれて、正宗には中間報告したいと思うが、受けるのは厭なのか」

「いいえ。関心はありますよ。というより心配で仕方が無いっていう気持ちです。いつでも呼びつけてください」

「ありがとう」

中山は笑いかけたが、正宗の仏頂面が変ることはなかった。

正宗は中山から話を聞いた日の夕刻、池浦喜三郎頭取の意見を聞いた。

「新潟に大学院大学ですか。理想主義みたいなものでしょう。田中角栄氏に借りでもあるんでしょうか」

「貸しこそあれ借りは無いだろう。無償の土地を有効利用したい。ついてはＭＢＡを取得するための大学院大学で、しかも東南アジア諸国などの学生を対象にしたいっていうことを思いついたんだろうな」

「絶対反対です」

「だったら、きみから永野重雄さんに連絡して、留め男になってもらうようにしたらいいな」

「いや。正宗会長にお願いします。電話一本で済む話ですよ」

「池浦はいまやそっぺいさん以上に永野さんと近い仲なんだから、きみの出番だろう」

「こういう話は会長のほうがよろしいと思います。中山氏から個人的に相談を受けたのは正宗さんです」

池浦は時として「中山氏」という言い方をする。ネガティブなニュアンスを込めた場合に多い。

正宗は苦り切った顔で言い返した。

「池浦のほうが迫力があると思うが……」

「中山氏の個人的な発想であり、仕事なんですから、頭取のわたしが出るのはどうなんですかねぇ」

「個人的ねぇ」

正宗は渋面で返し、「分かった。池浦も反対していると永野さんに伝えていいんだな」と続けた。

「それは構いません。中山氏はそんなに苦労したいのでしょうか」

池浦は時計を見ながら腰を上げた。

2

国際大学の設立に向けて、中山が正宗の次に相談したのは『週刊東邦経済』記者の高井重亮だった。

一月中旬の土曜日夕刻、三田のマンションに呼び出されたのである。

中山が三田のマンションを購入して間もない頃だ。ホテル・ニュージャパンのスウィートルームは引き払っていた。

「僕の世話焼きに徹してくれている恩人の女性を紹介します。高井さんは特別ですよ」

電話で予告されていたが、高井は半信半疑で中山のマンションを訪問した。だが事実だった。着物姿の似合う中年女性の上品なたたずまいに高井は見惚れ、しばらくは中山との会話に入れなかった。

元新橋の芸者と聞いていたが、良家の子女で通る。緑茶の仕度をしただけのことだが、笑顔がなんとも魅力的だった。

女性は化けるので年齢は分からない。四十歳代なのか五十歳代なのか見当がつかなかった。自己紹介で聞いた名前を失念するほど高井はボーッとなっていた。かしずくタイプの女性であるとは察しがつく。逗子の本妻とはえらい違いだ。

「ゆっくりなさってください。七時頃、粗食のご用意をさせていただきます」

女性の退出後、中山が茶目っ気たっぷりに訊いた。

「ゴムホースで水を撒かれないだけでも増しでしょう」

高井は四年前、初めて逗子の中山宅を訪問したとき、夫人にゴムホースで頭から水をかけられている。

「ご冗談を。中山さんには勿体無いほどの女性ですよ」

「めったな人には紹介できないが、高井さんなら問題ないでしょう。たしかに僕には過ぎた女性かもしれない。興銀でも彼女の顔を知っているのは数人ですかねぇ。副頭取の頃知り合ったが、〝逗子の人〟が離婚に応じることはあり得ないから、一生日陰の身で不憫でならないが、本人は気にしていないと言っている。そう胸に刻みつけているってことでしょう」

「本心、本音なんじゃないでしょうか。天下のそっぺいさんを支えていると思えば、幸せな気持ちになれるんじゃないですか」

「こんな話をするのは昼食で飲んだビールがまだ残ってるからかな」

中山は正宗を頭取に決めた時のことを思い出した。

「昭和四十三年だったかな。頭取には絶対なりたくないと駄々をこねる正宗にバトンタッチしたんだ」

「当時、興銀行内では梶浦頭取説が強かったと聞いてましたが」

「行内どころか外部の大方の見るところも梶浦でした。梶浦も頭取になりたくてしょうがなかったに相違ないが、僕は天の邪鬼だから、そういうのはしたくないの。それと若い頃梶浦はGHQと再建整備でやりあっている最中に、正月の作戦会議の合宿から一人だけ家庭が恋しいからと帰宅してしまった。その時の印象が悪すぎる。戦線離脱するなんて僕には考えられんよ」

「そっぺいさんの梶浦さんに対する点数が辛いことは聞き及んでいます」

「頭取なんて柄じゃない、勘弁してくれと言って逃げ回る正宗とは対照的だった。正宗を口説き落すのは大変だったんです。正宗がやっと分かったと言ってくれたあとで、役員だった森嶋や菅谷、秘書役の住吉の三人と飲んだことがある。僕が『興銀で仕事をしたのは、興銀と結婚したからだ』とそのとき話したら、三人とも泣き出してくれたんでしょうね。森嶋たちは僕が家庭に恵まれなかったことに思いを致してくれたんでしょうね。あとで分かったことだが、女性との同居を勧めてくれたのも森嶋たちなんです。かれらなりに気を遣って、『奥さん』と言って立ててくれてますよ」

中山が何故、私生活について自分程度の男に明かすのか高井には分からなかった。無理に話す謂れは無いと思うが、むろん悪い気はしなかった。

中山が本題に入ったのは手料理を肴に日本酒を飲み始めてからだ。

「正宗にこっぴどく反対されて、しゅんとなってるんですよ……」

「悄然としているようには見えませんけど」

「うん。逆に言えば、ファイトをかき立てられてもいる」

「正宗さんが反対される理由はなんですか」

「苦労させたくないっていうことでしょう。相当な力仕事になるのは分かるが、僕は最後の大仕事と思って、苦労する覚悟はできてるんだけどねぇ」

「大和町の土地は〝角さん〟がらみなんですか」

「新潟なので無関係とは言えないが、日本大学に袖にされて宙に浮いてしまった。只で使わせてもらえるんなら、なんとかしたいとは思いませんか」

「只ほど高いものは無いとも言いますけれど、中山さんの高邁な識見を理解してくれる財界人は少ないんじゃないでしょうか」

「高井さんもネガティブなんだ」

「いいえ。アジアのリーダー国として、そういう大学院大学があったほうが良いとは思いますが、オール財界的な組織をつくることが前提になるので、簡単にことが運ぶとは考えられません。相当な篤志家がたくさん存在しないことには難しいんじゃないでしょうか。問題は先立つものがあるかどうかです。それも半端ではない巨額な資金です」

「やっぱり高井さんも反対してることになるねぇ」

「いいえ。たとえば、松下幸之助さんに相談してみる手はあると思います」

「なるほど幸之助さんねぇ」

「中山さんは松下電器産業の取締役として隠然たるパワーをお持ちです。松下の社外重役なんですから、幸之助さんとは近い仲ですよねぇ。あの大金持ちが胸を叩いてくれたら、脈があるっていうことになるんじゃないですか」

「高井さんが正宗と違って反対論者で無いことが分かりました。今夜、高井さんにご足労願ったのは正解でしたね」

「ご足労なんて、とんでもない。そっぺいさんと、こんな話ができるわたしは果報者だと思います。〝奥さま〟にもお目にかかれましたし、皆んなにやっかまれますので、今夜のことは口外しないことにします」

鍋料理も旨い。

三田夫人は、酒と料理の気配りをするだけで食事には参加しなかった。

「そっぺいさん、奥さまもご一緒にいかがですか」

「僕もそう思うんだが、この人は一度としてお客さんと一緒に食事したことがないんです」

「わたしはお客さんなんかじゃありません。ですから、例外として、どうでしょう」

「いいからいいから」

中山は意に介さなかった。

3

中山は月に一回は松下幸之助と顔を合せていた。松下幸之助に乞われて非常勤取締役に就いた関係もあり、遠慮なしに意見も述べてきた。

昭和五十一年当時、松下幸之助は八十一歳の高齢ながら、鋭敏な経営感覚は衰えを見せなかった。

中山の話を聞いて、松下幸之助は「中山さんに相応の覚悟があれば、あんじょううまくいくんと違いますか」と言ってくれた。

松下幸之助に反対されたら、勢いが鈍るのは仕方が無いと思っていただけに、勇気百倍、ヤル気満々になるのは当然のことだ。

「一歩踏み出したら、後戻りでけまへん。準備期間はたっぷりあったほうがよろしい」

「おっしゃる通りです。まず財団法人の大学設立準備財団を立ち上げる方向で考えたいと思います」

「ご健闘を祈ります。中山さんの考えに大いに感じ入るところがある旨を皆に話しておきます。応分の協力はさせてもらいますので、なんなりと申しつけてください」

正宗に松下幸之助の話を直接聞かせてやりたいと思ったほど、前向きの反応に、中山は踊り出したくなった。

中山は経団連会長の土光敏夫にも話した。

「松下幸之助さんが関心を示してくれたのは、心丈夫ですねぇ。わたしも反対しませんよ」

中山は、土光が正宗から何か聞いているのではないかと気を回した。

「実は、正宗には反対されました」

「正宗さんが反対する理由はどういうことなのかねぇ」

「七十歳にもなって苦労することはないでしょうという正宗なりの思い遣りでしょう」

「なるほど。老人らしく静かにしていろっていうわけですな」

「静かにしていられるわけがありませんよ」

「そっぺいさんは、元気なうちは頑張ったほうが良いですよ」

「土光さんの賛成が得られ、いっそう意を強くしました。土光さん以外で事前に耳に入れておいたほうが良いのは誰と誰でしょうか」

「永野重雄君と佐々木直君ぐらいかねぇ。ちょっと小うるさい水上達三《みずかみたつぞう》君の賛成も取り付けておいたほうがよろしいんじゃないですか」

佐々木は前日銀総裁で、経済同友会代表幹事を務めている。水上は三井物産の元会長で、戦後GHQに解体された旧三井物産の再結集に尽力するなどの功績を残した。名うての遣り手商社マンとして聞こえている。

「たしかに水上さんにいちゃもんを付けられるのはよろしくありませんね」

「商社批判が盛んなときに、そっぺいさんはずいぶん庇《かば》ったじゃないですか。あのときの貸しを返してもらったらよろしい」

「商社悪玉論は常にあると思いますが、商社機能は絶対的なものです。強過ぎる、目立ち過ぎるから、とやかく言われるんです。極端な話、商社を頼らない企業は一社も存在しないかもしれませんよ」

「水上君に、そっぺいさんの高等教育論が理解できると良いんだが」

「土光さんの見立てでは、三人の中では水上さんがいちばん難物のようですから、水上さんのご意見を聞いてみるとしましょうか」

「松下幸之助さんも、わたしも大賛成だったと話したらよろしい」

「ありがとうございます」

水上達三は、中山の話を聞くなり、「商社としてお手伝いする機会がありますかねぇ」と小首をかしげた。

「いくらでもありますよ。まず応分の寄付をしていただくことです」

水上は表情を変えなかったが、返事もしなかった。

「東南アジア各国から大学院で学びたい、MBAを取得したい学生さんをピックアップしてくるのも商社ならできるんじゃないですか」

「この話は誰かにしましたか」

「松下幸之助さんと土光敏夫さんにはしました。お二人とも大賛成でした。土光さんの入れ知恵で水上さん、永野さん、佐々木直さんのお三方の意見を聞くべきということなので、真っ先に水上さんにお会いしたいと思った次第です」

「ふうーん。わたしなんかを松下幸之助さん、土光さんの次にしてくれたんですか。中山さんには弱いですよ。商社の儲け過ぎ批判が燃え盛ったときに、エールを送ってもらいましたからねぇ」

「土光さんも同じようなことをおっしゃってましたよ」

「土光さんのことだから褒めるわけがない。こっぴどくわたしをけなされたんでしょうね」

中山はピストル状の右手を水上の胸板目がけて突き出した。

「けなすわけがないでしょう。土光さんは水上さんからご意見を拝聴しなさいとサジェッションしてくれたのですから」

「分かりました。消極的賛成っていうところでどうですか。準備段階で、組織のようなものが出来たときは、いつでも並び大名になりますよ」

中山は水上と握手をして別れた。

4

永野重雄に会ったとき、中山は松下幸之助との話だけを持ち出した。

「幸之助さんは気前がいいから、全校舎を建ててくれるんじゃないですか」

「そこまではどうでしょうか」

「しかし、そのくらいふっかけられても、びくともせんのじゃないですかねぇ。言うだけ言ったらどうですか。話半分として、校舎の二分の一は持つって言ってくれないとも限らんでしょう」

「永野さんはどうお考えなのですか。忌憚の無い意見をお聞かせください」

「そっぺいさん。大変なんじゃないの。苦労すると思うが」

「正宗からなにか聞いてるんですか」

永野が表情を引き締めて深々とうなずいた。

「わたしは正宗さんの心配はもっともだと思います。池浦さんも首を傾げてるみたいですよ。難しい仕事でしょう。いくらそっぺいさんでも手に余るんじゃないかなあ。わたしは率直に言って賛成しかねる。いや反対です」

「それじゃあ正宗と変るところがありませんね」

中山は強いて笑顔をつくったが、内心おだやかではなかった。「全校舎を建ててくれるんじゃないですか」というもの言いが、どこか投げやりだった。永野に入れ知恵した正宗も正宗だ。

「そっぺいさんが学校にのめり込んだら、皆んなが困る。相談したいことが山ほどあるからねぇ。わたしなんか、そっぺいさんに会って相談したいのを遠慮してるんです」

「永野さんや正宗が考えてるほど苦労することは無いと思いますよ。もう乗りかかった船で、後戻りできません。土光さんも賛成してくれました。四の五の言ってるのは正宗だけですよ。永野さんには近日中に詳細なプランを説明させてもらいます」

「そっぺいさん。子供の使いじゃあるまいし、わたしは正宗さんに頼まれて留め男を引き受けちゃったんだ。初の大学院大学を管理、経営するのは生易しいことじゃないと思うが」

「ご心配なく。正宗も納得できるプランなりデザインをしっかり作りますから」

「正宗さんとの合意だけは取り付けてくださいよ。かれの心配の仕方は、ちょっとやそっとのものじゃなかった。そっぺいさんのことを心底心配してるんだ。泣きつかんばかりに、なんとか止めたいって言われたわたしの身にもなってもらいたい。

正宗さんの気持ちは痛いほど分かるし、かれの話には説得力もありました」

「正宗は苦労性が過ぎるんです。結果的に永野さんに泣きついた正宗は大恥をかくことになると思います」

「それならいいんだが、わたしが正宗さんに軍配をあげたことを忘れないでほしいですね」

「忘れません。肝に銘じておきます」

永野は最後まで反対の姿勢を変えなかった。

日本商工会議所会頭の永野は、会頭応接室から中山が引き取ったあと、すぐに執務室に入り、正宗に電話をかけた。

「そっぺいさんに一蹴されました。任しとけなどと大口を叩いたが、面目無い。参りましたよ」

「永野さんに止められないとしますと、諦めざるを得ませんかねぇ」

「すでに松下幸之助さんや土光さんの賛意を得ていて、気合いも入っている」

「永野さんも賛成したんですか」

「それは無い。反対で通しましたが、抑え切れなかったっていうことです。そっぺいさんが走り出したら、もう止められない。凄い馬力です。あのパワーにわれわれもどれほど助けられたことか。そっぺいさん無くして今日の新日鐵は無かった。とにかくお役に立たなかったことをお知らせしなければならんので、電話させてもらいました」

「永野さんのお心をわずらわせ申し訳ありませんでした」

永野との電話が終って二十分ほど経ったとき正宗に中山から呼び出しがかかった。

「最前永野さんから電話がありましたよ。そっぺいさんが走り出したら止めようがないとおっしゃってました」

正宗は真顔だが、中山はにやにやしていた。

「そういうことだ。きみも無駄な抵抗はやめたまえ」

「しかし、永野さんは反対を通したそうじゃないですか。日本商工会議所会頭として立派な見識だと思います」

「いや。反対を撤回して、賛成に回ってくれると思うけどねぇ。正宗に義理だてし、きょうのところは賛成しなかったっていうだけのことだろうな」

「経団連会長の土光さんの賛成は取り付けたそうですね」

「松下幸之助さんも応援してくれる。それも〝団長格〟で」

「わたしはまだ釈然としていません。常務以上の連中にはそれとなく話しましたが、賛成は一人もおらんのですから、考えざるを得ませんよ」

「常務会に諮るような問題とは思えんが」

「当然でしょう。それとなくと申し上げたじゃないですか。しかも個別に話しただけのことです」

正宗が気色ばんだので、中山はわざとらしく破顔した。

「そんなむきになりなさんな。冗談冗談。だいたい正宗は会長になって、常務会を仕切る立場ではなくなったんだ」

「おっしゃる通りです」

「池浦とは話したの」

「ええ。意思表示はあえて避けたように見受けられましたが、あまり良い顔はしませんでしたよ。面倒なことを始めたなぐらいに思ってるんじゃないですか」

池浦は「絶対反対」と言ったが、正宗は脚色した。

「正宗に話したのが気に入らんのだろう。池浦に先に話してれば、逆に永野さんを口説いてくれたかもしれんな」

「それは無いでしょう」

正宗はあからさまに顔をしかめた。

「興銀には迷惑をかけないようにするから、静かにしててもらいたいな」

「いつまでも駄々をこねてるわけにも参らんでしょう」

「もう足を引っ張るのはやめて欲しい。正宗、頼むよ」

「分かりました。当分は静かに眺めてますが、いざとなったら、協力するのが筋だと思います」

正宗は不承不承うなずいた。

昭和五十一年三月に財団法人国際大学設立準備財団発起人総会が開催されたが、六年間は準備期間で、日本初の大学院大学の国際大学が認可されたのは昭和五十七（一九八二）年一月である。学内の公用語を英語にした高等教育機関の設立も日本で初めてだ。

むろん理事長は中山である。準備期間中も含めて中山は資金集めに奔走した。自ら〝募金行脚〟と称して、企業のトップを訪問し、頭を下げ続けた。

松下幸之助は個人と会社で巨額の寄付に応じ、寄付金は豪華な図書館と情報センターの建設費に充当された。

もう一人、二億五千万円もの寄付に応じた篤志家がいる。日系二世のジョージ石山だ。

サンフランシスコ在住の富豪として知られる石山はスタンフォード大学の評議員議長、日本のアラスカパルプ会長などの要職に就いていたが、中山より八年ほど後輩だ。

中山は二億五千万円と聞いたとき、嬉しそうに「サンキュウサンキュウ」を繰り返した。

「中山素平さんが国際大学の資金集めで苦労しておられることは、いろいろな友人から聞いていました。喜んで寄付させていただきます」

「感謝に堪えません。一度、ぜひ大学周辺をご覧ください。そして、ジョージ石山さんの経営哲学を講義していただけるとありがたいのですが」

「考えましょう。日本語は上手ではありません。英語でスピーチしてよろしいのですか」

「英語でなければ困るのです。学内の公用語は英語です。学生も留学生が結構おります」

石山は二億五千万円に留まらず国際大学への物心両面の支援を惜しまなかった。

高井重亮も相当数の経営トップを中山に紹介し、成果に結びつけた。中山素平の名前を知らない経営者は一人もいないが、謦咳に接していない人たちは結構多い。実は寄付の依頼だと打ち明けても、厭がらない人が大勢存在した。

中山は初対面の経営者にひたすら低姿勢で臨み、国際人の育成の意義を訴えた。国際大学の財政基盤を築いたのは中山一人である。準備期間中から募金行脚して約七十八億円集めたのだから恐れ入るしかない。

5

昭和五十八年一月中旬、十数人のジャーナリストが発足したばかりの国際大学を訪問した。幹事役を買って出たのは、高井である。

上越新幹線で国際大学のある浦佐までは二時間足らずだ。そして浦佐から宿泊する十日町までバスを利用する。

みぞれの降り注ぐバス停前で、オーバーコート姿の中山が旅館の番傘を差して出迎えてくれた。

「皆さん、遠いところへ、ようこそお出でくださいました。有り難うございます。高井さん、幹事役有り難うございました」

「どう致しまして。中山素平さんのお出迎えで、皆んな感激してますよ。お陰でわたしも大きな顔が出来ます」

「高井さんの大きな顔はいつもながらでしょう」

高井と中山はそんなやりとりをして、皆んなを笑わせた。

学校訪問の取材は翌日で、初日は温泉に浸って、地酒を堪能した。至れり尽くせりのもてなしを受けたジャーナリストたちは好意的な記事を書いてくれた。キャンパスといい、学生寮といい、体育館といい想像以上に見事な建物群だった。

前夜の飲み会で中山が興味深い話を披露した。

「社会人類学者の中根千枝《なかねちえ》さんに講義をしてもらったことがあるんですが、中根さんには盛大に悪口を言われました。都会から遠く離れたところに国際大学を建てたのは適切じゃない。都会の中で実際に生活をしながら学ぶほうがベターですとか言われたんです」

「中山さんは反論したんですか」

高井の質問に、中山は深くうなずいた。

「もちろんです。二年間で人間づくりをする為には、都会的な娯楽は不必要ですって言いました。こんな雪の多い田舎は適当ではない。学園都市として発展するとも思えないって、再反論されましたけど」

学園都市として発展する要素が少ないのは事実で、痛い点を突かれたな、と高井は思ったが、口にするのは憚《はばか》られた。

昭和六十三（一九八八）年に設置された国際経営学研究科は、英国のエコノミスト誌のランキングで日本のビジネススクールとして唯一トップスクール百校の中にランクインした。国際大学が中山の理想に近づきつつあることは否定できないが、正宗が懸念した「財政で中山さんは苦労する」ことも事実だ。

中山は少し心配になった。

高井に冗談ともつかず話したことがあった。

「高井さん、あなたにはいろいろ面倒をかけているが、儲かっている企業をもう少し紹介してくれませんか」

「もちろんOKです。税金を払うのと同じだと考えればよろしいわけですから。個人的にも一口乗らせてもらいます」

「個人は一口十万円ですが、ほんとうにいいの。高井さんが寄付してくれたら、PRの資源になりますよ」

「わたしなんかで、なるわけないですよ。要は気持ちの問題です。中山素平さんのお陰で今日あると思えばお安いご用ですよ」

高井は中山と話しながら、国際大学の行く末に思いを致した。

中山が健康である限り、資金集めは可能であろう。

財界鞍馬天狗の異名を取るほどの中山に頭を下げられたら、一口乗る企業は山ほどある。

現に高井が声をかけただけで、ノーはほとんど無かった。

「中山さんはご立派です。私心は無く、国益に適うと考えられているからこそ、募金行脚を続けられているのでしょう。私どもの小さな事務所にまで来て下さった」と富士急行会長の堀内光雄《ほりうちみつお》は笑顔で高井に語ったものだ。だが、迷惑顔で「まだお付き合いしなければいけませんかねぇ」とのたまったトップも存在した。図々しさで、高井は負けない。

「国際大学に寄付するのが、そんなに厭なんですか。おたくいくら儲けてるんですか」と平気で口に出来るのも高井ならではだ。

しかし、中山の募金行脚が限界に近づいている――。高井は粛然とした思いにとらわれた。

事実、国際大学は財政面で苦労することになる。中山は理事長職を他の財界人に託したが、資金難をどう克服するかをめぐって意見が対立したこともあった。高齢になるにつれ、中山のパワーも衰え、募金行脚がままならなくなったことに起因しているとも言えよう。

6

次第に国際大学関係の仕事が増えていく中、中山の頭を悩ませたのは、資金の問題だけではなかった。

平成三（一九九一）年に設置したグローバル・コミュニケーション・センター（GLOCOM）所長の公文俊平《くもんしゆんぺい》（元東京大学教授）に即時辞任を勧告したことがあった。公文はリクルート事件で未公開株を取得するなど一癖ある学者だが、中山が風邪をこじらせて肺炎で二カ月ほど慶応大学病院に入院中に、若手の教授陣と対立、人事権まで乱用し、かれらを追放する挙に出た。

中山は退院間際に、中山付の秘書から〝興銀ベッド〟で、この話を聞いた。慶応大学病院には医師仲間が〝興銀ベッド〟と称している特別室が二室あり、中山は二カ月間その一室を占有したことになる。

中山は公文に宛てて手紙を出した。手紙の日付は平成十六年四月十九日である。

前略　用件のみ申し上げます。

貴兄が昨年の十月末頃と記憶しますが来訪され、新年度からグローコム所長を退任されたい旨、申し出がありました。私は所長の実務は若い者に任せるべきと申し上げ、貴兄は了承されました。

その後、西《にし》（和彦《かずひこ》）、池田《いけだ》（信夫《のぶお》）、山田《やまだ》（肇《はじめ》）三氏同席の上、私が彼らの性格、適性を知っておりますので、三人それぞれの分担についても直接、意見を申し上げました。

然るところ、小生が本年に入り肺炎の為二カ月程入院している間に、貴兄と三氏の間柄が一変して対立し、加えて人事権のない辞令の乱発等により、グローコム内は混乱しました。

仄聞《そくぶん》するところ、貴兄が三氏に辞任を勧告していると言われていますが、グローコム内部のみではなく、一般社会の信用を失墜し、混乱させた責任は貴兄にあります。

私は牛尾（治朗）氏、村上《むらかみ》（泰亮《やすすけ》）先生とグローコムを創立した先輩として、まず貴兄の即時辞任を勧告します。

草々

公文は中山が肺炎で急逝するとでも考えたのだろうか。いずれにしても不可解で愚かな言動を取ったとしか言いようがない。人事権者の中山が公文を解任するのは当然至極である。

中山は九十八歳になっていたが、国際大学でリーダーシップを発揮していたことを示して余りある出来事と言える。

国際大学は、中山にとってユートピア、理想郷だった。欧米のビジネススクールには及ばなかったこともあり、時代によって評価は分かれるが、輝いた期間のほうが長期に及んだ。東南アジア諸国で大臣クラスに伸し上がった国際大学出身者は結構多い。国際大学で学んだお陰としか思えない。

中山は「苦労のし甲斐がある」とも「さして苦にはならない」とも言っていた。そして今現在、国際大学の存在意義はある。中山が十分満足していたことも確かだった。

第十章　尾上縫事件

1

中山素平と正宗猪早夫が厳しい顔で向き合っていた。

たった二人だけなのに、特別顧問執務室の空気は妙に張り詰めている。

正宗は中山の右手でふすぶる煙草の煙がなにやら鬱陶しく思えた。

二人の話題は〝尾上縫《おのうえぬい》事件〟だった。平成三（一九九一）年九月上旬の某日夕刻のことだ。

「料亭の女将に巨額のワリコー（割引興業債券）を売りつけたとはねぇ。カバン持ちまで買って出るなんて、僕はまだ悪い夢を見ているような感じだ」

中山の繰り言は珍しい。国際大学の〝募金行脚〟のときでも、無かったことだ。

実像不明瞭な料亭の女将、尾上縫に興銀は昭和六十二（一九八七）年からの四年間で二千九百億円のワリコーを売りまくり、これを担保にピーク時で九百億円、興銀リース、興銀ファイナンスを合せたグループ全体では二千四百億円もの融資を実行していた。

　中山と正宗が慨嘆するのもむべなるかなだ。

「カバン持ち」とは、平成二年八月、尾上縫率いるインドツアー（約七十名が参加）に興銀大阪支店資金部長が同行したことを指す。

　昭和六十二年春、ある興銀ＯＢから興銀難波支店に電話がかかってきた。ことの発端である。

「千日前の料亭〝恵《え》川《がわ》〟の女将が大変な資産家らしい。ワリコーを買ってくれるんじゃないかなぁ。当たってみたらどうかね」

　いわば善意の情報に難波支店は飛びついた。しかものっけからワリコーを十億円も買ってくれるというのだから前代未聞である。基幹店の大阪支店扱いにするのは当然だ。代表取締役常務が大阪支店長を委嘱されていた。

　利谷求《としやもとむ》、山本修滋《やまもとしゆうじ》、吉田信彦、亀井《かめい》眞《ま》人《ひと》の四人が代表取締役常務・大阪支店長として尾上縫との取引に関与し、彼女の参謀役を以て任じていた鈴木和男副支店長を取締役に推す者まで四人の中に存在した。尾上番の鈴木は長い銀行員生活の中で絶頂期にあったわけだ。

　黒澤洋頭取は女房連れなどで三度も〝恵川〟に足を運び、会食もした。支店長たちにしてみれば、頭取にリスクをヘッジしておこうとの下心があったかも知れない。

尾上は平成二年九月のピーク時で、興銀株式を二百七十万株保有し、個人筆頭株主に躍り出たこともある。日本債券信用銀行が尾上との取引を打ち切ったとの情報に接したことと無関係とは思えないが、興銀は平成二年十月以降、尾上との取引を縮小し始めた。


黒澤は八月九日金曜日に、香月義人《かつきよしと》佐賀銀行会長の告別式に参列する為、佐賀へ行った。

昼食中に秘書役から電話がかかってきた。

「尾上縫から担保に取っている東洋信金の預金証書はニセモノでした。東洋信金から連絡があったそうです。興銀も最悪、三百億円の損失が出る可能性があります」

声がふるえている。

受話器を握り締める黒澤の声がいらだった。

「なんだって。えらいことだぞ。葬式が終わったらすぐ帰る。大蔵、日銀とも連絡を取るようにしなさい」

黒澤は帰京後、合田辰郎副頭取、業務担当の西村正雄常務らと善後策を協議、土曜日も出勤し協議を続けた。

黒澤は十一日の日曜日から興銀上海支店のオープニングセレモニーに出席する為の出張を外せなかった。

中村金夫会長は十一日に合田から緊急会議に出席を求められ、午後九時半に本店へ駆けつけた。

出席者は中村、合田、西村、前田浩一常務、河西京二《かさいきょうじ》取締役（十月二十二日付で常務に昇格）ら八人だった。

この時点で東洋信金の架空預金事件はまだマスコミに伝わっていなかったが、前川朝美・東洋信金今里支店長と尾上縫の詐欺罪による逮捕は時間の問題だった。

架空預金の総額は東洋信金関係だけで四千百六十億円。事件の発覚後、取り付けに波及し、信用機構全体を揺るがすパニックに発展しないとも限らない。大蔵省と日銀が不測の事態に備えて興銀に東洋信金のバックアップ体制に加わるよう要請してきていた。

十一日深夜の会議はこれにどう対応するかを決める必要があったのだ。

興銀も三百億円のニセ証書を掴まされている。バックアップ体制に入る謂れはない。

だが、大蔵、日銀の要請を拒否するリスクも冒せない。帰する所、日銀、全国信用金庫連合会（全信連）、三和銀行と並んでバックアップ体制に参加する方針が決められた。

深夜の会議で、マスコミ対策では被害者論を前面に押し出すことで意見が一致した。

このことがマスコミの袋叩きに遭う結果を招いた。

さらに黒澤が軽さを露呈した。八月三十日の国会参考人質疑で、身銭を切って家族と〝恵川〟で食事をしたと明かしてしまったのだ。

マスコミの大勢が辞任はやむを得ないとの見方をしていたのは、国会答弁と無関係ではあり得ない。

中山と正宗の対話に戻す。

「黒澤を頭取にするのに反対しなかったことが悔やまれますよ」

「池浦が取相（取締役相談役）に、黒澤が頭取に就任したのは去年の六月二十八日だ」

「自称国際派を含めて、銀座やら赤坂に繰り出して凱歌をあげていると聞いた時、厭な予感がしました」

正宗はぎょろ眼を剝いて、ずけっと言った。

「会長の中村と頭取の黒澤が辞任しないことには収拾できないと思います」

「二人同時はどうかねぇ。戦後の混乱期とは時代が違う。繰り返すが黒澤はまだ頭取になって一年ちょっとしか経っていない」

「合田が頭取になって、副頭取は合田に決めさせればよろしいでしょう。中村が会長と頭取を兼務するような動きを見せているようですが、勘違いにもほどがある。会長と頭取の辞任がいちばん説得力があるんじゃないですか」

「黒澤の軽率さは責められて当然だが、会長と頭取の同時辞任は違うんじゃないのか」

「落ちるところまで落ちた興銀のイメージを回復させる為のカードだとわたしは思いますが」

「尾上との取引関係が始まった時の会長は池浦で、頭取は中村だった。二人に責任が無いと正宗は言いたいのかね」

正宗は五秒ほど沈黙したが、言い返した。

「拡大したのは中村と黒澤でしょう」

「二人がいっぺんに退いてしまったら、組織的には非常に難しいことになるぞ。辞めるのは上の二人だろう」

「取締役相談役の池浦と会長の中村っていうことですか」

「それしか選択肢は無いんじゃないのかね」

「黒澤で持つんでしょうか」

「正宗は黒澤に冷たいねぇ。きみは黒澤を頭取に推したことを悔いているとか言ったが、挽回のチャンスを与えてあげる方向づけをすることが正宗と僕の役割りなんじゃないのかね」

「赤坂や銀座のドンチャン騒ぎをどう思いますか」

「羽目を外すぐらいのことは大目に見てあげたらいいよ。黒澤は名誉挽回を必死の思いでやるだろう」

「中村、黒澤辞任は撤回します。ただ池浦をどけるのは骨が折れると思いますよ」

「中村と一緒なら四の五の言わんよ。池浦と中村の相性の悪さは、過去最悪だろう」

「中山―正宗、正宗―池浦、池浦―中村の中では突出してましたね。会長の池浦が人事権者のごとく振舞って、中村は立つ瀬が無かった場面もあったかもしれませんよ」

2

池浦は九月十日の午後、特別顧問室で中山に説得された。

「マスコミが根も葉も無いことを書いて私を叩いていますが、それで辞めたと思われるのは心外ですし、到底耐えられません」

「分かるよ。税務調査が入ってるとか、サイドビジネスをやってるとかマスコミに書かれたねぇ」

「すべて事実無根です。尾上縫なる女性とは縁もゆかりもないのに、池浦の指示で取引が始まったとも書かれました。尾上は池浦の愛人だなんて吹聴しているジャーナリストもいると聞いています。僕は和歌山の出身で、尾上は奈良だから、和歌山と奈良が近いというのがその根拠なんだそうです。笑えてきますよ」

「池浦のパワーは強烈だから、やっかむ手合いはいるだろうな」

「OBの評判が悪いのは承知しています。僕は頭取を九年、会長も六年やりました。僕が会長として初めて代表権を持ったことも批判されましたが、代表権のない会長は興銀と北海道拓殖銀行の二行だけだったんです」

「正宗や僕のときと時代が違うと言いたいんだな」

中山は煙草を灰皿に捨てて、池浦を凝視した。

「池浦と中村が引責辞任するのが良いと思う。正宗も分かってくれたが……」

「ですから、代表権を持った会長の責任ということで私は辞めます。中村も然りでしょう」

「そのタイミングは僕に任せてもらおうか」

池浦はさしたる抵抗を示さなかったが、中村は予想外にねばりにねばった。

「池浦さんが辞めるのは当然ですが、わたしは辞めなければならない謂れはないと思います。尾上縫なる女性に会いに女房連れで大阪まで出向いた黒澤の責任は重いのではないでしょうか」

「中村ならそうはしなかったろうな。黒澤は頼まれたら断らない。人が好すぎるのはいかがなものかと思わぬでもないが、中村の頭取時代に尾上との取引が始まったんじゃなかったのかね。責任を感じていないとしたら、なにをかいわんやだ」

「……」

「当時会長だった池浦は、その責任を認めている。中村もそうあるべきだとも言っていた。きみが辞めないって言い張るとややっこしくなるぞ。池浦と中村が辞めるべきだと僕は思う。正宗は会長、頭取の同時辞任説の強硬論者だったが、興銀という大きな組織ではあってはならないと思う」

中村は池浦と黒澤が辞任して会長の自身が頭取を短期間兼務するのが落し所と考えていた。しかめっ面の中村の胸中を見抜いた中山の顔色が変った。

「まだ分かっていないようだな。そうだとしたら、僕は出処進退の在り方について、週刊誌にでも書かせてもらうかねぇ。生きている限り中村を槍玉にあげるかも知れない」

中村はなおも俯《うつむ》いていた。

「きみがごねると池浦も取相をどかない。大変なことになるぞ」

「考えさせていただきます」

中村は引き攣《つ》った顔で特別顧問室から退出した。

3

中山が高井重亮を呼び出したのは十月十八日午前十一時だ。中山は朝八時に電話をかけてくる。

なにをおいても高井は駆けつける。むろん相手が中山に限ってのことだ。

高井は十月一日付でキー局・BSTの経済部長としてスカウトされていた。このことを打ち明けた時、中山に「元通産次官の両角良彦さんが高井さんに肘鉄を食わされたって嘆いてましたよ。テレビ局のほうが待遇が良いんですか」と言われて、びっくりした。

「中山さんと両角さんはツーカーの仲なんですね。ホテルオークラの〝山里〟で両角さんに外資系企業にどうかと口説かれたことは事実ですが、わたし程度の英語力では無理です」

「高井さんなら〝心臓英語〟で通用しますよ。両角さんは高井さんの力量を買っていたから、さぞ落胆したことでしょう」

高井はそんなやりとりを思い出しながら、特別顧問応接室で中山と対峙した。もちろん尾上縫事件で興銀が揺れに揺れているのは百も承知していた。

中山と高井の煙草を咥えるのが一緒になった。

「池浦、中村の上二人が辞任するのがいいんじゃないかと僕は考えてるの。高井さんの意見を聞かせてください」

「賛成です。黒澤さんはお人好しっていうだけのことですよ。わざわざ国会で話すこともないのにとは思いましたけど」

「高井さんに賛成してもらえてよかった。きょうあたり中村は辞表を出すと思いますよ」

「わたしの転職祝いをしていただけるんですか。BSTでスクープしてよろしいんですね」

「そんな。冗談じゃない。大蔵、日銀にも話してないのに。相談ですよ」

高井はわざとらしくがくっと肩を落とした。転職早々、大スクープを放てると胸を躍らせたのはほんの一瞬のことだ。

「まだバイト原稿を両手で書きたいくらいやってるの」

中山は高井が小さくうなずくのを確かめて、にやにやしながら続けた。

「池浦と中村の辞任は公式発表せざるを得ないが、あなたにいろいろ力を貸してもらいたいの。バイト原稿を書くのは一カ月ぐらい先ですね」

「わたしが力をお貸しできますかねぇ」

「役員間の相互不信感が酷いことになっている。分かるでしょう」

「〝池浦―中村〟も酷かったと思いますが、〝中村―黒澤〟も然りですね。それにしても中山素平さんがお元気じゃなかったら、興銀はどうなっちゃうんでしょうか。池浦、中村辞任を仕切れるのは中山さんしかいません。断言できます」

「中村は激しく抵抗したが、僕は週刊誌などでたたこうと本気で思いました。八十五歳の爺さんにこんなことをやらせるなんてどうかと思いますよ」

高井は、中山と別れたあとで、何故かA記者のにきび面を眼に浮かべていた。朝日新聞経済部編集委員で、取材力は抜群だが、筆力はいまいちだ。

そっぺいさんには申し訳無いが、Aにはバイト原稿の借りもあるので、この際返しておく手はあるかもしれない。二倍や三倍のお返しどころではないが、日経新聞にリークしたがるのが興銀内にいる可能性は否定できない。

Aは高井の話に飛びついたが、記者クラブを通さない訳にはいかないことが分かり、高井はリークを激しく後悔した。

「中山素平さんの三田のマンションを夜回りしていいですか」

「莫迦者。ソースが高井だって分かっちゃうじゃないの。その瞬間、わたしはBSTをクビになる」

「日銀のキャップはとっくにキャッチしていたとか言ってたけど」

「日銀にも大蔵にもまだ伝えてないんだよ。日銀キャップがどうしてキャッチできるの」

電話のやりとりだけでも閉口したが、中山素平の担保力で朝日は初めから飛ばすつもりだったとも考えられる。

記者が中村の自宅を夜回りしたが、中村に限らず役員達はパレスホテルに集結していたので、効果はゼロだった。

中村夫人が「ウチの亭主も明治の気骨を持ってますよ」と言い放ったことが裏を取ったことになると聞き及んで、高井は呆れ返った。

朝日新聞は十月二十二日の朝刊最終版一面トップで〝中村興銀会長、辞任へ〟とスクープした。

同日、興銀は尾上関連事件の行内処分について、次のように発表した。

本日の取締役会において、尾上縫被告との取引にかかわる行内の処分を決定致しました。

本事件をめぐる事実関係につきましては、現在司法当局の手によって調査が進められている最中であり、いまだ完全に明らかになったとは言えませんが、当行と致しましては、一個人に対する多額の債券販売及び債券担保貸出に当たって、同人の借入・運用の実態を十分に承知することなく、あのような金額に至るまで取引に歯止めをかけ得なかった点、また当行も結果として架空定期預金による詐欺事件に巻き込まれてしまった点、そして今回の事件により、当行並びに銀行界に対する信用を大きく毀損してしまった点は誠に遺憾なことと考えております。また、当行大阪支店前副支店長が、当行行員として極めて不適切な行為を行ったことは大変残念なことであります。これらの点につきまして、改めて深くおわび申し上げます。

当行と致しましては、この事件を重く受け止め、業務運営、人事管理面での管理・監督責任、並びに経営責任を明らかにするため以下の処分を決定致しました。

取締役会長中村金夫、常務取締役山本修滋、及び常務取締役亀井眞人は、本日付をもって辞任。

常務取締役以上の全役員の役員報酬を、平成三年十一月より六カ月間にわたり二〇％から五〇％減額する。

また、大阪支店前副支店長は、懲戒休職に処す。

今後二度とこのようなことを起こさないよう全力を傾注するとともに、信頼の回復に向けて役職員一同、心を一つにして、真摯に業務運営に当たる覚悟でございます。

なお、池浦取締役相談役からも、今回の事件に関して、自発的に取締役を辞任したいとの申し出がございました。


処分発表後、中山は、大蔵省に土田正顕《つちだまさあき》銀行局長を訪ねて、頭を下げた。

「大蔵省に行ったのは二十年ぶりですよ。土田局長は『わたしが興銀に出向きます』と言ってくれたが、そうもいかない。金融通として知られる社会党の堀昌雄《ほりまさお》代議士にもお目にかかった。『黒澤残留はけしからん』とあちこちに書かれたので、暴力団絡みの融資や損失補塡をやった証券会社との違いを説明し、トップの責任について私見を述べた。堀さんはよく分かったと言ってくれました」

事実はちょっと違う。池浦も中村も辞任するつもりは毛頭無かった。

中山が強引にカードを切ったのだ。山本修滋と亀井眞人の辞任は、大阪支店長を委嘱されていたのだから当然である。

中山は高井を呼んで、こうも話した。

「誰一人として進退伺いを申し出た者がいなかった。出処進退というものをいまの連中はどう考えているのだろうか。僕にはどうしても理解できない」

しかし、業務担当の西村正雄常務は進退伺い的な言動を取っている。

合田辰郎副頭取に「業務担当の私の責任は重大です。身柄をお預けします」と申し出たのだ。

合田は「それは無い」と受けつけなかった。

「頭取を補弼《ほひつ》する立場の私の責任のほうが大きい。だが、火事場騒ぎの中できみとわたしが辞めたら、敵前逃亡と言われても仕方がないんじゃないのか。中山特別顧問が仕切ってくれたことを、甘んじて受けようじゃないか。黒澤頭取を全力でサポートする、バックアップするのがわれわれの責務だと思う」

西村が業務担当との兼務で大阪支店長を買って出たのは、合田の意を汲んだ結果である。

八十五歳の中山がそこまでフォローしたのだ。当事者能力を失いかけた興銀の危機を中山が救ったとも言える。

翌二十三日付の朝日新聞経済面は明らかに事実誤認だった。

〝「刺し違え」選んだ中村氏〟〝「実力者」池浦氏　道連れ〟の見出しで、舞台裏に迫ったつもりらしいが、勝手にストーリーを組み立てたにすぎない。中山が池浦から辞任を引き出したのが九月十日である点に思いを致せば、勇み足は明瞭だ。

十月二十四日の朝、中村は黒澤に頼まれて部店長会議でスピーチした。

「尾上縫事件が起きてからトップの責任についてずっと考えていました。日本興業銀行のイメージを損なったことは事実ですし、ひいては日本の銀行界の信用にも影響を与えてしまいました。社会的責任は免れません。トップとしてけじめをつけるべきだと思い、厳しい処分をしました。いま、私は六年前のことが想起されてなりません。アメリカへ出張したとき、日曜日の移動日に機内でニューヨーク・タイムズの日曜版を読んだのです。その中にコンチネンタル・イリノイの倒産劇を克明に分析した特集記事が載っていたのですが、小見出しに、ちょっとキザですけど、英語で言いますと、〝コンフィデンス、イッツ・ハード・トゥ・アクワイア、エンド・イーブン・ハーダー・トゥ・リゲイン・イット・ワンス・イッツ・ロスト

(Confidence, it's hard to acquire, and even harder to regain it once it's lost)〟とありました。コンフィデンスは、信頼関係とでも訳せますか。ハード・トゥ・アクワイアは勝ち取るのは難しいという意味でしょう。イーブン・ハーダー・トゥ・リゲイン・イット・ワンス・イッツ・ロストは、いったん失われたものを取り戻すのはさらに大変なことだ、ということですね。この話は、六年前に皆さんにしたと思いますが、いまだに記事の内容を印象深く覚えています。信頼を勝ち取るのは難しいが、失われた信頼を取り戻すのはもっともっと大変なのです。しかし、幸い日本興業銀行には有為の人材がたくさんいます。皆さんは、いま申しあげたことを肝に銘じて頑張っていただきたい。私は皆さんの奮起を期待してやみません」

中村がのちに高井にしみじみとした口調で語った。

「本店十四階の大会議室から去ろうとした時、突然拍手が湧き起こりました。こんな部店長会議は経験したことがありません」

さらに、言葉を継いだ。

「涙がこぼれるほど、感激しました。なんか手ごたえのようなものを感じましたからね。住友銀行が安宅産業を解体したとき、磯田《いそだ》（一郎《いちろう》）頭取が二千億円をドブに捨てたが、数年後に必ず利益日本一になってみせる、というようなことを言いましたよね。あのとき僕は、危険思想だと思って、親しい記者に、オフレコでそう言いましたよ。興銀が利益至上主義めいたことを考えたことは一度だってありません。興銀は企業金融というものを中心にサービスする。プロフェッショナルなサービスを期待しているからこそ、企業の方々が興銀にお見えになるんです。だからこそプロジェクト絡みであれ、新商品の開発であれ、あるいは合併とか再編成にしても、興銀は顧客から意見を求められ、お手伝いすることができるんです。サービス・インダストリーは顧客があるから成り立つのであって、自分の利益を優先して相手の利益を後回しにするなんて本来的にあり得ません。それだけに、尾上事件は痛恨事でした。しかし、けじめをつけてから、行内に危機感が出てきました。それをいちばん期待していたんですよ」

4

高井は中山の命を受けて、池浦、中村、合田副頭取、西村常務らを取材した。朝日新聞にリークした手前、断れないし、バイト原稿で記録に残しておく意味もある。BST入社直後にこんな無謀なことが出来たのは、卓越した体力と、結果的にBSTにとっても損はないと考えたからにほかならない。

当時、あって無きが如きBST経済部を押し上げるチャンスだとの思いのほうが強かった。

高井は、倒産処理の第一人者と謳われていた三宅省三《みやけしょうぞう》弁護士にも取材した。

三宅は〝笑顔の人〟と言われるほど、いつもにこやかに話す。ところが、文章にしてみると鋭い舌鋒になるから不思議だった。

「興銀の役割はもはや終ったのではありませんか。昔日の栄光を取り戻せるとは考えにくい。ノルマ主義を取り入れて、限りなく都銀的な体質に近づく為には、血の滲むような企業努力を続けなければ、興銀の落日は加速する一方だと思います」

「興銀は産業金融の雄などとちやほやされて、いい気になっていましたが、尾上事件によってそうではないことを思い知らされた筈です。地方の某支店長は某電力会社の首脳部とつきあうことだけが仕事でした。そんな銀行が存在したこと自体、不思議です」

「わずか三十店舗かそこらで、十倍の店舗を持つ都銀に対抗できるのでしょうか。都銀的体質を求めようとする限り、残された選択肢は合併しか無いということにならないでしょうか」

高井は、中山と電話で頻繁に連絡を取り合った。

朝八時に「廊下とんびの成果のほどはどうですか」と中山のほうから電話をかけ

てくるほうが多かった。

「なるほど。三宅弁護士は、長信銀は無用の長物に成り下がったというご意見ですか。おっしゃるとおりと言えないこともないが、長信銀の中では興銀は最も体力があります。西村がどう応じるか楽しみですね」

その西村は「十年前ならそんな支店長がいたかも知れませんが、今は一人もいません」と笑い飛ばしてから、急いで表情を引き締めた。

「〝落日の加速〟を待つほど、興銀は愚かではありません。まず興銀には、人材がいます。あらゆるファイナンシャル・ニーズにこたえていける体制が整備されていると自負してますよ。ファイナンシャル・プランナーも養成してきました。もちろんホールセールが中心ですが、高度の専門性を興銀は持ってます。都銀に近づくつもりもないし、都銀的体質を持とうとも思いません。銀行に証券業務を認める制度の改革で興銀に追い風が吹く可能性もあります。証券業務、信託業務の分野に進出できれば、興銀はベストのサービスを顧客に提供できるはずです。都銀、地銀などとの合併の選択肢があり得るとすれば、証券、信託部門に出てから後のことでしょう。世間の常識とのズレについては深く反省していますが、興銀に派閥があるがときマスコミの論調は、ためにするとしか思えません。風通しのよさ、上下左右に関係なく自由にものが言える企業風土は、中山さん、正宗さん、池浦さんたち諸先輩が培ってくださった興銀の財産です。マスコミは〝暗闘〟だの〝確執〟だの、〝刺し違え〟だのと書きますが、それは思い込みというもので、あまりに事実とかけ離れている。神ならぬ人間の世界ですから、好き嫌いはありますし、時には意志の疎通を欠くこともあるでしょう。しかし、それ以上のことはありません」

高井は翌平成四年一月上旬に黒澤に取材する機会を得た。黒澤との一問一答は興味深かった。人柄の良さ、お坊ちゃん気質が垣間見えたからだ。

――中山素平さんが、けじめ問題で驚異的なエネルギーを発揮されましたね。

黒澤　特別顧問の存在を改めて思い知らされました。ほんとうに頭が下がります。

――ボードが当事者能力を失っていたのではないかという批判についてどうですか。

黒澤　ご批判には謙虚に耳を傾けますが、当事者能力を失っていたとは思いません。悩みに悩んだことが、批判につながったかもしれません。

――処分後、だいぶ時間が経過しましたが、いまの心境はどうですか。

黒澤　厳しい処分をしました。池浦、中村両先輩が辞められて、私が残ることになりました。両先輩には、申し訳ありませんと申しあげる以外にありません。池浦さんには、たしか去年の六月でしたか、写真誌『ＦＲＩＤＡＹ』で尾上縫がとりあげられたとき、注意されました。「興銀はこんなことをやってるのか。こんなばかなことをしてたら、そのうち国会に呼ばれるぞ」って。池浦さんには、それまでにも話してませんでした。そうしましたら、ほんとに国会に呼ばれてしまった。池浦さんからの注意があったときは、こんなことになるなんて夢にも思ってなかった。慧眼のすごさに脱帽あるのみです。残るほうもつらいんですよ。でも、こういう結果になったからには、くよくよせず、過去をあまり振り返らず、信用の再構築に微力を尽くすしかないと思います。

――興銀から刑事被告人を出さなかったことや、暴力団と無関係だった点は、せめてもの救いですね。

黒澤　そのとおりです。しかし、世の中を騒がせ、銀行界の信用を傷つけたことは幾重にもおわびし、反省しなければいけないと肝に銘じています。興銀に対する世間の期待値と低次元な事件との落差が、批判や非難につながったんじゃないでしょうか。

――〝あの興銀がなぜ〟ということですね。

黒澤　はい。トリプルAに格付けされて、いい気になり、誇りが驕りになっていた、と中山先輩に叱られましたが、その点は認めざるをえません。誇りとは、鼻の先にぶらさげるものではなく、苦しいときの心の杖なんです。だから、誇りを失ってはならない、と何度も行員を集めて話しました。正宗さんのサジェッションで、興銀ＯＢで日本経営システム会長の浅野《あさの》喜起《よしおき》さんにお会いして、いろいろアドバイスを受けました。浅野さんは、「全行員一丸となって危機感をもつことが大切だ。欠点をあげつらうことはやめて長所を伸ばせ」とおっしゃった。先輩とはありがたいものです。

――尾上事件は、サイズの拡大を急ぎ過ぎた咎めとは思いませんか。

黒澤　ないとは言いませんが、世間の方々は、プライベート・バンキングでどこかいい貸出先はないか、と探しているうちに料亭を経営している女詐欺師に会って、これに貸し込んで尻モチをついた、アホな興銀、と見ているようですけれど、それは違います。ワリコーを買ってくれるありがたいお客さんがいた、そのお客さんが結果的に詐欺師になってしまったということなんです。個人貸しは全体の二パーセントにすぎません。これを四パーセントにしようとか、五パーセントにしようなどとは、まったく考えてないんです。

――〝恵川〟に奥さんを同伴したことがマスコミで叩かれましたね。

黒澤　家内は旅行が好きなんです。それに好奇心も強い。一昨年の夏休みに九州電力の玄海の原発を見に行ったくらいですから。休止していた一号炉の奥の奥まで入りました。女性が炉の中に入ったのは家内が初めてなんだそうです。〝恵川〟へ行ったのは食べ歩きの延長で、私はあそこでは一度も食べたことがなかったので行ったんです。縫さんが顔を出して、十分ほど、ダライ・ラマのことなどを話しました。料理はさほど美味しくなかった。ただ家内は、彼女を不思議に恨む気になれない、なんて言っています。そのお陰で亭主が塗炭の苦しみにあっているのに。

——国会で、そうしたことまで話す必要があったのでしょうか。黒澤さんは、しゃべり過ぎだと言われていますよ。

黒澤　そうかもしれません。ただ実は、すでに新聞に書かれちゃってたんです。こっちから話してしまったほうがいい、とアドバイスしてくれた方もいらっしゃった。ずいぶん盛大にたたかれましたが、でも激励してくださった方も多いんですよ。とくに海外の方からたくさん手紙をいただきました。世銀（世界銀行）総裁のプレストンさんと昨年十月二十一日に都内のホテルで朝食をご一緒したときに、事件のことを話そうとしましたら、「そんな話はけっこうだ、トータリー・ディファレント（「他のケース」とは全然違う）」と言ってくれました。

——黒澤さんはエリート街道まっしぐらで修羅場に弱いんじゃないですか。

黒澤　そんなことはありません。息子を亡くしたり、若いころ病気で一年休んだり、いろいろ苦労はしてるつもりです。自分ではむしろ逆境に強いと思ってます。テニスで言えば0—40になると、いちばん力が出ます。そこから盛り返す。15—40

になったら半分勝ったと思う。30—40になれば一〇〇パーセント勝ったようなものです。0—40になったときに力が出るような組織にしたい、と願っています。——最後に伺いますが、興銀は尾上事件で萎縮してしまい、証券との垣根、例の制度問題での発言を控えることになるんでしょうか。銀行などの金融機関が証券業務を行うことを原則禁止した証券取引法六十五条の廃止は、私は当然だと思っているのですが……。

黒澤　制度問題についての興銀の立場は、まったく変りません。

中山素平は、高井が匿名で寄稿したある総合月刊誌の平成四年三月号を読んだあとで、すぐさま高井に電話をかけて、面会を求めてきた。

「黒澤は修羅場という意味が分かっているんでしょうか」

「わたしも同感です。息子を亡くしたり、病気をしたことを修羅場と考えるのは、ちょっと違うと思います。事実、質問に答えていないと言った人が興銀の内外に結構いました」

「なるほど。黒澤に婉曲に話しておくとしましょう。しかし、総じて興銀よりに書いてくれて、ありがとうございました。高井さんのお陰で、上層部の相互不信感も払拭されるでしょう」

「正直に申しますと、中村さんに対する池浦さんの不信感は予想以上に激しく、『中村に陥れられた。そう書いてもらいたい』とまで証言しました。テープレコーダーに録音しているのを承知のうえで話したのですから凄いことですよ」

「ふうーん」

「だいたい中村はわたしに敬礼しないなんて言うんです。池浦さん流の言い方なんでしょうが、一目置いてない、尊敬してないという意味だと思います。もっとも中村さんも池浦さんに含むところがあるのもよく分かりました。黒澤が尾上縫に会ったのは三回や四回どころではないとも話していました」

「四回で間違ってない筈ですよ。中村の黒澤嫌いは目に余る。まだそんなことを言ってましたか。しかし、この記事を読んだら、沈静化するんじゃないかなぁ。高井さんに話した時はまだ気持ちがホットだったんでしょうね。事実、僕には池浦も中村も冷静に話してるし結果オーライみたいなことを言ってます」

中山が紫煙を吐き出しながら、「合田はどんな感じでしたか」と高井に聞いた。

「合田さんだけです。広報部長を立ち会わせたのは。全国紙に〝合田頭取へ〟って書かれたのを気にしていたからでしょう。わたしの印象では、黒澤にいつでも代わってやるっていうか、もっと言えば俺しかいないみたいなやる気満々というか意欲的でした」

「次期頭取は黒澤が決めることで、合田も候補ではあると思うが……」

「スピーチは嫌いだと話してましたが、コメントの内容はしっかりしてましたね」

合田の談話は「信用を回復するには、実績で示すしかないんです。たとえば不況の深刻化が懸念されていますが、そういう時こそ興銀の出番でしょう。興銀はかつて〝野戦病院〟と言われるほど、傷ついた企業を支援し続けて来ました。興銀がいかに逃げない銀行であるかを見守っていただきたいのです。黒澤頭取に求心力をつけるために、われわれは力いっぱいサポートするだけです」というものだった。

「風通しの良さが興銀の良き行風であり、伝統です。そう思わなければ、興銀びいきのバイト原稿は書けませんよ」

「高井さんには感謝してます。僕だけじゃなく、皆んなそうですよ」

「そっぺいさんのお手伝いをさせていただけたことを光栄に思います。わたしのほうこそ感謝感謝です」

高井は、この記事がＢＳＴ経済部の底上げの契機になると確信した。

第十一章　さらば興銀特別顧問室

1

平成五（一九九三）年五月下旬某日の朝、中山素平は興銀副頭取の合田辰郎と特別顧問執務室で面会した。

合田は六月一日付で退任し、大手化学企業の東ソーの会長に就任することに決まっていたので、中山に挨拶したいと考えてアポを取っていたのだ。中山への来客は多いが、興銀関係者はきわめて限られていた。

「きみは頭取になるんじゃなかったのかね。興銀マンがここへ来ることは珍しいので、てっきりそういうことだと思っていたのだが」

中山に冗談っぽく切り出され、合田は苦笑した。中山が頭取人事を耳にしていないとは思えなかった。

「わたしは五年も副頭取をやらせてもらいました。後任の西村（正雄）はわたしより遥かにパワーがあります」

「合田は〝新聞辞令〟を出されたこともある。一期でも頭取をやるべきだったな」

「あり得ません」

「そうなると次は吉田なのかね。黒澤（洋）が決めることで、僕が口出しすることではないが、順当なところだろうな」

吉田《よしだ》達夫《たつお》は平成四年六月二十六日付で常務から副頭取に昇格していた。

「おっしゃるとおり黒澤さんが決めることです」

「西村の副頭取昇進に異存はない。ただパワーがあり過ぎるのもどうなのかねぇ」

合田は、中山が西村とソリが合うほうではないと分かっていたので、急いで話題を変えた。

「東ソーの会長として人事を尽くします。化学業界の過当競争体質を少しでも緩和できればと願っています」

「立場立場があるからなぁ。興銀の副頭取として、合田の調整能力は評価されていたが、東ソーの利害を優先するのがきみの立場だろう。割り切ったほうが良いかも知れんよ」

化学業界に合田待望論めいたものがあるのは事実だった。

東ソーの前身の東洋曹達工業時代から同社の社長は興銀副総裁、副頭取などの〝天下り〟ポストだったが、現会長の山口敏明《やまぐちとしあき》は初の生え抜き社長だった。

山口会長は相談役に退くことがすでに決定している。合田は山口の後任になる。

「山口さんが社長に就任する前には、伊藤三良《いとうさぶろう》さんが東ソーの社長に擬せられたことがありましたねぇ」

伊藤は昭和五十三（一九七八）年六月に興銀常務からセントラル硝子副社長に転じ、翌年社長に就任する。

「そんなことがあったねぇ。あの時は中村（金夫）の副頭取時代で、東ソーの生え抜き組の登用に副総裁まで務めた二宮善基さんが与したんだったなぁ」

「はい」

「伊藤君が安倍晋太郎さんと西村を引き合わせたんだ。片や毎日新聞OBの大物政治家で首相候補、西村は常務だった。二人が異父兄弟だったことを承知していた伊藤の情報力は大したものだよ」

「その後、西村は安倍さんと大変親密な兄弟になったと聞いています。お母さんが立派な人だったのでしょう。安倍家に嫁いで一子成したあとで、実家の会社が倒産して、安倍家を追い出されたあと西村家に嫁いで一子成し、二人とも永い間兄弟とは知らなかったそうですから」

合田は緑茶を一杯飲んで退散した。その間中山は二本煙を燻らせた。

2

平成六（一九九四）年四月頃、豊田章一郎・トヨタ自動車会長の訪問を二、三度受けたことがあった。

豊田は五月二十七日に経団連の第八代会長に選出されることが決定していた。三河モンロー主義と称されたほどトヨタは東京の財界と距離を置いていたが、日本最大の企業のトップとして経団連会長職を受け入れることに方針転換した。

「副会長人事などでは中山さんのお知恵を借りる以外にありません」

「そんなことはないでしょう。副会長になりたがっている人は山ほどいます。あなたと気の合う人を選んだらよろしい」

「田舎者なので、なにも分かりません。ぜひとも中山さんにご指南していただきたいと存じます」

「僕は後継者を選ぶときに、なりたくないと言って逃げ回る正宗猪早夫を口説き落しました。ほんとうは副会長になりたがっている人よりも、なりたくない人のほうが人格、識見ともに立派な人がいるかも知れませんね。これは冗談ですが、豊田会長に頭を下げられたからには、お手伝いさせていただきましょうか。二、三日考えさせてください」

中山は二度目に豊田に面会した時に副会長適任者を推薦した。

「ありがとうございます」

「僕との相談は内緒ですよ。豊田さんご自身の意向ということで話したらよろしい」

複数の副会長人事はほぼ中山の眼に適った財界人で占められた。

中山は、興銀の特別顧問でありながら、興銀自身の問題に関与することはほとんどなかった。

しかし来客は引きも切らず、天下国家の視点でよろず相談役に徹した。

内閣総理大臣の細川護熙《ほそかわもりひろ》が面会を求めてきたのもこの頃だ。

細川内閣は平成五年八月九日に成立したが、翌六年に佐川急便からの借金問題が発覚し、細川は窮地に立たされていた。

中山は右翼の大物、四元義隆《よつもとよしたか》を同席させて細川に引導を渡した。

「細川さん、潔く降りたらよろしい。四元さんの意見も聞いたが、佐川急便とのつきあいは魔が差したというか、脇が甘すぎると指弾されても仕方無いと思います」

「ご忠告に従います。言い訳したいことは一杯ありますが」

「男を下げるだけのことですよ」

「おっしゃるとおりです」

細川内閣は四月二十八日に崩壊、二百六十三日の短命内閣に終わった。

ホテルオークラ会長の後藤達郎《ごとうたつろう》が中山を訪ねて来たのは平成七年五月下旬の昼下がりである。

挨拶のあとで、中山が用向きを訊いた。

「忙しい後藤さんがなにごとですか」

「秘書の方にお伝えしたとおり表敬訪問ですが、中山大先輩にお礼を申し上げたいと思いまして。実は六月に相談役に退くことになりました」

「取相ですか」

「いいえ。ただの相談役です。取相などになったら大先輩に叱られますよ」

後藤は一橋大学で中山の六年後輩だ。

「商社マンを卒業したあとでホテルマンを十五年もやらせてもらえたのは中山さんのお陰です」

「そんなになりますか。後藤君をオークラの社長に推した覚えはあるが、きみの評判が良いので気をよくしてますよ」

後藤は三井物産で副社長にまで昇進し、ホテルオークラに転じて、昭和五十六

（一九八一）年に社長になった。

「僕は森和夫さんには大変恩義があるんです」

森和夫は東洋水産の創業社長だ。

「国際大学の寄付の件ですね」

「そう。大口の寄付を毎年続けてくれている。後藤さんの口添えも与《あずか》っているんでしょうね」

「とんでもない」

「後藤さんは米国三井物産社長時代に森さんを支援したことがありましたね。この話をするのは二度目でしたか」

「森さんは本当に義理堅い人です。たった一回ニューヨークから電話しただけのことなんです。この話も二度目ですが」

昭和五十一年の暮れに、後藤はニューヨークから東洋水産社長の森に電話をかけた。

「ロスの工場は完成したのですか」

「いえ。工事が遅れているので来年三月頃になると思います」

「それにしてはテレビのコマーシャルを派手にやってますねぇ。マリア・アルバゲッティという美人歌手を使って、マルチャンラーメンのイメージコマーシャルを全米で流しています。僕はニューヨークのNBCテレビを見て、びっくりしました。もちろん森さんは承知してるんでしょう」

「とんでもない。初耳です。マルチャンINCの経営はジョージ・デラードというゼネラルマネージャーに任せてますが、工場が完成しないうちからCMでもありませんね」

「同感です。どこのスーパーへ行ってもまだマルチャンラーメンを置いてるところはありませんよ」

「CMを中止させます」

「テレビCMは広告会社なりテレビ局と契約してのことだから簡単に中止するわけにはいかないと思いますよ」

事実その通りだった。ジョージ・デラードはイタリア系アメリカ人だが、けれんのあり過ぎを森は心配しなくもなかった。

しかも、ゼネラルマネージャーは片手間で、音響機器のブローカーをしていることも判明した。後藤の電話がデラード更迭《こうてつ》の引き金になった。

その後、東洋水産グループはパーティや会議など社業のたびにオークラを使っていた。そのことに後藤は感謝していた。

後藤が湯呑み茶碗をセンターテーブルの茶托に戻した。

「やっと生え抜きの社長が誕生します」

「副社長の大崎《おおさき》磐夫《いわお》さんですね」

フルネームで憶えている中山に後藤は内心唸った。

3

日本興業銀行は平成八（一九九六）年六月二十七日付のトップ人事で副頭取の西村正雄が頭取に昇格、黒澤は代表権を持たない会長に就任した。

黒澤は頭取時代の六年間、常務、副頭取として完璧に輔佐してくれた西村の力量を評価し、後継者に指名したのだ。

黒澤は西村に「経営は全てきみに任せる」と言い切った。二頭政治の弊害を排除したのである。

しかし、池浦喜三郎は相談役になっても隠然たる勢力を保持していた。

たとえば興銀が主催する月例懇談会は経団連、日本商工会議所、経済同友会などの幹部が出席する大会議である。民間だけではなかった。日銀、開銀、輸銀などの総裁も出席していた。議長は興銀会長と決められていたが、池浦は相談役になっても議長を続け、月例懇談会を取り仕切った。

「議長は会長であるべきでしょう。池浦さんの議長は、はっきり言ってみっともないと思います。出席者の誰もがそう思ってますよ」

この話は渡邉雄司取締役が大物財界人の秘書役から聞いた。

渡邉はさっそく西村に伝えた。

「僕もおかしいと思っていた。黒澤さんに話したことがあるが、池浦さんはまだ会長のつもりなんだろう、やらせておいたらよろしいと笑っていた」

「しかし、クレームがついたとなりますと、放っておくわけにも参りません」

「池浦さんに引導を渡す役を僕にやれっていうことか。黒澤さんに言わせるわけにもいかんしなぁ」

「頭取の承諾が得られれば、わたくしが池浦さんに直接話してもかまいませんが。秘書役の間で、相当話題になっていることでもありますので」

「なるほど」

「頭取から池浦さんに話しますと、感情的になると思います。若造のわたしから話します」

「渡邉のもの言いはやわらかいから良いかも知れないな。僕と話したことは伏せておいたほうがいいよ」

「はい」

「池浦相談役が降りてくれたとして、黒澤会長が受けないということはないでしょうか」

「それはあり得ない。当然、自分の出番だと黒澤さんも思っているよ」

「会長には頭取から話していただけますか」

「もちろん。それより池浦さんに駄々をこねられるほうが心配だよ」

「いくらなんでも、それはあってはならないと思います」

「月例懇談会の権威を傷つけていることになるから、池浦さんも分かってくれるだろう。議長はもっと早く交代しなければいけなかったな」

渡邉は「大変僭越、失礼ながら申し上げます」と前置きしたうえで、自分の意見として池浦に具申した。

「わたしが議長をしてはいかんのか」

「議長は会長と決まっているのです」

「わたしのほうが黒澤よりマシと思うけどなぁ」

「出席者はそのように考えておりません。実はクレームがあったのです」

「ひと晩考えさせてくれ」

あくる日池浦は、渡邉を自室に呼んで飴玉を一粒手渡した。

「嘗めたまえ」

「いただきます」

池浦は自身も飴玉を口へ放り込んだ。

「黒澤じゃあ心もとないが、月例懇談会の議長を降りることにする」

「承りました」

余談になるが、池浦は相当以前から「出かけてくる」の一言で、月に一、二度行方をくらますことがあった。

むろん面会、会議などの日程を周到に調整して、時間をつくるのだ。

しかし、池浦は行き先、連絡先を秘書に明かさなかった。秘書室で話題にならぬ筈はない。

「国会図書館へでも行って、小難しい本でも読んでいるのでしょうか」

「だったらオープンにするでしょう」

「照れてるかもしれませんよ」

「池浦さんが照れるなんて考えられんよ」

「女性とデートでもしてるんでしょうか」

「ブル連隊長面で、それも考えにくいな」

結局、池浦の〝行方不明〟は解明されずじまいだった。専属の運転手が口をつぐんでいたからだ。

根掘り葉掘り問い糾せば池浦も打ち明けたかも知れないが、さしたることではないと渡邉は思い、上層部に伝えなかった。

池浦の行動は謎に包まれたままだったが、仕事に支障が生じることもなかったのだから、解明する必要はない。

のっぴきならない事柄とは思えなかったが、プライベートな何かがあったのだろう。

4

平成九（一九九七）年は第一勧銀の総会屋への利益供与事件など金融不祥事が吹き荒れた年でもある。興銀はこの年、行員の賞与カットに踏み切ることを決めた。西村はこの責任を痛感し、一年間年俸を返上する意向を示し、会長の黒澤も西村に従った。西村は翌年の一月上旬に黒澤に相談した。

「この際、相談役制度を廃止したいと考えたのですが、会長のご意見を聞かせてください」

「異議無しだ。相談役三人は多すぎる。池浦さんは取締役は外されたが、いろいろ口出ししてるんじゃないのかね」

「さほどのことはありません。正宗さんを落せば池浦さんも中村さんも従ってくれると思いますが」

「なるほど。上はどうする？」

黒澤が右手の人差し指を上に向けた。

会長、頭取の執務室は十一階だが、特別顧問室は十二階だ。

「相談役ではありませんから対象外でしょう」

「どうなの。鬱陶しい存在だとは思うが」

「それだけ存在感があるっていうことでしょう」

「人事でちょっかいを出すことは、さすがにもうなくなったかねぇ」

「もちろんです」

西村は黒澤と話した直後、正宗に会った。

話を聞いて、正宗は腕組みして天井を仰いだ。一分ほどで西村を笑顔でとらえた。

「理屈のうえで相談役制度廃止を唱える主張もあるが、わたしはそれには賛成できない。しかし、今きみが言うように、いったん決めた行員の賞与をカットするという、かつてなかったことをやり、行員に犠牲を強いる一方で、役員報酬を大幅にカットして相談役制度も廃止するということなら、非常によく理解できる。わたしは興流会に部屋があるので、直ぐにこの部屋から出て行ってもよい。毎日来ることもなかろうから、机も要らないよ。ついでにわたし名義のゴルフの会員権も全部返上しよう」

興流会とは興銀のOB会で正宗は会長だ。

「ありがとうございます」

「池浦は四の五の言うかもなぁ。尾上縫事件で割りを食ったと未だに中山さんを恨んでるらしいじゃないか」

「池浦さんが興銀の国際化に向けて、もてるパワーを発揮したことは事実です。しかし、相談役制度の廃止は、興銀マンのモチベーションを上げる為にも必要不可欠かと存じます」

「そのとおりだ。なんなら僕も加勢しようか」

「お任せください」

西村は、正宗は話が分かるとの思いを強くした。

池浦は憮然とした顔で西村の話を聞いていたが、二分ほど返事をしなかった。

「なにとぞご理解賜りたいと存じます」

「わたし独りが辞めないとも言えんだろうなぁ」

「ありがとうございます」

「日付はいつなんだ」

「四月一日付でいかがでしょうか」

「いいだろう」

中村は「分かった」のひと言でおしまいだった。正宗、池浦が承諾しているのだから、覆せるわけがない。

5

西村が中山と会ったのは二月二十四日の午後三時過ぎだ。

「四月一日付で相談役制度を廃止することにつきまして御三方とも了解してくださいました。しかしながら中山特別顧問は相談役ではございませんので、是非ともこのままいらしていただきたいと存じます」

「そうもいかんな」

怒気を含んだ中山の声に、西村は小首をかしげた。

「どういうことでしょうか」

「どうもこうもない。きみは……」

中山がピストル状の右手を西村の胸板に突き出した。

「特別顧問の立場をわきまえておらん。まず僕に相談するのが筋と思うが」

「黒澤会長と相談しました。特別顧問は別格だと……」

「だったら正宗に話す前に、僕の意見を聞くべきなんじゃないのかね」

「失礼しました。おっしゃるとおりかも知れません」

「僕だけが残るわけには参らん」

「繰り返しますが、特別顧問は相談役ではありません」

「ごね得になってしまう。あす中に私物をまとめてこの部屋を出て行く」

「……」

「初めに僕に話があったとしても居座るつもりは無かった。三月末で特別顧問を辞するのは当然とも思う。しかし、最後にやってきて、別格だと言われるのは筋が通らん」

「その点は幾重にもお詫びします。中山特別顧問には、まだまだ相談にのっていただくことがあります」

「取って付けたみたいなことを言われても困る」

「……」

「今から片づけものをする。出て行ってくれたまえ」

西村は這々の体で退散するしかなかった。

怒り心頭に発した中山がBST取締役に就任していた高井重亮に電話をかけてきた。

「僕、興銀をクビになったので、高井さんの秘書にでも使ってもらえませんか」

「なにをおっしゃいますか。冗談にもほどがありますよ」

「いや、ほんとうなの。あした興銀から出て行きます。実は相談役制度が廃止されることになったの……」

中山は西村とのやりとりを高井に明かした。

「もうすぐ九十二歳になる中山さんが、その程度のことで、そんなに頭に血をのぼらせるのはおかしいですよ」

「西村のほうが間違って無いと思うの」

「思います」

「ふうーん。僕の気持ちが分かってもらえないとは残念です」

「少なくとも今日の明日は無いですよ。感情論が過ぎると思います」

「しかし、いずれにしても辞めざるを得ないでしょう」

「そっぺいさんは別格だと思いますけどねぇ。西村さんの胸中は察して余りあります。撤回したらいかがですか」

「そんな莫迦な。一度言い出したことを引っ込めるなんて、みっともないことは断じてできません。とにかく、〝さらば興銀、さらば特別顧問室〟を通しますよ」

「荷物はどこへ運ぶんですか」

「六本木の国際大学の事務所に僕の部屋があります。たいした荷物でもないから問題ないですよ。そのうち国際大学の事務所で世の行くすえについて、ゆっくり話しましょう」

中山はがちゃんと電話を切った。

翌二十五日朝、中山は小型トラックで私物の一切合切を六本木の事務所へ運び込んだ。

西村から高井に電話がかかってきたのは同日午前九時半だ。

「中山素平さんから何か聞いてますか」

「はい。昨日電話で明日、つまりきょう出て行くと言われました。一晩考えれば変わるんじゃないかと思わないでもなかったのですが」

「わたしも期待したのですが、いましがた出て行かれました」

「九十二歳にしては血の気が多いというか、信じられませんよねぇ。わたしは撤回したらどうかと宥めたのですが」

「最初に話さなかったのがお気に召さなかったようです」

「初めに話しても結果は同じですよ。この点については西村頭取に落ち度はないと思います」

「どうも。中山さんの興銀の立場は四月一日付で名誉顧問ということでお願いするつもりです」

「それでよろしいんじゃないですか。近日中にご機嫌伺いに行ってきます」

「高井さんによろしくお伝えくださいってお願いするのも、なんだか変ですね」

「おっしゃるとおりです。それにしても、そっぺいさんは凄い人ですよ。あの高齢でまだ枯れた感じが無い。生涯現役のつもりなんじゃないですか」

6

高井が国際大学特別顧問の中山に会ったのは三月十八日午後一時だが、中山は嬉しそうに「初めまして」と冗談を言った。

高井も負けずにBST取締役の名刺を出した。

「きょうはいろいろ取材させてもらいます」

「逆でしょう。ここにいると情報不足になるので、取材するのは僕のほうですよ」

「中山さんが相も変らず千客万来なのは取材済みです。きょうも一時間だけと秘書さんに言われてます」

「一時間も話すことがあるかなぁ」

「失礼します」

煙草に火を付けたのは高井のほうがほんの少し早かった。

「バブルが崩壊して七年経ちますが、日本はこのまま傾いて行くんでしょうか。終身雇用が否定される、日本式経営が非難される時代になっています。中山さんのご意見を聞かせてください」

「米国式の株式会社は株主利益が第一というのが基準になっている。しかし僕は米国式に与しない。経営者とは株主だけではなく、従業員、顧客、当該企業が存在する地域社会、さらには日本社会など全部に責任があると思う。終身雇用を否定するのはいかがなものかとも思います」

「銀行が公的資金の投入で、利益を最優先するあまり、リスクを冒さなくなるとべンチャー企業が育たなくなる懸念が生じますが」

中山はぴしっとした姿勢を崩さず、表情も引き締めた。

「融資で産業を育成するのが銀行の役目なのに、不良債権や経営責任問題で、すっかり萎縮している。自己資本比率を上げる為に債権を圧縮するのは順序が違います。自己資本比率はあくまで経営指標の一つで、目的ではありません」

中山は煙草を灰皿に置いてコーヒーを飲み、間を取った。

「よく、公的資金を使うのならば、責任をはっきりしろというが、税金を使うからこそ、そのお金を生かすことを考えるべきなんです。昔、山一への日銀特融の時、田中角栄蔵相は公的資金を使うのに無制限と言いました。一見無責任な話ですが、これで資金が生きたんです。大銀行には社会的責任がある。貸し渋りなどもってのほかです」

高井が煙草の煙を吐き出した。

「わたしは終身雇用は良い制度だと思ってるんですが」

「米国のように簡単にレイオフ（一時帰休）させる手法には賛成しません。人間が大事なんです。アメリカ人に訊いても、職を失うのは一番の打撃だという。日本企業も今後、契約制が増えるかもしれないが、契約社員だけでは企業文化や個性は維持できません。優秀な社員を定年まで残す方策を考える必要があります。日本的な良さを新しい経営形態に合せて生かすべきです」

「どうすれば活力が戻り、何をなすべきなのでしょうか」

中山は二本目の煙草に火を付けて、上体を前に寄せた。

「全人口の八割が中産階級の意識を持ち、貧富の格差が小さいのは貴重な日本の財産です。これを守る方向で税制、社会保障などの政策転換が必要です。現在は明治維新、第二次大戦後に続く第三の変革期であり、政策を誤った政策不況に循環的な不況などが重なった複合不況です。これを乗り切るには優れた危機管理能力が求められる。難関に直面したときは決断が重要です。決断の先送りが不況を長引かせたと思います」

中山は中腰になった。

「トイレに行ってきます」

高井は中山が退出している間に、急いでメモを取った。九十を超えた爺さんがこんなにしっかりしているとは驚異的だと思いながら。

応接室に戻った中山が「この歳になると、時々これを忘れるんです」とズボンのファスナーを上げる仕種をして、高井を笑わせた。

「それとねぇ、この頃、リビングから書斎に移動して、何をしにきたのか忘れることがあるの。歳は取りたくないものです」

「そんなの、わたしはしょっちゅうです」

中山は唖然とした顔で高井を見つめた。

7

中山の知らない所で、日本興業銀行、富士銀行、第一勧業銀行の三行は統合へ向けて動き出していた。

平成十一（一九九九）年二月下旬から四月下旬にかけてのことだ。

八月上旬には基本的に持ち株会社方式による三行の対等統合で合意が得られた。

引き金を引いたのは西村正雄である。西村はまず杉田力之《すぎたかつゆき》第一勧業銀行頭取の意向を確認してから、五月六日夜に山本惠朗《やまもとよしろう》富士銀行頭取を交えた三人で会食した。場所は南麻布の〝有栖川清水《ありすがわしみず》〟の奥座敷だ。この夜、三行統合で基本的な合意が得られた。

銀行再編成は時代の要請によるものだが、三行統合は世界的にも例が無い。

西村は八月十九日午後一時五十分に永田町の柳澤事務所に柳澤伯夫《やなぎさわはくお》金融再生委員会委員長（国務大臣）を訪問し、柳澤と森昭治《もりしょうじ》事務局長と面談した。

西村の説明を聞き終えて、柳澤が笑顔で低頭した。

「西村さん、よくぞおやりくださった。金融再生委員長として心よりお礼申し上げます」

「委員長にお褒めいただいて、大変嬉しく思います。山本、杉田両頭取も頑張ってくださったので短期間にまとめることができました」

「九月にアメリカへ出張しますので、素晴らしい土産ができました。三行統合はわが国金融再編に大きなインパクトを与えることになると思います」

西村は柳澤事務所から興銀に戻るなり企画担当の渡邉雄司常務を頭取執務室に呼んだ。

「中山素平さんに三行統合のことを今日中に知らせる必要があると思う。ついては僕の名代をお願いしたいんだが」

「いけません。頭取が行くべきです」

「一年前のことがあるので、顔を合せたくないんだ」

「わだかまりを氷解させるチャンスじゃありませんか。ぜひ頭取がいらしてください」

渡邉は優しい口調ながら、ここは引けないとの思いを強くしていた。

「中山さんも頭取がいらっしゃれば喜んでくださると思います」

「いや、気が進まない。頼む」

手を合されたが、渡邉はなおもねばった。

「杉田頭取も山本頭取も大先輩には礼を尽くしているんじゃないでしょうか」

「あとでいろいろ言われるかも知れないが、とにかく頼む。これは命令だ」

渡邉は引き下がらざるを得なかった。


この日の夕刻、渡邉は国際大学事務所で中山に会った。

「西村頭取が一刻も早く中山顧問にお伝えしたいということで、わたくしが名代で参りました。実は一勧、富士との三行統合が決まりました。あす正式発表することになっています」

「四年ほど前に富士の橋本（徹）頭取から黒澤に合併話を持ちかけられたことがあったねぇ。継続審議にならず物別れに終ったが、三行統合だから富士も乗ってきたんだろう。西村は昨年十月に公的資金による資本注入の申請を真っ先にやったが、あの判断も見事だった。信用収縮に歯止めをかけ、株価も上昇した。三行統合は二行の対等合併よりベターかも知れんぞ。こういうことは西村しか出来ない。西村の決断力は評価されて然るべきだろうな」

渡邉は、中山の反応にホッとすると同時にさすがそっぺいさんは凄い人だとの思いを新たにした。

「証券で三社統合の例がある。新日本証券だが、三ツ本（常彦）のリーダーシップもあって上手くいったケースだと思う。ところで株式交換、会社分割合併の法的整備は大丈夫なのかね」

「小渕内閣は三行統合を歓迎してくれています。二〇〇二年には日本興業銀行名は無くなりますが、問題はありません」

「僕は長信銀のステータスを誇りにしていた口だが、長信銀の使命は終わったんだよ」

「西村頭取も全く同じ考え方で、三行統合へ向けて舵を切ったのです」

渡邉は一歩踏み込んで、〝中山素平ビジネスモデル〟から脱却し、〝西村正雄ビジネスモデル〟を立ち上げたのだと言いたいくらいだった。

「渡邉たちが苦労するのはこれからだろう。頑張ってもらいたい」

「はい。きょうは急に時間をお取りいただきまして、ほんとうにありがとうございました」

中山は時計を見ながら言った。

「もう少しいいかな」

「はい」

「黒澤はだいぶ悪いのか」

渡邉の柔和な表情が翳った。

黒澤は悪性腫瘍に全身を蝕まれ、抗癌剤や放射線の副作用で、頭髪が痛々しいほど薄くなっていた。

「無理をして出社しておられますが、相当きついんじゃないでしょうか」

「三行統合で西村を応援したい気持ちは分かるが、入院すべきだと思う」

「もちろん西村さんも入院を勧めていますが、ご本人は見かけほど悪くない、通院で十分だとおっしゃっています」

「黒澤は代表権を持たない会長で、経営執行権を西村に託していたのは良かったと思う。もっとも代表権を持ったのは池浦だけだな。僕も正宗も持たなかった」

「池浦さんのパワーは抜きん出ていたと思います。わけても海外進出の積極的な展開はご立派でした」

「池浦は一流の頭取だった。池浦が存命だったら三行統合をどう思ったろうか」

「評価してくださったと思います」

池浦は平成十年十一月九日、中村金夫も平成十一年二月二十一日に鬼籍入りしていた。

中山は、渡邉が帰ったあとで、先刻手渡された「第一勧業銀行、富士銀行との全面統合について」と題する西村の行員向けのメッセージに目を通した。

〝おわりに〟にはこうある。

興銀は、優れた人材と良き社風に恵まれ戦後の経済・産業の発展に貢献し社会評価も高い、我が国でも特別な存在の銀行としてやってまいりました。その興銀が自らの意思で統合により姿を消すことは、いかに時代の流れとはいえ一抹の寂しさを感じる方は、行員やＯＢに留まらずお取引先も含め大変多いと思います。然しながら、金融界を取り巻く厳しい環境や、再編成を巡る世界の大勢を冷静に考えれば、過去の栄光や制度の維持に拘《こだわ》り、孤高に徹して自ら限界を設けるより、思い切って発想を転換して世界の一流プレイヤーを目指す選択を行うべきであると固く信じております。

また、この統合で我が国を代表する国際的な一流プレイヤーとなることによって、本行が長年培ってきた事業金融やインベストメントバンキングといった面における特色や強みは、より輝きを増すものと確信しております。

もとより統合したからと言って直ちに世界の一流プレイヤーになれる訳ではありません。その可能性が生じただけで、これが実現するかは最大限の経営努力と行員一人一人のやる気にかかっていると言えます。三行の統合を順調に軌道に乗せるだけでも容易なことではありませんが、まずはそれなくして成功はあり得ません。

皆さんにお願いしたいのは、統合の基本精神に沿って、相互信頼と対等の精神を持って21世紀に飛翔する新しい銀行を創造するという不退転の決意をもって、この統合を一刻も早く軌道に乗せ、世界で勝ち続ける銀行を実現するために全力を尽くして頂きたいということです。同時にこのことが、我が国銀行の再生の第一歩であり、且つ我々がそのフロントランナーであるという歴史的な意義を有していることに誇りを持って下さい。行員の皆さんのご理解とご協力を心から期待致します。

8

興銀のOB会「興流会」が開催されたのは八月三十日午後三時で、場所は興銀ビル十五階の行員食堂だ。

西村は三行統合について一時間ほど報告、説明した。

西村のスピーチ終了後、「興銀マンよ謙虚たれ」という中山のメッセージが、あるOBから披露された。

中山は、興銀は都銀とは格が違うとの思いは興銀マンに共通していることを強く意識していた。尊大であってはならない。このことは三行統合に支障をきたすと危惧していたからこそ、あえてメッセージを発したのである。

四日後の九月三日午後二時に三頭取が大蔵省大臣室に宮澤喜一蔵相を表敬訪問した。

「中山老人はどう言ってましたか」

宮澤に訊かれた時、西村は俯き気味に応えた。

「非常に高く評価してくださいました」

「そうですか。柳澤君も喜んでいましたが、お三方よくぞ頑張ったとわたしも思います」

西村は、中山に直接話さなかったことを後悔していた。もしや宮澤が聞き及んでいるのではと気を回したのは、BSTの高井重亮から電話で罵倒されたことを思い出したからだ。

「西村頭取はそっぺいさんに会ってないんですってねぇ」

「高井さんは中山さんから聞いたんですか」

「わたしが根掘り葉掘りして聞き出したんです。お二人の仲がおかしくなっていると知ってますから。渡邉常務から報告させるなんて、どうかしてるんじゃないですか。九九パーセント、西村さんが間違ってますよ」

「弁解する余地はありませんね」

「仲違いを解消するチャンスだったのに」

「中山さん、そんな怒ってましたか」

「いや。よくやったと褒めてましたが、内心は西村さんから直接手柄話を聞きたかったんじゃないですか」

「渡邉からも注意されたんですが、そういう気持ちになれなくて」

「西村さんの意地っ張りも相当なもんですね」

「お願いします。吹聴しないでください」

「しますよ。今からでも遅くない。挨拶に行ったらどうですか」

「分かりました」

西村は不承不承うなずいた。

第十二章　大統合の行方

1

西村正雄が国際大学東京事務所に中山素平を訪問したのは、平成十一（一九九九）年十二月二十一日午前十時のことだ。

「忙しいのによく来てくれたねぇ」

「渡邉雄司君を使いに出したりして申し訳ありませんでした」

「そんなことはない。僕なんかにかまけていられないほど西村の超多忙ぶりは承知している。気を遣ってもらい感謝してるよ」

「恐れ入ります」

二人は特別顧問応接室で、〝みずほフィナンシャルグループ〟のネーミングの決定などについて一時間ほど対話した。

中山の口調には皮肉なニュアンスが漂っており、西村も西村で中山を強く見返すほど気概に満ちていた。だが、二十分ほどの雑談で打ち解けたから不思議だった。

「西村は手紙魔とは聞いてたが、高井重亮君や酒田真君にまで書いているらしいねえ」

「はい。お二人共仲良くさせてもらってます。名誉顧問はいかがですか」

「高井君とは友達づきあいをしている。面倒見の良さは抜群だし、情報力、判断力の凄さは取材しているからだろうな。酒田君は話にならん。高井君から会ってもらいたいと二度も言われたが、断った。論外、問題外だ。人を叩くことを仕事にしているような男を高井君がなんであんなに応援しているのかねぇ」

西村は苦笑するしかなかった。

宴席で酒が入ると、芸者や仲居とマイクの前に立って〝昭和枯れすゝき〟や〝湯の町エレジー〟を唄う〝激辛評論家〟の顔を眼に浮かべていた。

平成十三年四月二十六日に発足した小泉純一郎内閣に竹中平蔵が経済財政政策担当大臣で入閣した時、酒田が郵政民営化を予感し、テレビ番組で賛成したことがあった。

西村はぴしゃりと手紙で反論した。

『貴兄の考え方には反対です。民営化とは名ばかりで実質的には巨大な国営銀行と保険会社が誕生し、民業圧迫になり、地方銀行などが生存の危機に瀕することが目に見えているからです』

安倍晋三自民党幹事長時代にも、酒田に宛てて『安倍晋三に関しても、かねがね「直言する人を大事にしろ」と言っておりますので、厳しく批判して頂きたいと存じます。私にまで「次期総理確実ですね」などとお世辞を言う人もおりますが、その都度「未だ十年早い」と答えています。小泉離れとネオコン的体質からの脱皮が総理になる条件です』と書いた。

また、西村は安倍本人に『①重鎮内閣であるべきだ②靖国神社参拝など過度なナショナリズムに陥ってはならない③竹中平蔵のような市場原理主義者で強欲な人は絶対に切るべきだ』との趣旨による長文の手紙を送り付けてもいる。

西村は姻戚関係にあるウシオ電機創業者の牛尾治朗とは議論をする仲だが、新資本主義に関する考え方は意見を異にしていた。一方で、牛尾は終始、安倍を支援し続けた。

安倍晋三が叔父の西村をけむたがり、牛尾をブレーン扱いしたのも首肯できる。

中山が二本目の煙草を咥えて話題を変えた。

「石原宏高《いしはらひろたか》君の結婚式の時はきみが仲人だったねぇ」

「石原慎太郎さんは湘南高校時代の同級生です。頼まれたら断れません。名誉顧問は主賓でしたねぇ。名スピーチでした」

西村の口吻が微妙に変化した。

高井重亮から〝『西村がまた知ったかぶりをしてねぇ』などとそっぺいさんが話してましたよ〟と聞き及んでいたからだ。

当時、石原宏高は日本興業銀行の行員だった。ホテルオークラ平安の間に約千人が招待された。約九百五十人は石原家側だった。

「慎太郎君が議員になった時、何かしてあげたの」

「はい。囲む会を年一度やってました。幹事はセコム創業者の飯田亮《いいだまこと》君にお願いしました」

二人の会話はあまり弾まなかった。

中山は三本目の煙草を咥えて唐突に言った。

「僕が〝角さん〟と懇意なことは知る人ぞ知るだが、土地の問題ではちょっと違う面もあったんだ。軽井沢の土地を巡って『土地土地って言いなさんな。度が過ぎるにもほどがあります』って大きな声を出したことを覚えてるよ」

中山は高井には話していたが、西村は首を傾げた。伝わっていなかったのだ。

本題に入ってから中山が訊いた。

「システムはどうなるの」

「きょうの夕刻トップ会談で決めますが、基幹部門の勘定系システムのコア部門は一勧のシステムの採用で合意できると思います。あす二十二日三時から記者会見しますので、揉める時間もありません」

「なるほど。一勧システムをサポートするベンダーは富士通だったねぇ。富士通を温存するのは結構なことだが、IBMの富士銀行が簡単に譲歩するんだろうか」

「富士はIBMの優位性を強調していますが、興銀のシステム部門はさしたる格差は無いと見ています。富士が譲歩しなければ三行統合を揺るがすことになるので、なんとか譲歩を引き出せるのではないでしょうか」

「システム以外にも難しい問題はたくさんあると思うが、興銀の調停機能は期待していいだろう。西村のリーダーシップは絶大なので心配していない。頑張ってください」

中山はソファーから起ち上がり西村の左肩に右手を置いた。

2

この日のトップ会談は大手町の富士銀行本店頭取応接室で午後四時半から行なわれた。

システム問題は山本惠朗富士銀行頭取の譲歩によって一勧システムの採用で合意が得られたが、山本は会談後、小倉利之《おぐらとしゆき》副頭取らから強烈に突き上げられ、午後九時過ぎに杉田力之第一勧業銀行頭取に電話をかけた。

「システムについては、明日の発表から除外しましょう。部下に〝頭取の顔も見たくない〟などと言われて参っています。お察しください」

「三頭取で合意したんですよ。先送りを西村さんが納得してくれるでしょうか」

西村は午後十時過ぎに奥本洋三《おくもとようぞう》副頭取からの電話を自宅で受けた時、決然と言い放った。

「先送りはあり得ない。三行統合が崩壊していいのか」

「山本頭取は、西村頭取と今から会いたいとか、なんなら電話で話したいとか言ってるそうです」

「僕はそんな気になれない。〝西村とは連絡が取れない〟で突き放せ。システム問題でこれ以上の技術論争をやったらドロ沼に落ちてしまう」

「しかし、富士の〝民族感情〟は相当激しいようです。思い余って杉田頭取に電話して、先送りを……」

「駄目なものは駄目だ。システム統合のキーワードは、Ｋｉｌｌ Ｓｙｓｔｅｍｓ、システムを捨てることだ。勘定系コア部分では富士のシステムを捨てることにトップ会談で決定したんだ。先送りはあり得ない」

西村は微動だにしなかった。

山本は決断せざるを得なかった。二十二日の早朝「ITシステムで迷路に入れば三行統合が揺らぐ。勘定系コアシステムは一勘方式を受け容れよう」と断を下した。


十二月二十二日午後零時四十分頃NHK総合テレビを見ていて、中山は思わず「ふうーん」と唸り声を発していた。

みずほフィナンシャルグループの名称決定をスクープしていたからだ。

この日午後三時から三頭取の記者会見があると聞いていたので、せっかくの発表に水を差されたなと中山が思うのも当然だった。

さらに、二十三日付朝刊の朝日新聞で〝「コメ銀行」脱却できるか〟の記事を読んで、中山は不快感を抑えるのに苦労した。


二〇〇〇年、日本に誕生する世界最大級の金融グループの名前が「みずほ」に決まった。

瑞穂《みずほ》とはイネの実り、主食のコメである。

「日本の銀行はコメと同じ」という指摘があった。日本のコメは、国際市場で競争力はない。銀行に限らず、閉鎖市場・日本で生きてきた産業の象徴でもある。

その「コメ銀行」が、世界で始まった金融革命に乗り遅れまいと動き出し、その先頭を切ったのが、「三行統合」だった。

「コメ銀行」の特徴は経営者へのチェックが働かないことだ。「みずほ」を統括する持ち株会社の代表取締役には、三行の頭取・副頭取が横滑りし、興銀の西村頭取と富士の山本頭取は会長、第一勧銀の杉田頭取は社長になる。有能な人たちだが、護送船団の時代に活躍し、経営失敗の一端を担った人たちだ。

（中略）

その経営者が従業員にリストラを迫り、世界に通用する新銀行をつくろうとしている。経営者の正当性と適格性は、だれが判断したのか。

3

翌二十四日午前十時頃、ＢＳＴ取締役の高井重亮が国際大学東京事務所に中山を訪ねてきた。

むろん朝八時の電話で中山から呼び出しがかかったのだ。

応接室で、煙草に火をつけながら中山が切り出した。

「〝「コメ銀行」脱却できるか〟読みましたか」

「きのうの朝日でしょう。読みましたよ。厭味な記事ですね。西村さんがおかんむりなのも分かりますよ」

「西村と会ったんですか」

「いや。電話で話しました」

高井は咥えたばかりの煙草を左手に移して続けた。

「西村さんから三頭取の記者会見をぜひ見に来て欲しいって言われてたんです。取材する立場ではありませんが、世紀の記者会見ですから時間があったので、内幸町の第一勧銀の大講堂へ行って来ました。『かつては公的資金をもらったら経営者が首を差し出すという原則があったと思う』などととんちんかんな質問を件《くだん》の記者はしてましたが、西村さんが『税金と公的資金を混同してるんじゃないか』と言い返してました」

西村は肚に据えかねたのか、質問中両手をズボンのポケットに捩じ込んで終始記者を睨みつけていた。そして『税金であればもらい放しだが、われわれは資本注入を受けているけれども、多くが劣後債なので高い金利を払い、きちっと返済する。今度の統合によって優先株も含めて公的資金の返済を前倒しでやる方針だ』という趣旨の発言もした。

「杉田さんは、『しっかりした金融機関をつくっていくのが私の責務である。適格性を欠いているとはいささかも思っていない』と言い切ってました」

高井が咥え直した煙草に火をつけた。

「山本さんは『この三年間先頭に立ってやってきて結果も出した。早く代われという意見に対しては、経営者は後継者を育てる責任があり、抜かりなくやっている』と話してましたが、三頭取は頑張ってきましたから、晴れの舞台でケチをつけられれば怒り心頭に発しますよ」

中山が短くなった煙草を灰皿に捨てた。

「西村の電話は〝コメ銀行〟と書かれたことと無関係ではなかったのですね」

「はい。あんなのが許されるのだろうかっていまだに頭に血を上らせてますよ。恨み骨髄に徹し、相当根に持ったと思います。山本さんも杉田さんも然りでしょう」

「BSTのテレビニュースを見ましたが、総じて三行統合を評価してくれてましたねぇ」

「当然です。ネーミングにしても、システムにしても、短期間によくぞまとめたと思います。なんだかんだ言っても、西村さんのリーダーシップに負う所が大きいんじゃないでしょうか」

中山は深くうなずいた。

「西村はパワーがあるからねぇ」

奥本洋三副頭取と渡邉雄司企画担当常務は共に西村の参謀として三行統合に向けて人事を尽くした。もう一人、総合企画部副部長の小崎哲資の存在も忘れてはならない。興銀総合企画部には副部長が二人いる。小崎と同期の佐藤康博が行内を眼配りしてくれたお陰で、小崎は渉外力を発揮することが出来た。佐藤はのちにみずほフィナンシャルグループ社長になる。

「すべてはこれからだが、三頭取が道筋をつけたので、案外スピードアップされて諸問題が解決されるような気がする。西村は命懸けで三行統合に取り組んでいるようだが、年齢的にも最後の大仕事だと認識しているからでしょう。統合が軌道に乗るのを見届けたら、身を引くんじゃないかな」

「山本さんにしてもそうでしょう。一世代若い杉田さんが持株会社の社長になったのはその伏線で、杉田さんは相当期間任務を遂行せざるを得ないと思います」

「高井さんは客観視できる立場なんだから、興銀、西村を贔屓《ひいき》しないで、いろいろ直言してください」

中山は笑顔を絶やさなかった。西村の来訪がよほど嬉しかったに相違ないと高井は思ったものだ。

4

年が明けた平成十二（二〇〇〇）年一月二日の夜、黒澤洋興銀前会長が急逝した。享年七十三。

平成十年十一月九日に池浦喜三郎が逝去（享年八十二）してから、わずか一年二カ月ほどの間に、興銀の元頭取四人が幽明境を異にした。黒澤の訃報に接した時、中山は言い知れぬ寂寥感にとらわれ、終日自宅マンションでぼんやりしていた。やたら煙草ばかりふかして、過ぎ去りし日々のあれこれを回想していた。

まだ興銀の特別顧問時代で、頭取は黒澤だった平成七年夏頃のことだ。三和銀行会長の渡邉滉《わたなべひろし》が中山を訪ねて来た。

「時代は銀行再編成を求めていると思うんです。興銀さんと三和が合併すれば相互補完作用が非常に働くんじゃないでしょうか。三和はリテールに強いですし、関西に強力な基盤を持っています。興銀さんと三和の組み合せ以上のものがあるとは考えられません」

「検討するに値する大きなテーマですね。黒澤に話しておきますよ」

中山は黒澤に渡邉の話を伝え、「三和との提携を前向きに考えたらどうか」と話したが、西村副頭取を含めた上層部の拒絶反応のほうが強く、三和側と交渉のテーブルに着くことはなかった。

また、興銀―三和―さくらの組み合せが最強、最良と提案してきたシンクタンクが存在し、中山は一考に値すると思ったが、この時は出しゃばらずに静観した。

前後して富士銀行の橋本徹頭取が黒澤に興銀との提携話を持ち込んできたが、これを潰したのは中山だ。黒澤や西村たち執行部が乗り気でないと見て取って中山は動いたのだ。

黒澤は逝去する約七カ月前の平成十一年六月八日にフィラデルフィアで開催された国際金融会議（ＩＭＣ）のチェアマンを務めた。日本でＩＭＣのチェアマンの栄誉を担ったのは柏木雄介（元東京銀行頭取）と黒澤の二人だけだ。

ＩＭＣ大会後のディナーパーティで、黒澤はフィラデルフィア管弦楽団のコンダクターから記念品のタクトを贈呈された。

その時のスピーチが受けに受けたことを中山は人伝てに聞いていた。

「大学を卒業した時、わたしには三つの選択肢がありました。第一はオペラ歌手、第二は相撲レスラー、第三はバンカーです。第三の道を選びましたが、この選択が正しかったかどうか自信がなかったのですが今日、正解であったことを確認しました。今夜ほどバンカーになって嬉しかったことはありません」

修羅場に強いとは思えないが、黒澤ほど幸福なバンカー生活を送った者はいないかも知れない、と中山は思いながら、再び煙草に火をつけた。

常務だった村山宏之が仕事で突出し過ぎ、一部で不興を買ったことがあった。この時、村山の不動産絡みの取引をめぐって警察沙汰もあり得ると大仰に中山に伝えてきた全国紙の社会部記者が存在した。中山はこの話を高井にし、「高井さんから黒澤に伝えてください。黒澤の腕の見せどころだと僕が言っていたと話していいですよ」と付け加えた。

高井から話を聞いた黒澤は「厭味な爺さんだ」と珍しく激越な口調で言い、怒りを露《あらわ》にした。

黒澤は西村副頭取と相談した。

「為にする風聞のような気がしないでもありませんが。村山は若い頃から英語が得意で馬力もありましたので、池浦さんに可愛がられていました。ただ万一のことも考えられますから、常務は外して、興銀グループ内の然るべきポストを探しましょうかねぇ」

西村は村山常務を庇った。

「人事を含めてきみに任せる。確かにまだ使える男だとは僕も思う」

西村は村山を退任させたが、興銀グループ内に留め、常務並みの扱いで遇した。西村の期待に違わず村山は仕事をした。また、警察沙汰も杞憂に終った。

黒澤が言い放った「厭味な爺さんだ」は中山にも聞こえてきた。ひきつった黒澤の表情が眼底に焼き付けられて、高井は中山に話さずにはいられなかったのだ。

「黒澤がそんなに厭な顔をしていましたか。僕は興銀本体から縄付きが出ることもあり得ると心配したんです。結果的に考え過ぎだったかも知れない」

中山は往時を思い出して「厭味な爺さんねぇ」と独りごちて、煙草を灰皿に捨てた。

黒澤に関する思い出は尽きない。黒澤自身から聞いた話だが、西村に後事を託した時、会長に就かずに相談役になるつもりだったという。

「経営の二元化は避けるべきだ。きみがやりにくいと思えば僕は会長にならなくてもけっこうだ。そのほうが良いんじゃないか」

「黒澤さんの国際的な名声と人脈は興銀の大きな財産です。その面でわたしをサポートしていただきたいと願っています」

「それでは代表権を持たず常務会にも出席しないことを条件に引き受けるが、経営や人事など全てきみに任せる。僕が口出しすることはあり得ないので、そのつもりで頼む」

黒澤と西村のやりとりはこんなふうだった。

〝尾上縫事件〟の時、中村金夫会長と黒澤洋頭取の辞任を主張した正宗猪早夫に与せず、中山は池浦取締役と中村の辞任で押し切った。いまにして思うと結果オーライだった。

一月七日金曜日の朝九時に、中山は渡邉雄司に電話をかけた。

「黒澤が亡くなって淋しくなったねぇ。忙しいとは思うが、一時頃にでも三十分ほど話しにきてもらえるとありがたいんだが」

「分かりました。一時にお伺いします」

渡邉は仲間内で昼食の約束をしていたが、キャンセルした。

「黒澤はクリスチャンだから、葬儀は教会だったんでしょう。いつ、どこの教会で」

「わたしは出席しておりません。ご本人の遺志で質素に内輪でということでしたものですから。五日水曜日の正午から日本基督教団代田教会で執り行われましたが、興銀で献花したのは西村頭取、喜多野《きたの》利和《としかず》秘書役、島津《しまづ》孝一《こういち》国際融資部長、佐藤康博総合企画部長、湯川《ゆかわ》則之《のりゆき》会長秘書、荒木諭子秘書の六人だけでした。喜多野と佐藤は黒澤頭取時代に秘書をしてました。あとはご親族とご友人で二十人ぐらいの出席者だったと西村頭取から伺いました」

「西村はさぞや気を落としていることだろうな」

「はい。この数日よく眠れなかったとおっしゃってました。行員向けの年頭の挨拶を元旦に書くのが通例ですが、虫が知らせたのかそういう気になれず、葬儀の後、五日の夜書いたそうです」

「黒澤が存在するだけで、西村は助けられたと思う。後ろ盾を失って、茫然自失するのは当然だろうねぇ」

「そんな中で、これだけ内容を伴った年頭挨拶をお書きになったのですから、凄い方ですよ」

渡邉はプリントを中山に手渡した。

中山はすぐに走り読みした。しめくくりの個所は特に印象深かった。


戦後の日本が失った最大のものは、自らの歴史と文化に対する誇りであると思います。

サッチャー改革やレーガン改革は、究極のところアングロ・サクソンの伝統的な価値観とアイデンティティに支えられていたがゆえに成功したと言われております。ボーダレス化やグローバル化が急速に進みつつある中で、我々がグローバルなマネーセンターバンクとして再生するためには、ただ表面的に欧米の模倣をするのではなく、大きな使命感と歴史認識をもって、「活力に溢れる日本」というものへの可能性への地に足のついた自負こそが必要ではないかと思います。そういう意味で私は「みずほ」という名称は十分に世界に通用する誇るべきブランドになると信じております。

5

平成十四（二〇〇二）年三月二十六日の午後二時頃、国際大学東京事務所で中山は西村の訪問を受けた。

四方山話のあとで西村が居ずまいを正した。

「三月三十一日付で、杉田さん、山本さんとわたしの三人はみずほホールディングスの特別顧問に退くことになりました。そのご挨拶で参上した次第です」

「四月一日にみずほコーポレート銀行とみずほ銀行が発足することは承知しているが、きみはみずほの道筋をつけたら辞めるって公言してたからねぇ。本当によく頑張った。頭が下がるよ。しかし若い杉田さんまで辞めるとは知らなかった」

「杉田さんは去年二月に胆管狭窄《きようさく》で七十五日間入院されたこともあって、体力的に自信がないということです。わたしは今年のフェーズ2でも、杉田さんがホールディングスの社長を続けるべきだと考えていたのですが、病気でシナリオが狂ってしまいました」

フェーズ1は平成十二（二〇〇〇）年九月のみずほホールディングス（HD）の発足、そしてフェーズ2は平成十四年四月のみずほコーポレート銀行（CB）、みずほ銀行（BK）の設立とされていた。

「杉田さんは、HD社長に小倉、CB頭取に奥本、BK頭取に西之原《にしのはら》を強く推してました」

小倉利之は富士出身、奥本洋三は興銀出身、西之原敏州《としくに》は一勧出身で、共にみずほHD副社長である。

「西之原さんは三行統合問題の要である統合準備委員会（副頭取会）をサボタージュした人ですね」

「よくご存じですね」

「委員長代理の専務を出席させて何事もその場で決められず〝持ち帰り弁当〟と揶揄されたんでしたねぇ」

「中山さんにまで聞こえてましたか。わたしは西之原氏の態度の悪さが許せなくて、杉田案に強く反対したんです。お陰で奥本と池田《いけだ》輝《き》三郎《さぶろう》副頭取までが犠牲になりましたが、二人とも理解してくれました。西之原氏が大きな顔をして残ったとしたら、三行統合の行方が変な方向に進んでしまいますよ」

中山が吸いさしの煙草を灰皿にねじりつけて、小首を傾げた。

「そんなに人望が無くて、第一勧銀の副頭取にまで昇り詰めたのは解せないなぁ。それでトップ人事はどういうことになるの」

「HDは前田《まえだ》晃伸《てるのぶ》（富士）、CBは齋藤宏（興銀）、BKは工藤正《くどうただし》（一勧）です」

「前田ねぇ。会ったことはないが、昔新聞記者からまったく評価できないと聞いたことがある。癖があるのだろうか」

「山本さんも、少し疑問符をつけていました。しかし、渡邉雄司が副社長で支えてくれると思います。中山名誉顧問にご報告に参りましたのは、本日の夕刻東京會舘で興銀最後の役員懇談会が開催されるからなんです。四月一日で日本興業銀行百年の歴史に幕を引くことになります」

中山が咥え煙草に火をつけた。そして大きく吸い込んだ煙を吐き出した。

「ふうーん。一世紀ねぇ。感慨もひとしおだなぁ」

「わたしも感無量です。ずぼらでいい加減なうえに短気者のわたしが六年も興銀最後の頭取をなんとか続けられたのは、部下に恵まれたことと、黒澤会長が温かい眼で見守ってくださったからこそです」

「二年前に黒澤を失ったのは、辛かったろうねぇ。察して余りあるよ」

西村は一揖して話を続けた。

「今夜、役員懇談会で話すつもりですが、実は頭取に就任した年の夏に狭心症の症状が出たのです。病院でカテーテル検査をしましたが、入院して手術する可能性があると主治医から言われ、その覚悟もしていたのですけれど入院せずに済みました。心筋肥大による不整脈症状が常時あり、以後定期的に心電図検査と降圧剤を服用し、万一に備えてニトロも携帯しております」

「秘書役には話したんだろう」

「はい。秘密保持は完璧でした」

「よくぞ頭取の激職に耐えられたねぇ。そのうえ三行統合にも取り組んだ。ほんとうに頭が下がるよ」

中山は灰皿に煙草を置いて、両手を膝に乗せた。

「恐れ入ります」

「西村がここへ来てくれたのは二度目だが、お心遣いに感謝している。ありがとう」

「どういたしまして」

西村はきれいな笑顔を見せた。

翌日の夕刻、中山は渡邉雄司を呼び出した。

「昨日西村が来てくれてねぇ。役員懇談会の話が出たが、西村の最後のスピーチはどうだったの」

「実に感動的でした。目頭が熱くなりました」

「ニトロ常時携帯の話もしたのかな」

「はい。わたしは気づいていましたので、知らないふりを装うのに苦労しました。いつ倒れるか気が気ではありませんでした」

渡邉の眼が潤んでいる。中山も胸にこみあげてくるものを制しかねた。

中山は眼鏡を外して瞼を押えながら唐突に話題を変えた。

「西之原という人を降ろす為に、奥本とか池田とか優秀な人材を犠牲にしたのは不可解とは思わないのかね。西村の感情論が過ぎるような気がしないでもないが

……」

渡邉は身を乗り出して、中山の発言をさえぎった。

「西之原さんに対する感情論はわたしにもあります。奥本さん、池田さんも然りです。興銀全体を敵に回したとさえ申せます。このことは興銀だけではなく、富士の

反発も相当なものでした」

「持ち帰り弁当の話は聞いてるが、ただの見栄張りと考えれば、どうってことはないような気もするが」

「池田さんは若い頃から西之原さんと付き合いがあるそうですが、進んで抱き合い心中を買って出たくらいですから、西之原さんの排除は当然と思われます。結果的にみずほの若返りも可能になりました。西之原排除の効果は大きいと思います。ただ、奥本さんと池田さんには申し訳なかったと、西村頭取は昨夜のスピーチの中で話されました。断腸の思いだったと察せられます」

「老耄《おいぼれ》の僕がいらぬ心配をしても始まらんな。渡邉たちに頑張ってもらうしかないっていうことがよく分かった」

6

二日後、三月二十九日午後四時四十分。富士銀行本店十階の役員会議室で行われたみずほHD旧経営陣の最後の取締役会が終了した直後、山本惠朗富士銀行頭取が西村正雄日本興業銀行頭取と杉田力之第一勧業銀行頭取を呼び止めた。

「ちょっとお待ちください。重要なお話があります」

西村と杉田が顔を見合わせながら着席した。

「口座振替のＤＫＢ（第一勧業銀行）のデータが富士のほうに来てないことが分かりました。けさ、システム関係者を集めて打合せをした結果、富士としては内部コンティンジェンシー・プランを発動せざるを得ないと考えるに至りました」

西村は顔色を変えた。山本の険しい表情に事態の深刻さが窺える。

コンティンジェンシー・プランとは不測の事態に備えて立てる緊急対策のことだ。

未曾有のシステム障害の幕開けだった。

みずほ銀行のＩＴシステム心臓部門の勘定系コア部門は一勧系システムの採用で三頭取の合意が得られていた。

第一勧業銀行の統合準備委員会委員長は西之原敏州副頭取、同委員長代理は酒井《さかい》邦弥《くにや》専務。ＩＴシステム事務は常見《つねみ》泰夫《やすお》常務（主）、安部《あべ》修武《おさむ》常務（副）、竹中公一《たけなかこういち》情報システム企画室長、永良逸雄事務部長。

富士銀行の統合準備委員会委員長は小倉利之副頭取。ＩＴシステム事務は佐藤正昭専務（事務）、篠田《しのだ》紘明《ひろあき》常務（ＩＴシステム）、石坂文人《いしざかふみと》総合部長、杉田《すぎた》義明《よしあき》システム企画部長。

日本興業銀行の統合準備委員会委員長は奥本洋三副頭取。ＩＴシステム事務は鈴《すず》木《き》孝夫《たかお》常務、小林米三システム企画部長、大塚正幸事務管理部長。

いたことになる。

山本の言によれば、常見率いる一勧のシステム部門は致命的な判断ミスを冒して恐怖政治を敷く西之原副頭取怖さの余り、担当責任者たちは実態を報告できなかったのだ。

一勧システム部門は、一月から三月にかけて東京電力、東京ガスなど口座決済を委託する大企業、団体から引き落としが確認できる実際の顧客データのテストを再三再四求められていたのに、すべて拒否していた。力量不足を認識していたにも拘わらず一勧のシステム部門は、露呈を恐れていたことを意味する。東京ガスなどの要求に応じていれば大トラブルは回避できたに相違ない。

四月一日、みずほフィナンシャルグループは未曾有の大システム障害によって、開業初日から大混乱に陥った。

口座振替の手続きの遅延どころか、みずほ銀行のATMオンラインシステム障害まで起こり、デビットカード、コンビニATMなども含めたキャッシュカード取引の一部が取り扱い不能になり、現金が未払いにもかかわらず、通帳に引き落としで記載される支払い誤記が発生した。また、みずほ銀行とコーポレートで振込遅延、取立手形関係の遅延、外為事務処理の遅延などの多発に加えて、顧客の口座から二重引き落としの発生や内部勘定の一部に未整理が残存した。わけてもみずほ銀行全国七千台のＡＴＭの大半で統合前の他行のキャッシュカードが使用できないトラブルに見舞われたのは大きな痛手だった。

九日午後、衆議院財務金融委員会に参考人招致された前田晃伸みずほホールディングス社長が大失態を演じ、全国民レベルで大顰蹙を買うことになる。前田は質疑応答で「実害はなかった」と答弁したのだから度し難い。

日本経済新聞四月十日付朝刊によると質疑応答の内容は以下のとおりだ。

岩倉博文氏（自民）　問題の所在は。
前田社長　四カ月間、想定できるあらゆるテストをしたものの、現金の出し入れに障害が生じ、口座振替の処理残しも大量に発生した。顧客に迷惑をかけないと誓って作業したが、結果的に多大な迷惑をかけた。深くおわびする。
生方幸夫氏（民主）　八日にみずほの副社長が新たなトラブルはないと説明したが、再発した。
社長　八日のトラブルは人災に近い。全力でがんばるが、安定稼働まで一週間くらいかかる。企業などの金繰りがおかしくなったとの話は聞いていない。直接利用者に実害が出たということではなく、クレームが大量に来た。

生方氏　実害が出ていないという認識はおかしい。決済システムの信用を壊した自覚がない。
社長　実害がないというのはミスリードだった。二重引き落としが銀行の信用を落としたことは十分自覚している。私も預金残高がおかしいという事態は初めて。必死でがんばるのでご理解いただきたい。
生方氏　旧三行間の不協和音が原因か。
社長　運用やシミュレーションが下手だった。
生方氏　社長として責任をどう取るのか。
社長　私も一日に社長になったばかり。原因を調査して再発を防止し、責任については必要、適正なことをやらせていただきたい。

国会の質疑応答はテレビで実況中継され、夜のニュース番組で何度も報道されたので、前田発言の影響は凄まじく、みずほの行員たちの失望感、ダメージは測り知れないほど大きかった。

中山もテレビを見ていて、気が滅入った。

翌朝、十時過ぎに高井重亮と電話で話した時、中山は「責任問題に波及することはないのかしら」と訊いた。

「本人に辞める気は毛頭ありません。問題は当局がどう出るかですが、柳澤伯夫金融担当大臣は前田社長の首を取ることまでは考えてないみたいです」

「記者会見で、塩川さんは厳しい発言をしているけどねぇ」

二日午前の閣議後の記者会見で塩川正十郎財務相は「最近の銀行は緊張感に欠けている。ATMの故障なんてアホなこと、この文明社会であるかいな。気の緩んでいる証拠や。図体が大きくなっただけで、中身は空っぽのままとちゃうか」とボロクソに批判していた。

「庶務課長面した前田発言は論外ですが、皆んなで選んだ人を失言だけで強制的に辞めさせるわけにはいかんというのが当局なり大臣の考え方じゃないですか」

「システム障害は旧第一勧業銀行の西之原さんに問題があるやに聞いているが、高井さんはどう思いますか」

「西之原元凶説は否定できません。元を正せば旧第一系の人ですから、DKBではDのトップ。つまりKのトップの杉田頭取と同格だと言わんばかりのでかい態度を取り続けていた人です。なんのことはない。三行統合に非ずで四行統合みたいなものだったんです。杉田さんと西之原さんの一体感の乏しさは歴然としてましたものねぇ」

「富士のシステムを選択していればこんなことにならなかったと思いますか」

「思いますけど、一勧のシステムを選択したことが間違っていたわけではなく、テストや技術開発を怠った人たちに問題があったんです。西之原の恐怖政治に一番問題があったんじゃないですか」

「こういう言い方は適切とは思わないが、富士のシステムの優位性を強調してやまなかった人たちは溜飲を下げてるかも知れませんね」

「おっしゃるとおりだと思います。感情論としては当然でしょう。わたしが小倉元副頭取の立場だったら、ざまあみろって思う筈です。神ならぬ人間は愚かですから、しょうがないでしょう」

「挽回するのは大変だが、みずほがこの苦境を乗り切って、輝いてくれないことには死んでも死にきれませんよ」

「そっぺいさんらしいとも言えますが、気にしても仕方が無いと思うんです。みずほも落ちる所まで落ちればあとは上昇して行きますよ。気にするだけ莫迦げてます」

高井はことさらに突き放すようなもの言いだった。

7

六月下旬の某日午後、西村正雄は国際大学東京事務所に中山素平を訪問した。

「システム障害の責任を取るかたちで杉田、山本、私の旧CEOが特別顧問を辞任することになりました。きょうはそのご挨拶で参った次第です」

「大変だったなぁ。経営体制が変わって三頭取に責任はないように思えるが、前田さんから責任転嫁されたっていうことになるねぇ」

「われわれ三人は結果責任を取る覚悟はできていました。ただ、前田さんからひと言の挨拶もないのは不愉快です。そういう人を推したのはわれわれですから、不愉快もくそもありませんね」

「本来ならきみたち三人は統合の功労者だ。それなのに引責辞任とは、どうにも割り切れんよ」

「杉田さんが、『われわれはBC級戦犯なんですかねぇ』って嘆いてました。事故の原因等に関する調査結果の説明もなく全てを旧三CEOの責任とする報告書が金融庁に提出されました。報告責任者に対する怒りを込めて皮肉を言ったんでしょう。それと東京裁判でA級戦犯には弁護人がつけられましたが、BC級戦犯はろくに弁護人もつけられずに断罪されたことに喩えたわけです」

西村は冗談めかして話しているが、胸中はふつふつとたぎっていた。

「前田君で名誉挽回できるのかねぇ。かれに任せておくとみずほがこのまま沈んで行くような気がしないでもないが」

「周囲には人材が一杯います。必ず立ち直れます」

沈黙が流れ、中山はふいに話を変えた。

「西村は東ソーの山口敏明君のお別れ会に欠席したそうだねぇ。亡くなったのは二年前の一月三日だったが」

「はい。高井さんの依頼で日本記者クラブで開催されたお別れ会に出席しましたので。盛況でしたよ。もっとも、その後で東ソー社長の田代圓《たしろまどか》さんからさんざん厭味を言われましたが」

「両方の会に出席した高井君から聞いた。山口君は功罪いろいろあったが、功のほうが多いと思う。西村が田代さんから酒席でぼやかれたって、高井君はペロッと舌を出して、言ってたなぁ。〝別宅〟のほうの幹事役を買ってでたとも話してたよ」

「すべて事実です。高井さんは面倒見の良い人ですから」

「〝別宅〟のほうのお別れ会に出席した西村は立派だな」

中山が煙草を咥えたのを機に西村は本題に入った。

「引責辞任のご挨拶はついでみたいなもので、興流会の会長にわたしが就任してよろしいでしょうか。中山さんに承諾をいただく為に参上しました」

「もちろんOKだ。きみしかおらんだろう。もっと早く気がつかなければいけなかった」

「火事場騒ぎが続いてましたので。それでは興流会会長をありがたく受けさせていただきます」

「ご丁寧にどうも。辞任したといっても、西村に相談したい人は多いと思う。相談相手になってもらいたいな」

「はい。わたしにできることがあれば喜んでそうします」

中山は遠くを見る目で、しばしもの思いに耽った。

「特別顧問室を出て行ったときは、高井君に叱られてねぇ。九九パーセント僕が間違っていると言われたな」

西村が低頭した。

「三行統合ではその逆でした。高井さんに『中山さんと西村さんは似た者同士ですね。気が強いこと。国益、天下国家のことを常に考えており、価値観も共通している。それと友人を大事にする。特に中山さんは一橋人脈、西村さんは湘南高校人脈ですね』と言われたことがあります」

中山は「そうか。似た者同士ねぇ」と言って、西村と握手した。

「僕の手は冷たいが、きみの手は温かいなぁ。みずほは必ず浮上する。そう思わなければやりきれん」

中山は相好をくずした。西村も笑顔を返した。

（完）

あとがきに代えて

中山素平さんとの出会いなくして、今日の私はあり得ません。文庫化の為に拙著を再読して、私はしみじみとそう思わずにはいられませんでした。

面と向かって〝そっぺいさん〟と呼べる数少ない一人であることを自負し、自慢し、そして誇りにもしていますが、二十年以上に及ぶ交友関係の仲で、密度の濃い友達づきあいをして貰えたのですから、作家冥利に尽きると受け留めて当然でしょう。

私は四十年の作家生活で、何百人もの財界人、経営者を見つめ、取材してきましたが、中山さんほど傑出した人は見当たりませんでした。相応の立場ある人でも小粒に見えてしまうのですから、その大きさは計り知れません。

編集部の意向で、〝あとがき〟を書かざるを得なくなり、〝そっぺいさん〟に纏わる挿話を以下に引くことにします。

平成三（一九九一）年四月二十四日午後六時から、ホテルオークラの桃花林で会食したときのメンバーは中村金夫・日本興業銀行会長、山口敏明・東ソー社長を含めた四人。

手前味噌は百も承知です。拙著の中で最長編の『小説・日本興業銀行　第五部（講談社文庫版）』の刊行直後に「お祝いをしましょう」と〝そっぺいさん〟が言ってくださったのです。第五部の大半は加筆に依るので、私は喜んでお受けしました。その中で『新大協和石油化学の設立と東ソーとの合併まで』の章が含まれていました。中村さんと山口さんは主要な登場人物です。〝そっぺいさん〟ならではの心優しさ、心温まる気遣いにほかなりません。

話は盛り上がり弾みました。

「最後の第五部が一番面白かった。〝興銀大阪支店〟は僕の知らないことが沢山描かれていたので、びっくりもしました」

「興銀名古屋支店も書くべきでしょう。不公平ですよ、と広報部長に色をなして言い募られたのには、参りました」

「高杉さんはどう応じたの」

「池浦喜三郎さんに取材する気になれないし、紙幅がなかったでしたかね。本音は池浦さんへのゴマスリとしか思えませんですが、ぐっとこらえました」

「あなたにしては、よくぞ……」

よう。

私のしつっこい取材に辟易したことがあるとでも中山さんは言いたかったのでしほとんどは〝そっぺいさん〟と私の対話に終始しました。哄笑の渦は当然です。

「〝東ソーとの合併まで〟は面白かった。実によく取材していますね」

「山根通正常務はお見事でした。延べ十時間は話を聞きました」

「この席に山根さんもお誘いしたかったが、肝臓を悪くされたのでしたね」

「中山さんはそこまでご存じでしたか。さすがですね」

「僕も高杉さんと同じで知りたがり屋なの」

中村さんが待ってましたとばかり口を挟みました。

「残念ながら事実関係でちょっと違う箇所がありましたねぇ」

「はっきり言いましょう。ニュアンスの問題で白を黒、黒を白と書いた覚えはありません。事実関係の違いは言い過ぎです」

気色ばんだ私に、中村さんは口を噤み、それこそブル連隊長面の山口さんも下を向いていました。

すかさず話題を変えたのは、〝そっぺいさん〟ならではです。

「〝興銀大阪支店〟では、日高輝さんが喜んでましたねぇ。フィクションは一行も無いなどと真顔で言ってましたよ」

「日高さんには取材もしています。最も取材したのは三ツ本常彦さんで、お宅にも押しかけたことがあります」

「なるほど。そうでしたか。三ツ本は色々と苦労しているが、ざっくばらんでくだけた男だから、僕の知らないことも明かしてくれたんでしょう」

私は気になって時計を見ました。八時四十分。

「二次会をよろしいでしょうか。〝オーキッドバー〟で気分を変えたいのですが」

「今夜は高杉さんの命令に従いますよ」

「冗談にもほどがあります。お願いしているのです」

三人ともにやにやしていたが、快く応じてくださった。

むろん私には下心があったのです。週刊朝日デスクの永栄潔さんから八時に〝オーキッドバー〟で会いたいと言われていたのです。

わたしは図々しく〝オーキッドバー〟の入り口に近いボックスシートをブッキングしていました。

四人が腰を下ろし、ウィスキーの水割りを飲み始めてほどなく、永栄さんが現れ、「高杉さん」と声をかけられました。

「司馬遼太郎先生が見えています。ご紹介させてください」

「えっ！　司馬先生が……」

初耳でした。週刊朝日の竹内淳編集長を含めた何人かが、オーキッドで一杯やっているとばかり思い込んでいたので、びっくり仰天もいいところです。

私が腰を上げると、「私も是非」と中村さんが言い、山口さんもしたり顔で続いた。

一番奥のボックスシートに司馬さんと担当記者が向かい合っているのを目にしたものの、私はハッとして、振り返りました。〝そっぺいさん〟のほうが大切、大事なのは言わずもがなです。

司馬さんに黙礼しましたが、一瞥もくれませんでした。当然至極です。

途中で引き返してきた私を見上げた〝そっぺいさん〟は、ニコッと満面の笑みでした。笑顔の素晴らしさといったらない。私も嬉しくてなりませんでした。

〝そっぺいさん〟がグラスにウィスキーボトルを傾けてくれたとき、私はほんの少々手がふるえたことは確かです。

当時、私は週刊朝日に〝濁流〟を連載することが決まっていました。

〝そっぺいさん〟は午前八時ちょうどに拙宅に電話をかけてくることが何度もありました。「お昼をどうですか。相談したいことがあるの……」と言われたら、私が先約を断るのは仕方がないと思うのです。

ある時、執筆に夢中で一時間遅刻したことがありました。

「せっかちな高杉さんでも遅刻することがあるんですねぇ」

私は「ごめんなさい。申し訳ない」とひたすら頭を下げ続けましたが、中年の男性秘書の仕返しは強烈でした。

「中山特別顧問は千客万来です。入院中のロスを取り戻すために多忙を極めておりますので、当分の間、面会はご勘弁ください」と、つれない返事です。

秘書さんが一時間の遅刻を根に持っていると直感した私は、十日ほど我慢しましたが思い余って、朝八時に中山さんの自宅マンションに電話をかけました。

「退院されたと聞いてホッとしました」

「年寄りは肺炎に罹ったら、イチコロですから、入院したんですよ」

「心配でなりませんでした。秘書の方に二度電話したのですが」

「高杉さん、僕のことをほんとうに心配してくれたのですか」

「そりゃあそうです」

「ふぅーん。そうだったの」

翌日、秘書さんが異動しました。胸が痛みましたが、〝そっぺいさん〟の気持ちを尊重しようと割り切るしかありません。

「『金融腐蝕列島』がもの凄く売れたようですね」

「いつぞやの遅刻は、無我夢中でそれを書いていたからです」

「どのくらい売れたの？」

「十七万部です」

「それで城山三郎君の本が売れないいんだ。高杉さん、国際大学に寄付したまえ。個人は一口十万円です」

「十口百万円。三年間でよろしいですか」

「気前がいいですねぇ。ありがとうございます」

「〝そっぺいさん〟にお辞儀をされたのは初めてです」

「まさか。それこそ言い過ぎでしょう」

「城山さんの『運を天に任すなんて』もベストセラーになっていますね。光文社の編集者から九万部と聞いています」

中山さんはにこやかに言い返した。

「城山君には国際大学で二時間ほど講演してもらったの」

「英語で二時間なら、三百万円に匹敵しますよ」

「講演料ってそんなに高いの？」

「なんせ二日がかりですからねぇ。僕は講演を一切受けていませんが、評論家だか学者だかが二百万円って聞いた覚えがあります」

「ふーん。そういう人たちが結構いるんでしょうね」

ついでながら国際大学への寄付のお陰で、所得税の分野別番付でベストテン入りを免れ、私は大いに気をよくした。当時は新聞各紙に一覧表が掲載されていたのです。

例によって昭和六十三(一九八八)年四月十一日午前八時に〝そっぺいさん〟から自宅に電話がかかってきました。

「高杉さんのことだからフレッド・和田さんとはお会いしたんでしょう」

「はい。三月十六日に来日されてから七回ほど……」と私は指折り数えました。

「先日NHKの朝のニュース番組にフレッド・和田さんが出演していましたね。ぜひお会いしたいのですが、高杉さん紹介してくれませんか」

「喜んでお受けします。四月十九日五時から三十分間でいかがでしょうか」

四月十九日午後四時に石原俊・経済同友会代表幹事(日産自動車会長)を訪問することになっていたのです。和田さんの来日の目的は老朽化したロスアンゼルスのリタイアメントホーム(日系人専用の老人ホーム)を建て替えるための寄付金集めです。

初対面にしても和田さんが緊張しているはずは無いと思いながら、「お二人のヘビースモーカーぶりは知る人ぞ知るです。ジョージ・荒谷さんから聞いた話ですが、和田さんはフライト中に喫煙して、新調のスーツを汚すどころか穴をあけたそうじゃないですか」と私は言いました。気を使ったつもりでしたが、笑ったのは和田さん以外の三人です。

帰りのエレベーターの中で、不機嫌そうな和田さんの表情が気になりましたが、翌日その理由が分かり、私は笑いました。小林良廣さん（日本における和田さんの秘書役、食品専門商社の創業社長）がるる説明してくれたのです。

「中山なんていう爺さんに何故、会わなならんのやって、おかんむりでしたので、ロスの東京銀行へ電話したらどうですか、社外取締役なんですから、ていうたんです。で、電話したら、私の目の前で見る見るうちに、和田さんの態度が変わりました。『中山素平さんほどの超大物にお会いできたのですか。ラッキーでしたねぇ』と、支店長がおっしゃったそうです」

後日、和田さんが拙宅で「センセー、中山素平さんをご紹介してくださり、大変ありがとうございました」と低頭されたうえに、「センセーが小説が書けなくなったら、奥さんがコックさんになればエエのや」と家内まで褒められたのです。「げんきんにも程がありますよ」と言いたいくらいでした。

ある時、中山さんがにやつきながら「高杉さんはいちいち奥さんの命令に従っているんだってねぇ」と言われました。私はむきになって、言い返しました。「テニスだけです。『あなた、サイドケアして』などと生意気を言うんですよ。情報源は黒澤さん以外考えられませんね」

黒澤洋・興銀頭取と佐藤康博秘書とはテニス仲間で、浜田山の興銀コートや高輪プリンスホテルのコート、〝ナンバーワン〟なる私どものメンバーコートなどで、幾度もテニスをしていました。

「命令はテニスだけなの？　ゴルフもそうなんじゃないですか」

「とんでもない。ゴルフは僕のほうが命令する立場です」

「ほんとうかなぁ。そうじゃないでしょう」

〝そっぺいさん〟にからかわれ放しでしたが、最後に「お二人が支え合っていることが分かり、ホッとしました」と顔を覗き込まれた時は、胸が熱くなりました。

平成十一（一九九九）年NHK教育テレビ「ETV特集　シリーズ21世紀の日本人へ　中山素平・戦後経済を語る」＝四月十二、十三日放送、各二時間＝は、私がインタビューしました。

産経新聞が五月十七日付け朝刊で、一ページにまとめて特集してくれたが、大見出しは〝真の国際競争力のために〟〝日本人的良さ生かすべき〟の二本です。

以下に質疑応答を三例引きます。

高杉　石油危機で悲観論が多いなか、中山さんは強気でした。

中山　いかに深刻でも、「問題」に負けたらだめ。問題は、解決されるために提出される。これは決して高ぶっていうのではない。問題というのは、うまくいくかどうかは別にして、とにかく片づくのです。

高杉　ＮＴＴ分割には終始反対でしたね。

中山　ＮＴＴが非常に強く、新電電と競争にならないから、分割するという。新日鉄は強くなるために合併した。ＮＴＴも米欧と競争しなければならないのに、競争力を弱める分割はスジが通らない。

高杉　バブル当時の銀行の責任は。

中山　僕らはどんなにいい土地が担保でも、融資先の事業家をよく観察した。ところが、バブル時代は暴力団がからむ悪質な経営者にも融資してしまった。ただ経営責任をいえば、モラルを守るという消極的な考えではなく、前向きに責任を果たす態度が必要です。例えば、日本式経営が非難され、米国式が基準になり、「株式会社は株主利益が第一」といわれる。しかし経営者とは、株主だけではなく、従業員、お客、その企業の存在する地域社会、日本社会など全部に責任があるわけです。

同紙は〝超人的な記憶力、集中力〟の見出しで、私の〝インタビューを終えて〟も掲載してくれました。

要旨を以下に引いて、本稿の締めくくりとします。

二日間、各二時間の録画撮りは、九十三歳の中山さんにはこたえたと思う。ところが疲れたのは私の方で、中山さんはけろっとしていた。話に繰り返しがないのはいつもながら驚かされるが、記憶力、集中力の凄さは超人的だ。

私は、アメリカ型経営に傾斜する日本企業のあり方に危機感を覚えるが、中山さんも同調してくれた。

日本型経営が企業風土を育み、活力をもたらす――これが中山さんの二十一世紀への提言だと私は確信する。

二〇一六年十二月

高杉　良

解説――虚実超えたリアリティー　経済小説の地平拓く

加藤正文

「レクイエムとまでは言わないけど、興銀と中山さんのことを書くのはこれが最後……」。二〇一四年九月、単行本で『勁草《けいそう》の人　戦後日本を築いた財界人』が出た際のインタビューで高杉良は愛惜の表情を見せた。

中山素平《そへい》（一九〇六～二〇〇五年）。日本興業銀行（現みずほフィナンシャルグループ）頭取、会長、経済同友会代表幹事を歴任した。「財界鞍馬天狗」と呼ばれた異色の経営者は、バンカーの枠を超えて常に公共的な視点で行動した。権力に媚びず、叙勲や褒章を拒み、自伝の類いも残さなかった。

高杉は四〇年に及ぶ作家活動で八〇を超す経済小説を生み出した。数多くの経営者に会う中で最も深く敬愛するのが中山だろう。戦後産業史のエポックをインダストリアル・バンクの視点で描いた長編『小説　日本興業銀行』（一九八六～八八年）で興銀と中山を余すところなく描き切った。

二人の交流は取材をきっかけに始まり、年の差を越えた友情が終生続いた。「今日はあなたに会いたいな」。朝八時に高杉の自宅に電話をかけてくる中山。人事の相談を受けるまで信頼される高杉。本作は『小説　日本興業銀行』の続編の位置づけだが、中山の素顔を知るからこそ書けた追想のメモリアルであるとともに、経済記者もうなる秘史が随所に刻まれている。

細川護熙首相の退陣、リクルート事件で揺れたNTTのトップ人事、ディズニーランドの建設……。ここでも中山の際立った行動力があったことが分かるが、この作品の白眉は、晩年を描いた後半にある。だれにも老いはやってくる。鞍馬天狗とまで呼ばれた「大老人」はどう生き切ったのか。時代の荒波にもまれ、混迷を極める社会を達観した目でどう見ていたのか。

中山は、忍び寄る老いをものともせず、新潟に日本初の大学院大学を新設するプロジェクトに心血を注ぎ、募金集めにかけずり回る。百歳を前にしても大学の運営にリーダーシップを発揮する。「苦労のし甲斐がある」「さして苦にはならない」。そんな感懐を紹介して高杉はつづる。「国際大学は、中山にとってユートピア、理想郷だった」

市場原理主義批判

本体の興銀は産業金融の雄として名をはせた時代は過ぎ去り、バブル崩壊後、苦境に陥る。乱脈金融の象徴ともなった大阪・ミナミの元料亭女将の預金証書偽造事件。巨額の融資をしていた興銀の経営は揺らぐ。「信頼を勝ち取るのは難しいが、失われた信頼を取り戻すのはもっともっと大変なのだ」。だれが責任を取るのか。首脳たちに引導を渡す中山。それぞれの本性がにじみ出る緊迫の会話劇は本文に譲るが、ディテールを知る高杉ならではの迫真力に満ちたやりとりに息をのむ。その後、曲折を経て、第一勧業銀行、富士銀行との三行統合に至る。栄光の時代を知る中山の目を通して興銀の幕引きが描写される。

バブル崩壊後の激動を経て日本の経済社会は再生に向かっているのだろうか。人差し指をピストルのように相手に突きつけて「どうなんです」と迫る中山の表情が行間から垣間見えるようだ。安倍晋三政権の経済政策「アベノミクス」の裏側で広がる格差と貧困。市場原理主義を批判してきた高杉は中山に語らせる。

「全人口の八割が中産階級の意識を持ち、貧富の格差が小さいのは日本の財産だ。これを守る方向で税制、社会保障などの政策転換が必要だ」

これは日本社会への中山の遺言だろう。疾風に勁草を知る。勁《つよ》く温かいリーダーが今ほど切実に待たれるときはないだろう。

金融の光と影

高杉作品のリアリティーの源泉は精力的な取材にあるが、その人生の歩みと作品のモチーフがリンクしていることも大きい。

まずは石油化学新聞の記者、編集長の経験だ。若い頃から相手の懐に飛び込み、経営者の行動をつぶさに見てきたことが作品に深みを与えている。デビュー作の『虚構の城』のモデルは出光興産、名作『炎の経営者』は日本触媒、ドラマ化された『生命燃ゆ』は昭和電工といった具合に、深く取材した化学工業の世界は名作の「培地」となった。

「素材産業ですから、決して表に派手には出ないけれども、実に幅広い業種と関連がありました」。繊維、プラスチック、ゴム、自動車、家電、銀行、商社……。その後の高杉作品の広がりを予感させる。

その延長線上で『小説　日本興業銀行』が生まれる。前述の通り、興銀は日本の経済復興、産業復興を使命として重厚長大産業を始め数々の企業を育成してきた。「産業の血液」である資金を経済社会の隅々にまで健全に行き渡らせるのが金融の正しいあり方だ。経済活動の中でとりわけ人間的なのが金融の世界であり、信用をベースにお金が動く。そこでは企業と人をきちんと審査できるかどうかが死命を決する。担保にとらわれない、目利きの力こそがバンカーの最大の武器なのだ。「本当のラストバンカー（最後の銀行家）というのは、中山さんみたいな人のことを言うのでしょうね」。真贋を見抜く眼力を指してのことだ。

高杉の金融小説の到達点を示すのがシリーズ『金融腐蝕《ふしょく》列島』である。この国の銀行の変遷を見据え、二〇〇八年の第四作『消失』で十余年にわたる物語を終えた。金融の光の物語が『小説　日本興業銀行』とすれば、いまも経済社会を覆い続ける「影」の世界に迫ったのがこの『金融腐蝕列島』である。「護送船団として守られてきた〝金融村〟の腐敗と崩壊の歴史そのもの。嵐の中で銀行はのたうち苦しんできた」。総会屋への利益供与事件、住専（住宅金融専門会社）への公的資金投入、破たんと再編、不良債権処理、貸し渋り・貸しはがし、金融庁の厳格査定……。バブル崩壊後の日本経済の激動を切り取った出色の作品である。

シリーズで登場した銀行は、大手行すべてといっていい。第一勧業銀行（現みずほフィナンシャルグループ）であったり、三和銀行（現三菱UFJフィナンシャル・グループ）であったり。読み進むと、あの銀行のあの事件が次々と思い起こされる。

そこで警鐘を鳴らしたのは、市場主義一辺倒の政治経済のありようだ。「日本はどれほど傷んだことか。格差が広がり、東京一極集中が進み、地方はとことん疲弊した」と状況を深く憂う。高杉作品に流れる通奏低音として聞こえてくるだろう。

高杉ワールドの核心

二〇〇一年暮れから翌年六月まで神戸新聞の経済面で「熱き風　経済小説の舞台」という連載を同僚たちと担当した。当時、小泉純一郎政権の構造改革路線で企業の経営破たんが相次ぎ、経済社会は収縮していた。「戸惑いや不安で先行きは見えないのなら、時代を熱く駆け抜けた小説の主人公たちに現代の光を当てて針路を探ろう」。そんな問題意識で経済小説の行間を読み、その舞台を訪ねた。

城山三郎『鼠《ねずみ》　鈴木商店焼打ち事件』『零からの栄光』『価格破壊』、山崎豊子『華麗なる一族』、清水一行『殺人念書』などを取り上げる中でその熱さと濃度に衝撃を受けたのが高杉良の『炎の経営者』（一九八六年）だった。

主人公は日本触媒の創業者、八谷《やたがい》泰造。化学者であり、戦後の日本で国産の独自技術で新境地を切り開いた技術志向の経営者だ。当時の石油化学工業は米国の技術に依存し、立ち遅れていた。八谷は国産にこだわり、塩化ビニールの可塑剤になる無水フタール酸の工業化、合成繊維の原料となるエチレンオキサイドなどの開発を、財閥系企業に先んじてやってのける。財界の巨頭、永野重雄に株主になってもらいたいと広島弁で直談判する場面は印象的だ。

〈「わたくしどもは（中略）必ず日本の化学工業の中で重要な位置を占めるはずで

すけえ。（中略）資金的なゆとりがのうては、どうすることもできません。ええ技術も宝の持ち腐れになりますけえ」八谷は、永野をまっすぐとらえて放さなかった〉。（『炎の経営者』）

専門紙記者だった高杉は、八谷の情熱にほれ込み、丹念な取材で時代の熱気を作品に写し込むことに成功している。ここに高杉ワールドの核心がある。「取材が七で執筆が三。書き始めた段階でもう七割が済んでいる」と言う通り、調査マンを使わず、自らアポイントを取り話を聴く。そして執筆に集中する。仕事場には雑音を避けるために電話も置いていない。「僕はアルチザン（職人）ですから」という言葉が耳に残る。

そこで紡ぎ出されるのがあの独特の「会話劇」だ。よく練られたというレベルを超えて、記憶力と想像力のなせる業としかいいようがないが、今そこで交わされているような臨場感で会話が展開していく。

ばらばらの真実のかけらを集めて「虚構の世界」を構築するのが作家の力量だ。実在の人物や組織を想起させる記述もあるが、「作家として想像力で現実を強調、変形させ、小説における真実を浮き彫りにする」。そこで生まれる迫力が「実の世界」を強め、虚実を超えるリアリティーとして結実するのだろう。

アルチザン作家

生きた人間が動かす経済社会の実像をつかみたい、複雑な事象を読み解きたい。今、経済小説の世界が隆盛しているのは、現代社会の混迷が背景にあるが、何よりも、光と影の入り交じる世界を作家たちがリアルに浮き彫りにしてくれるからにほかならない。

「組織と個人」に焦点を当てた城山三郎、企業や人間の暗部を描いた梶山季之や清水一行らが先達だが、続く高杉良という高峰の後に、幸田真音、黒木亮、楡周平、池井戸潤、真山仁、相場英雄らの活躍が目立つ。

高杉にこんな問いをしたことがある。「作品の出来を左右するものは何か?」即座に返ってきた。「リアリティーが生命線。つまるところ人間が描けているかどうか」

高杉良、七八歳。アルチザン作家の魂は自足しない。

(文中敬称略)

(神戸新聞姫路支社編集部長兼論説委員)

※参考・引用文献
高杉良、佐高信『日本企業の表と裏』一九九七年、角川書店
高杉良『男の貌《かお》　私の出会った経営者たち』二〇一三年、新潮新書
神戸新聞の高杉良関連記事

初出誌　『文藝春秋』　２０１３年４月号から２０１４年３月号まで
単行本　２０１４年７月　文藝春秋刊
ＤＴＰ　ジェイ　エスキューブ

文春文庫

勁草《けいそう》の人《ひと》 中山《なかやま》素平《そへい》

定価はカバーに表示してあります

2017年3月10日　第1刷

著　者　高《たか》杉《すぎ》良《りょう》
発行者　飯窪成幸
発行所　株式会社 文藝春秋

東京都千代田区紀尾井町3-23　〒102-8008
TEL 03・3265・1211
文藝春秋ホームページ　http://www.bunshun.co.jp

落丁、乱丁本は、お手数ですが小社製作部宛お送り下さい。送料小社負担でお取替致します。

印刷・凸版印刷　製本・加藤製本

Printed in Japan
ISBN978-4-16-790806-5

（　）内は解説者。品切の節はご容赦下さい。

平 安寿子
ぬるい男と浮いてる女
信じられるのは自分とお金だけという六十過ぎの独身女、小さく生きて自己満足の草食男子……。見てるだけなら面白い、でも近くにいるとちょっと困るヘンな男女を描く。（藤田香織）
た-57-3

田口ランディ
被爆のマリア
結婚式のキャンドルサービスに「原爆の火」を使えって？　戦後六十年を経てなお日本人の心を重く揺さぶる闇を、被爆者ではない四つの視点から見つめる渾身の問題作。（伏見憲明）
た-61-3

高野和明
幽霊人命救助隊
神様から天国行きを条件に、自殺志願者百人の命を救えと命令された男女四人の幽霊たち。地上に戻った彼らが繰り広げる怒濤の救助作戦。タイムリミット迄あと四十九日――。（養老孟司）
た-65-1

高杉 良
炎の経営者
戦時中の大阪で町工場を興し、財界重鎮を口説き、旧満鉄技術者をスカウトするなど、持ち前の大胆さと粘り腰で世界的な石油化学工業会社を築いた伝説の経営者を描く実名経済小説。
た-72-1

高杉 良
烈風
小説通商産業省
「局長を罷めさせろ」と書かれた怪文書を契機に官僚、永田町、財界、マスコミを巻き込んだ権力闘争が勃発した。かつて通産省で起こった「四人組」事件を基にした経済小説の傑作。（山内昌之）
た-72-3

竹本健治
キララ、探偵す。
オタク大学生・乙島侑平の下宿に、美少女メイドロボット・キララがやって来た！　普段はどじっ娘だがスイッチが入れば女王様キャラに大変身して難事件もズバリ解決!?（蔓葉信博）
た-75-1

橘 玲《あきら》
亜玖夢《あくむ》博士の経済入門
己の学識で悩める衆生の救済を志す亜玖夢博士。多重債務もいじめもすべて経済学で解決できるというが!?　爆笑の一話一理論でノーベル賞級経済理論が身につきます。（吉本佳生）
た-77-1

（　）内は解説者。品切の節はご容赦下さい。

橘　玲
亜玖夢博士のマインドサイエンス入門
ひきこもりもパワハラも詐欺も、依頼人の悩みはすべて脳で解決!?　経済に続き今度は、脳科学の最新トピックが学べる、ブラックユーモア小説第二弾。　（茂木健一郎）
た-77-2

滝本竜彦
僕のエア
友人も恋人も定職も貯金も生きがいも根性も何もないダメダメ24歳男子。ある事故から、希望や夢を俺に与えようとするヤツが現れた。自虐的笑いで抱腹絶倒の青春小説。　（海猫沢めろん）
た-86-1

筒井康隆
壊れかた指南
猫が、タヌキが、妻が、編集者が壊れ続ける！　ラストが絶対読めない、天才作家の悪魔的なストーリーテリングが堪能できる短篇集。　（福田和也）
つ-1-15

筒井康隆
巨船ベラス・レトラス
人気作家を狙った爆弾テロが勃発！　虚実の境界を自在に行き来しながら、現代の文学を取り巻く状況を痛烈に風刺。『大いなる助走』から三十年、再び文壇が震撼する。　（市川真人）
つ-1-16

辻原　登
闇の奥
太平洋戦争末期に北ボルネオで姿を消した民族学者、三上隆。彼の生存を信じる捜索隊は、ジャングルの奥地で妖しい世界に迷い込む――。小人伝説をめぐる冒険ロマン。　（鴻巣友季子）
つ-8-8

塚本哲也
エリザベート
ハプスブルク家最後の皇女　（上下）
世紀末ウィーンのハプスブルク王家の嫡流に生まれ、王家崩壊と二度の大戦を経て、社民党闘士と再婚した美しき大公女の波瀾の人生。二十世紀中欧の動乱と悲劇を描く一大叙事詩。
つ-9-3

辻　仁成
永遠者
19世紀末パリ、若き日本人外交官コウヤは踊り子カミーユと激しい恋に落ちる。〈儀式〉を経て永遠の命を手にいれた二人は激動の歴史の渦に呑み込まれていく。渾身の長篇。　（野崎　歓）
つ-12-7

（　）内は解説者。品切の節はご容赦下さい。

辻村深月
水底フェスタ
彼女は復讐のために村に帰って来た――過疎の村に帰郷した女優・由貴美。彼女との恋に溺れた少年は彼女の企みに引きずり込まれる。待ち受ける破滅を予感しながら……。（千街晶之）
つ-18-2

辻村深月
鍵のない夢を見る
どこにでもある町に住む女たち――盗癖のある母を持つ娘、婚期を逃した女の焦り、育児に悩む若い母親……私たちの心にさしこむ影と、ひと筋の希望の光を描く短編集。直木賞受賞作。
つ-18-3

津原泰水
たまさか人形堂それから
マーカーの汚れがついたリカちゃん人形はもとに戻る？　髪が伸びる市松人形？　盲目のコレクターが持ち込んだ人形の真贋は？　人形と人間の不思議を円熟の筆で描くシリーズ第二弾。
つ-19-2

戸梶圭太
なぎら☆ツイスター
寒風吹きすさぶ北関東の町にエリートヤクザが降り立った時、驚天動地のカウントダウンが始まる。地元ヤクザとの抗争、田舎ヤンキーとのバトル！　これは現代版「仁義なき戦い」だ！
と-21-2

中島らも
永遠《とわ》も半《なか》ばを過ぎて
ユーレイが小説を書いた？　三流詐欺師が写植技師と組み出版社に持ち込んだ謎の原稿。名作の誕生だ。これが文壇の大事件となって……。輪舞する喜劇。痛快らもワールド！（山内圭哉）
な-35-1

中島京子
小さいおうち
昭和初期の東京、女中タキは美しい奥様を心から慕う。戦争の影が濃くなる中での家庭の風景や人々の心情。回想録に秘めた思いと意外な結末が胸を衝く、直木賞受賞作。（対談・船曳由美）
な-68-1

中島京子
のろのろ歩け
台北、北京、上海。ふとした縁で航空券を手にし、忘れられぬ旅の光景を心に刻みこまれる三人の女たち。人生のターニングポイントにたつ彼女らをユーモア溢れる筆致で描く。（酒井充子）
な-68-2

（　）内は解説者。品切の節はご容赦下さい。

西木正明
ガモウ戦記
うまい酒、気心のしれた呑気な隣人、そして色っぽい美人。戦争で総てを失った男が辿りついた秋田の村は別世界だった。読めば心があたたかくなるふるさと賛歌！　（内館牧子）
に-9-7

仁木英之
海遊記　義浄西征伝
天竺取経の三大スター法顕・玄奘・義浄のうち、最も危険な海路をもちいた変わり者・義浄が主人公。妖術あり海賊ありの波乱万丈の旅を、史実を巧みに織りこんで描く。　（蟬丸P）
に-23-1

林　真理子
最終便に間に合えば
新進のフラワーデザイナーとして訪れた旅先で、7年ぶりに再会した昔の男。冷めた大人の孤独と狡猾さがお互いを探り合う会話に満ちた、直木賞受賞作を含むあざやかな傑作短編集。
は-3-38

林　真理子
下流の宴
中流家庭の主婦・由美子の悩みは、高校中退した息子が連れてきた下品な娘。「うちは〝下流〟になるの!?」現代の格差と人間模様を赤裸々に描ききった傑作長編。　（桐野夏生）
は-3-39

坂東眞砂子
貌孕《かおはら》み
整形を繰り返す妻の顔が、若いころに捨てた女にどんどん似ていくではないか！　天狗の千里眼が抉り出す、人間たちの業の深さ。時空を超えて語られる異色のホラー短編集。
は-18-4

馳　星周
9・11倶楽部
妻子を亡くした孤独な男が出会った、新宿で生きる戸籍のない子どもたち。理不尽な現実と不公平な社会に復讐するため、彼らが始めた危険な〝遊び〟とは——。　（千街晶之）
は-25-6

馳　星周
光あれ
原発がなければ成り立たない、未来を描けない地方都市で、男は生まれ育ち、家庭を持った。窒息しそうな日々を揺れ惑った挙げ句に、男が見極めた人生の真の姿とは。　（東　えりか）
は-25-7

（　）内は解説者。品切の節はご容赦下さい。

原田マハ
キネマの神様
四十歳を前に突然会社を辞め無職になった娘と、借金が発覚したギャンブル依存のダメな父。ふたりに奇跡が舞い降りた！　壊れかけた家族を映画が救う、感動の物語。（片桐はいり）
は-40-1

濱　嘉之
内閣官房長官・小山内和博　電光石火
権力闘争、テロ、外交漂流……次々と官邸に起こる危機を元警視庁公安部出身の著者が内閣官房長官を主人公に徹底的なリアリティーで描く。著者待望の新シリーズ、堂々登場！
は-41-30

橋本　紡
いつかのきみへ
進学校に通う陸には、本当の友達がいない。潔癖で繊細な少年たちの交流が光る傑作「大富橋」ほか、水の都・深川で、昨日と少し違う今日を生きる彼と彼女を描く秀作六篇。（笹生陽子）
は-42-1

橋本　紡
半分の月がのぼる空（全四冊）
高校生・裕一は入院先で難病の美少女・里香に出会う。読書好きで無類のワガママの彼女に振り回される日々。「聖地巡礼」を生んだ青春小説の金字塔、新イラストで登場。（飯田一史）
は-42-2

羽田圭介
ミート・ザ・ビート
東京から電車で一時間の街。受験勉強とバイトに明け暮れる予備校生の日常は、中古車ホンダ「ビート」を手に入れてから変わって行く。芥川賞作家の資質を鮮やかに示した青春群像小説。
は-48-1

東野圭吾
手紙
兄は強盗殺人の罪で服役中。弟のもとには月に一度、獄中から手紙が届く。だが、弟が幸せを摑もうとするたび苛酷な運命が立ち塞がる。爆発的ヒットを記録したベストセラー。（井上夢人）
ひ-13-6

藤本ひとみ
ハプスブルクの宝剣（上下）
十八世紀前半のヨーロッパ戦国時代、ハプスブルクと女帝マリア・テレジアを支えた隻眼の青年がいた。野望と挫折、絶望と再生のドラマをダイナミックに描く傑作大河ロマン。（山内昌之）
ふ-13-1

（　）内は解説者。品切の節はご容赦下さい。

藤田宜永
愛ある追跡
娘の不倫相手が殺された。第一発見者の娘は、自分は殺っていないという電話を残して逃亡した。父親は殺人容疑をかけられた娘の無実を信じ、その跡を追うが——。（井家上隆幸）
ふ-14-9

藤田宜永
探偵・竹花　孤独の絆
窮屈な世の中で、恋人、夫婦、親子への幻想を抱きながら生きる現代人たち。還暦の私立探偵・竹花の元に、今日も救いを求める依頼が舞い込む。ハードボイルドの秀作。（香山二三郎）
ふ-14-10

藤原伊織
ダナエ
世界的な評価を得た画家・宇佐美の絵が、切り裂かれたうえ硫酸をかけられた。犯人は「これは予行演習だ」と告げるが——。著者の代表作ともいえる傑作。表題作ほか二篇収録。（小池真理子）
ふ-16-5

藤原伊織
名残り火　てのひらの闇Ⅱ
堀江の無二の親友・柿島がオヤジ狩りに遭い殺された。納得がいかない堀江は調査に乗り出し、事件そのものに疑問を覚える。著者最後の長篇ミステリー。（逢坂　剛・吉野　仁）
ふ-16-6

藤沢　周
武《む》曲《こく》
ヒップホップ命の高校生・羽田融は剣道部に入部。コーチの矢田部研吾は融の姿に「殺人刀」の遣い手として懼れられた父・将造と同じ天性の剣士を見た。新感覚の剣豪小説。（中村文則）
ふ-19-3

古川日出男
ベルカ、吠えないのか？
日本軍が撤収した後、キスカ島にとり残された四頭の軍用犬。彼らを始祖として交配と混血を繰り返し繁殖した無数のイヌが、あらゆる境界を越え、〝戦争の世紀＝二十世紀〟を駆け抜ける。
ふ-25-2

福澤徹三
Ｉターン
広告代理店の冴えない営業・狛江が単身赴任したのはリストラ寸前の北九州支店。待っていたのは借金地獄にヤクザの抗争。もんどりうって辿りつく、男の姿とは!?（木内　昇）
ふ-35-1